百年中国新诗编年

第八分册
1986-1995

主编：张清华　　分册主编：刘　波

山东文艺出版社

序

刘　波

　　1986 年对中国当代诗歌而言，是具有转折意义的一年。正是在这一年，汉语诗歌进入新一轮的现代性自觉，随着"第三代"诗人的集体登台，具有明确文化意图的、知性和真正多元的写作才得以开启。如果说之前的朦胧诗一代还带着过渡时期的某种浪漫主义冲动的话，那么"第三代"则是对浪漫主义加早期象征主义的一种超越和丢弃。

　　也正是在这一年，由徐敬亚发起了《诗歌报》与《深圳青年报》联合举行的"1986 中国现代主义诗歌大展"，两份报刊同步推出了几十个诗歌社团、群体和流派，总共发表了上百位诗人的作品。各种不同风格、不同美学观念的诗人以此为载体，同台竞技，提出了形形色色的诗歌主张，"非非主义""整体主义""新传统主义""大学生诗派""他们""日常主义""海上诗群"……比朦胧诗人年龄略小而观念差异巨大的一批诗人，集体登上了舞台。这批人以 1960 年代早期出生者为主，也有少量属于 1950 年代出生者，他们成为此后中国诗坛的主体力量。

　　"第三代"诗人的诗歌主张看起来纷繁复杂，甚至南辕北辙，但总体上有两大趋势：一是主张智性的文化写作，代表了精英主义的一脉，如"整体主义""非非主义""新传统主义"等；另一派则是主张平民主义和去智性的写作，如"莽汉主义""他们""大学生诗派"等，他们代表了新的以日常主义与生活流为审美追求的写作群体。前者体现了诗歌持续向着纵深与复杂掘进的向度，后者则代表了对平权主义与日常性的合法化诉求。两条脉系其实也决定了 1990 年代以后诗歌的写作格局——发生于 20 世纪末的"盘峰论争"，其实就可以看作是这一分化的后续结果。

但不管怎么说，"第三代"诗人的历史贡献是显著的。第一，他们终结了之前关于朦胧诗的论争，朦胧诗虽然已经持续存在多年，但在原先的主流诗坛的控制之下，他们的合法性一直没有得到确立，而随着"第三代"的登台，这场旷日持久的争议彻底失去了意义。第二，朦胧诗的性质，是在思想上的人道主义，加艺术上的意象主义与象征手法，在美学属性上具有鲜明的过渡性色彩，也可以说兼有浪漫主义和早期象征主义的特点，北岛、舒婷、顾城的诗歌对于改变之前中国诗歌的浅白与粗陋做出了重要贡献，但随着世界视野的进一步打开，人们则需要更加丰富和复杂的写作，来为当代中国的诗歌助力。"第三代"的登台，显然为当代诗歌注入了更多元和自由的基因。所以，他们打出了并非恶意的"Pass 北岛"的口号，其实标明的是文化代际的变更。第三，由"第三代"开始，诗歌的观念之争变成了当代诗歌的"内部问题"，这是真正的进步。

1980 年代的后期，因为"第三代"的登场，世系更迭后的诗歌界显得畅快且日趋多元。值得提出的是文化诗歌热、史诗热及其所带来的持续影响。这一变化源于朦胧诗后期的两位主将江河与杨炼，他们至少在 1984 年以前，就开始了文化主题的探索。江河的大型组诗《太阳和他的反光》，首先对中国古代神话传说的资源进行了重释，这是这个年代中国知识界"影响之焦虑"的最早体现之一。他们赶在 1985 年小说界的"寻根运动"之前，就进行了大胆的探索，以本土文化的再发现，为新诗潮找到了合法依据。杨炼也在同期写作了《诺日朗》《礼魂》《西藏》《半坡》《敦煌》等具有鲜明"寻根主题"意味的组诗，这些作品对于四川的"整体主义""新传统主义"等诗人群体又有很大的影响。1985 年四川诗人宋渠、宋炜兄弟就喊出了"这是一个需要史诗的时代"①的口号。1986 年，廖亦武也写了《大盆地》，欧阳江河写了《悬棺》，黎正光写出了《卧佛》，宋渠、宋炜写出了《大曰是》。

这一时期特别值得提出的还有海子，海子大体也算"第三代"诗人中的成员，但不知为何他的作品最终未能入选"大展"。但历史的水落石出，使人们越来越觉得他的重要，海子在 1980 年代后期写下了《太阳·七部书》等大量的长诗作品，关于长诗和史诗写作，也留下了重要的诗论文字，如他的《诗学：一份提纲》即对于西方诗歌史，对形而上学意义上的写作，对精神现象学意义上的诗歌，都谈出了独到的见解。他还留下了大量精美而富有经典意味的抒情诗，其中不乏有文化主题的探究，有与诸多伟大诗人和作家间的精神对话，有充满感性意味的爱情诗章，也有关于土地、劳作、生死、怀乡、青春、忧郁等等主题的吟咏。其《祖国（或以梦为马）》《四姐妹》《天鹅》《九月》《亚洲铜》《日记》《面朝大海，春暖花开》等作品，都已成为新诗诞生以来经典的抒情诗章。

在"第三代"诗人所标立的各种诗歌范型中，欧阳江河的知性写作显得独树一帜，他的《汉英之间》和《玻璃工厂》等作品，虽然形制并不是很大，但却成为这个年代众多哲学或文化意义上的

①宋渠、宋炜：《这是一个需要史诗的时代》，参见北京大学五四文学社编：《青年诗人谈诗》，第 23 页，内部刊印。

"元写作"的典范。这两首诗本质上都是用了诗歌的方式，对写作本身来进行讨论的作品。《汉英之间》所讲述的是东西方文化的差异性，对于一个诗人的处境与思维方式的影响，对于汉语诗歌和文本的某种角色与身份限定，它所给予人们的启发，很难用一两句话来概括。《玻璃工厂》一诗更是通过玻璃的诞生过程，来揭示真理和"诗与思"的同步诞生的过程，这首诗是用了近乎哲学思辨的形式，来分析真理和语言本身"由晦暗到澄明"的显形过程，极富精神启示意味。

进入 1990 年代，随着市场化时代的到来，诗歌获得了更加多元与复杂的现实情境，也有了赖以产生"个体诗学"的氛围与空间。以 1992 年的"南方谈话"为界，之前的写作因为历经了历史的转折与回流，诗人写作中显示了浓厚的文化情结，与现实之间也保持了敏感的回应关系，许多诗作对现实处境与诗人的文化身份、时代际遇、精神使命都有精确而丰富的反映，陈超的《我看见转世的桃花五种》，欧阳江河的《傍晚穿过广场》，西川的《致敬》，王家新的《一个劈木柴过冬的人》《帕斯捷尔纳克》《瓦雷金诺叙事曲》等，都属于刻下了历史与精神双重印记的作品。另外，一批新人如伊沙等，也以解构主义写作的面目开始登上诗坛。伊沙最初发表于《非非》复刊号（1992）上的《中指朝天》组诗中，就有了《饿死诗人》《车过黄河》等具有鲜明的解构主义文化意味的作品。这意味着，以转折时期的历史为背景，当代中国的诗人正以不同的姿态，进入个人的深度思考之中。

有必要提出的是，在 1990 年代早期，随着海子去世之后引发的怀念，还有特定时代的精神氛围，诗坛出现了一股"乡土诗歌热"，这些诗以"麦子""庄稼""村庄""田园""农事"等为主题，表达了一种混合着悲情与慰藉的复杂意绪。海子诗歌中已被哲学化的乡村图景，在他们的笔下再度被伦理化和社会化，所以某种程度上也俗化了。随着伊沙的《饿死诗人》一诗的出笼，也随着时代氛围的迅速变化，这类诗歌很快销声匿迹了。

1992 年，随着中国进入全面市场经济时代，诗人与现实之间的文化关系变得日益复杂化。因为市场价值对于人文价值而言，究竟是为其提供了庇护，还是又多了一份挤对，在短时间内似乎并未明朗。所以在知识界很快爆发了一场持续两三年时间的"人文精神论争"，有人认为此时诗人应该"愤怒"，有人则提出了"中年写作"的"减速诗学"。但总体上，诗歌界的反应似乎比知识界与作家圈要平静和理性。这说明，或许诗人对此类问题思考得更为深入和内在。欧阳江河的《89'后国内诗歌写作》一文，对"第三代"诗人的文化身份问题，对他们未来的写作，做出了"减速"的预测，认为他们将提前进入更为沉潜和内在的"中年写作"。事实证明这一预见是准确的，整个 1990 年代前半期的诗歌写作，大抵是在个人的处境中展开的，1980 年代的宏大叙事与史诗抱负，被置换为了个人境遇中的生命悲欢与内心体味。

这对于当代诗歌在技艺方面的成熟，诗人写作个性的生成，以及在风格与类型的多元化开拓方面，无疑是非常关键的。某种意义上，当代诗人中最具写作个性、最具成就的一批诗人，正是在这个时期完成了他们的代表作，并确立了写作风格。除了海子已在短短的几年时间中完成了自己，王家新、于坚、西川、欧阳江河、柏桦、张枣、萧开愚、钟鸣、孙文波、宋琳、吕德安、张曙光、翟永明、周伦佑、臧棣等，都是在这一时期奠定自己的诗风基础的。

本卷所编选的是 1986 至 1995 十年间的代表性作品。我们在编选过程中，力图体现历史本身的运行逻辑，即作为先锋诗歌运动之接力者的"第三代"诗人的迅速成长，以及他们所显示的日益多样和成熟的风格样态；当然，我们也试图呈现出这一时期诗坛的更多界面，展示在核心和边缘地带的各种景观。以此希望能够在一定程度上反映出这个时期当代诗歌的基本走势，即回归日常经验，回归个体生命处境，同时又在精神的层面上不断分化着，日益多元着。

目 录

1986 年

1990 年

1993 年

1995 年

1986^年

清晨的窗

丁当

深夜的所有经历

都已消逝殆尽

早晨透进窗户

再次证实我的一切

除了幸运之外

仍然是幸运

所以我要翻身下地

所以我要清理自己

而窗外的世界

已先于我醒来

用它们亲爱的老模样

静候着我的重复

玻璃隔开彼此

这清晨的窗

这窗户的清晨啊

悬挂在我的房间

如一面照妖的宝镜

准确、残忍、不遗余力

诱惑我，教训我，逼迫我

用某种风度裹住我

我猜想太阳就要升起

墙壁的油画上将插满阳光的短剑

1986 年 1 月 6 日

选自丁当著《房子》，河北教育出版社 2002 年 8 月版

第二道假门

周伦佑

一伸手就打开了

并没有某种触及使你感到

那是一道门

众妙无言踩碎玻璃的声音

使你产生异样的感觉

你把手缩了回来

进过一次门了，许多的麻烦

由此而来，何必再找些烦恼

需要一根羽毛插在头上

让自己忘掉自己

其实羽毛都不是真的

就连鸟也只是一种假设。既然如此

也就无所谓门与不门了

假设它存在，你伸手一推

它就开了，近似的开

留下你的头让四肢通过，使你

成为老虎之外的另一种黄金

　　莲花之上的另一片海

另一道假门。众妙无言

又一只手把你豁然打开

　　1986 年 2 月 5 日于西昌月亮湖畔

　　选自《非非》1986 年卷

纪念航天飞机挑战者号

王小龙

这一瞬间改变了什么

这模样古怪的混血儿突然出现

借助烟雾浓浓的掩护

天空晴朗以后天空中闪闪亮亮

布满骨肉碎屑铝片尖锐的声音

没消化完的早餐三明治

天空中闪闪亮亮

一缕女人的长发穿过阳光

这一瞬间改变了什么**被炸得粉碎！**你热恋中的绝妙信物你球场

上忘我的发泄**被炸得粉碎！**你的期待你公园长椅上最后一个衰老的

午后**被炸得粉碎**！你总统手中的麦克风你椭圆形的肺刚恢复功能**被炸得粉碎**！你恐惧的祈祷你虔诚的诅咒你掏空的脑壳**被炸得粉碎**！你能记起的过去你没借过钱你**被炸得粉碎**！你开几天画展的野心你呕心沥血的理论你迷人的胸罩**被炸得粉碎**！你布置在树上的节目灯泡和一点点幽默你过分积极的春天你潮汐你白天黑夜两副面具**被炸得粉碎**

这一瞬间改变了什么
既然我像一条狗已经活了三十来年
我会拼字母会微笑会翻跟头把脚举起来
我爱到铁路边去看两条钢轨
看它们不知向哪里指去从哪里指来
我想象远方怀念父亲希望退休
在枕木上跳几步然后走回家去
我能认识回家的路幸福啊
你看我活的真不错像一条狗
千真万确地活着
你呢

可是这模样古怪的混血儿你想
它从出发到粉碎飞过多少距离
经过多少时间我们才听到它散架的声音
它的零件是用石头打磨用骨头刻成
用泥巴烧制或者是青铜溶液烧铸的吗
为什么我看见天空中布满象形文字
列祖列宗见过的我都见过

在围墙上海滨沙滩

在发现自己孤零零的时候

天空中闪闪发亮

永远不会长大的天使们赤身裸体

你们在天花板上走来走去你们都有翅膀

我的翅膀呢

�’噢翅膀退化了我们没有翅膀

我们有屁股我们一样舞蹈

歌唱猫捉老鼠公鸡打鸣猴子爬树

这都千真万确毋庸置疑

我们因此活得真不错

噢噢翅膀退化了我们没有翅膀

我们有手我们也使劲往上伸伸伸伸

飞天你被扯烂的裙裾长袖里不断抖落

大量钞票

这一瞬间改变了什么

判断原因结论都会出错错误是难免的

死人的事是经常发生的

你想他们还会有什么好事

那些现代理性和计算的低级动物

一个梦才是最重要的

死人的事是经常发生的

为了一个白日梦

你还能期盼比这更好的死吗

一个永恒的白日梦

麦考利夫推迟起飞时我曾见你笑嘻嘻地走下旋梯只有几秒钟电视新闻

你们准备哭泣吗

各位你们准备哭些什么

把眼泪留着到非洲去

哪里有沙漠无边的火焰一支支仙人掌

黝黑的手上开放着无数肮脏的空碗

你们使劲地哭

用眼泪拯救良心贿赂命运吧

而我要去发起一场盛大的庆典

庆祝人类又一次失败的纪录

庆祝死亡

为了白日梦的死亡

现代啊现代子弹比弓箭更准地射杀太阳

科学从轰炸机的肚子钻出就变成狼孩

海上行动着舰队海洋占地球面积四分之三

一些手指狂妄地摇晃在电钮上

围绕这几根手指将升起蘑菇般无法解释的乌云

可是让我们举行庆典

庆祝这一瞬间

庆祝这生命大爆炸

和平的礼花

说实话你有些像那些该死的炸弹

我看见一位女教师走了出来

因此你只是有点像

这一瞬间改变了什么

天空晴朗以后天空中闪闪亮亮

布满鸽群这有了武器才有的象形文字

向我飞来

啾啾男人女人穷人富人

有权有势者没权没势者

最文明的巴黎人安达曼岛上的土人

向我们飞来向我们降落

梦和翅膀将回到我们肩上

我们有肩膀吗

火耕地的鼓声便传诵于鼓满风帆的胸腔

而村头的古铜又一次集合起青春的冲动

拙朴的工具汗血淋漓航行于黑浪之波

腹部张开毛细小孔烘热古老的土地

柔情如血阴部痉挛裂帛之声撕破耳鼓

卵便在每颗秧苗上摇响浑浊的泪花

男人的手臂如刀镰腿关节噼叭作响

狂蹈之舞爆发于一片金黄的卵之碎片

声音的律动便格外地急促火在镰上流动

而臃肿了的屯仓鹤鸣之声顿时拥挤不堪

火炕上松散的关节飘出醇厚的酒香

鼾声雷动中回溯汗淋的初婚时光

而大梦之中又有鹤鸣振翅北飞
一声清啸竟是一个普通的女人……

1986 年 2 月

选自阎月君、周宏坤选编《后朦胧诗选》，春风文艺出版社 1994 年 9 月版

枪手

苏历铭

你把枪举起来
对准一个一百公斤的胖子
他正在接长途电话
他在反光镜里看到黑色的枪管后
颤抖地说：别开枪
然后拉开抽屉
枪手你不要怕
现在许多人只知道屈服不懂得反抗
何况他！是！一！个！胖！子！
他绝不是去找自卫手枪
而是在摸蓝色的巨款存折
钱可以买通一切
你也会被买通吗
然后他心平气和地饮一杯白兰地

枪手！卑鄙者在一种转机后

都会疯狂地复仇

你只有射击

1986 年 2 月北京

选自《诗选刊》2007 年第 3 期

望气的人

柏桦

望气的人行色匆匆

登高远眺

眼中沉沉的暮霭

长出黄金、几何与宫殿

穷巷西风突变

一个英雄正动身去千里之外

望气的人看到了

他激动的草鞋和布衫

更远的山谷浑然

零落的钟声依稀可闻

两个儿童打扫着亭台

望气的人坐对空寂的傍晚

吉祥之云宽大

一个干枯的导师沉默

独自在吐火、炼丹

望气的人看穿了石头里的图案

乡间的日子风调雨顺

菜田一畦，流水一涧

这边青翠未改

望气的人已走上了另一座山巅

1986 年暮春

选自徐敬亚等编《中国现代主义诗群大观 1986—1988》，同济大学出版社
1988 年 9 月版，后收入柏桦著《山水游记》，重庆大学出版社 2011 年 1 月版

肖斯塔科维奇：等待枪杀

欧阳江河

他整整一生都在等待枪杀

他看见自己的名字与无数死者列在一起

岁月有多长，死亡的名单就有多长

他的全部音乐都是一次自悼

数十万亡魂的悲泣响彻其间

一些人头落下来，像无望的果实

里面滚动着半个世纪的空虚和血

因此这些音乐听起来才那样遥远

那样低沉，像头上没有天空

那样紧张不安，像骨头在身体里跳舞

因此生者的沉默比死者更深

因此枪杀从一开始就不发出声音

无声无形的枪杀是一件收藏品

它那看不见的身子诡秘如俄罗斯

一副叵测的脸时而是领袖，时而是人民

人民和领袖不过是些字眼

走出书本就横行无忌

看见谁眼睛都变成弹洞

所有的俄罗斯人都被集体枪杀过

等待枪杀是一种生活方式

真正恐怖的枪杀不射出子弹

它只是瞄准

像一个预谋经久不散

一些时候它走出死者，在他们

高筑如舞台的躯体上表演死亡的即兴

四周落满生还者的目光

像乱雪委地扰乱着哀思

另一些时候它进入灵魂去窥望

进入心去掏空或破碎

进入空气和食物去清洗肺叶

进入光，剿灭那些通体燃亮的逃亡的影子

枪杀者以永生的名义在枪杀
被枪杀的时间因此不死

一次枪杀在永远等待他
他在我们之外无止境地死去
成为我们的替身

1986 年 4 月 7 日

选自唐晓渡、王家新选编《中国当代实验诗选》，春风文艺出版社 1987 年 6 月版

清晨掩埋

孙维民

清晨，他走进雾气游荡的森林
鞋底压过落叶，虫蚁，焦枯的枝干。
他听到杂草在脚下绝望的惊呼
一条匍匐的藤蔓险些将他绊倒

在一只白鸟栖息的树上，他开始工作
铁铲掘开黑色的泥土
成群的山鼠麴草四散奔逃——
最后，他将满袋的噩梦埋下
他回到床榻的时候，蛇类
还在秘密的洞窟里沉睡

他梦见遥远的噩梦像一对婴孩
以植物生长的速度，剧烈的号哭

1986 年 5 月

选自孙维民选集《拜波之塔》，台北现代诗季刊社 1991 年版

冷风景

杨黎

这会儿是冬天
正在飘雪

这条街很长
街两边整整齐齐地栽着
法国梧桐
（夏天的时候
梧桐树叶将整条整条街
全部遮了）

这会儿是冬天
梧桐树叶
早就掉了

街口是一块较大的空地
除了两个垃圾箱外

什么也没有

雪　已经下了好久
街两边的房顶上
结下了薄薄一层
街两边全是平顶矮房
这些房子的门和窗子
在这个时候
全部紧紧关着

这时还不算太晚
黑夜刚好降临
雪继续下着
这些窗户全贴上厚厚的报纸
一丝光线也透不出来

这是一条死街
街的尽头是一家很大的院子
院子里有一幢
灰色的楼房
天亮后会看见
黑色高大的院门
永远关着
站在外面
看得见灰色楼房的墙灰脱落
好像窗户都烂了

都胡乱敞开

院子围墙上已经长了许多草

夜晚月亮照着

没有一点反光

灰色楼房高高的尖顶

超过了这条街所有的

法国梧桐

（紧靠楼房的几间没有人住

平时也没有谁走近这里）

这时候却有一个人

从街口走来

很夜时

街右边有一家门突然打开

一股黄色的光

射了出来

接着"哗"的一声

一盆水泼到了街上

门还未关上的那一刹

看得见地上冒起

丝丝热气

最后门重新关死

雪继续下着

静静的

这是条很长很长的街

没有一盏路灯
异常地黑

记得夏天的晚上
街两边的门窗全都打开
许多黄光白光射出来
树影婆娑
（夏天的晚上
人们都坐在梧桐树下散凉）

夏天的中午街口树荫下面
站着一位穿白色连衣裙的少女
（风微微一吹
白色连衣裙就飘动起来）

这会儿是冬天
正在飘雪

忽然"哗啦"一声
不知是谁家发出
接着是粗野的咒骂
接着是女人的哭声
接着是狗叫
（狗的叫声来得挺远）
有几家门悄悄打开
射出黄光、白光

街被划了好些口子

然后，门又同时

悄悄关上

过了好一会儿

狗不叫了

女人也不哭了

骂声也停止了

雪继续下着

静静的

这时候却有一个人

从街口走来

当然

秋天不会有

秋天如果有人在这个时候走来

脚踏在满街的落叶上

声音太响

这会儿是冬天

正在飘雪

雪虽然飘了一个晚上

但还是薄薄一层

这条街是不容易积雪的

天还未亮

就有人开始扫地

那声音很响

沙、沙、沙

接着有一两家打开门

灯光射了出来

天快亮的时候

送牛奶的在外面喊

拿牛奶了

接着是这条街最热闹的时候

所有的门都打开

许多人都推着自行车

呵着气

走向街口

这个时候

只有街的尽头

依然没有响动

天全亮后

这条街又恢复了夜晚的样子

天全亮之后

这街上宁静看到清楚

这时候有一个人

从街口走来

（穿一身红色滑雪衫）

冬天

虽然雪停了

这会儿依旧是冬天

这会儿虽是冬天

但有太阳

街尽头院子里的灰色楼房

被太阳照着

这是一条很长很长的街

两边所有的房子

都死死地关着

这是一条很静很静的街

天全亮后

这条街又恢复了夜晚的样子

天全亮之后

这条街上宁静看得清楚

这时候

有一个人

从街口走来

1986 年

选自《非非》1986 年 5 月卷

在蚂蚁和蜥蜴上空

张小波

在那里就是我们曾经住过的城市

在股市交易所的对岸

在石板下面

打字机和一只跳蚤同时跃起

最接近心脏处出现八卦

翅膀下露出眼睛窥视隐私

在那里清官也要逃走

郊外的狗朝城市吼叫

一条河上的五座铁桥一模一样

我不知道站在哪里能望见故乡

火车向西奔去

我躺在地上

只有肚皮的起伏

使我看到内脏挂在树上的场面

在我们上空

蚂蚁和蜥蜴爬满星斗

闪电从脑门上退去

1986 年 6 月 3 日

选自宋琳、张小波、孙晓刚、李彬勇《城市人》，学林出版社 1987 年 7 月版

还给我

严 力

还给我

请还给我那扇没有装过锁的门

哪怕没有房间也请还给我

还给我

请还给我早上叫醒我的那只雄鸡

哪怕被你吃掉了也请把骨头还给我

请还给我半山坡上的那曲牧歌

哪怕已经被你录在了磁带上

也请把笛子还给我

还给我

请还给我爱的空间

哪怕已经被你污染了

也请把环保的权利还给我

请还给我我与兄弟姐妹的关系

哪怕只有半年也请还给我

请还给我整个地球

哪怕已经被你分割成

一千个国家

　　一亿个村庄

　　　　也请你还给我

1986 年 7 月 29 日

选自《诗刊》1988 年第 5 期

变化

张真

急剧的变化中
我似乎重生
我竟碰到预先设想的人
我甚至没有
沉没的机会

一切都在掌心里
都在目光所及之处
橘色的夜晚里
我渺然地遇见他
他正面对着我

我所经受的雷击
已使我有力
翅膀硬了
是时候了

不过仍是可疑
也许一如既往
而无休无止的飞行
只会携我归来

我这只鸟

还是注定要飞

我所理解的日子

正成为云朵的斜影

摇晃在山脊之上

我将从空中俯视

这种美丽

这撕人心肺的

无言之美

1986 年 7 月

选自张真著《梦中楼阁》，春风文艺出版社 1998 年 7 月版

出租汽车总在绝望时开来

王小龙

上次也是

为了去饭店结婚

我和她站在马路边上

像一对彩色的布娃娃

装作很幸福的样子

急得心里出汗

希望是手表快了一刻钟

会不会搞错地址

也不知道从南边还是北边来

只好一人盯着一边

想象着反特电影中的人物

又过了一刻钟

他们在饭店等得脸都绿了吧

不管认识不认识都是亲戚

挣扎着想出几句话问问

不时呵斥孩子们停止演习干杯

后来到了那里才想起

领带还在衣兜里

赶快系上脖颈像裤带

不我不是要自杀

这次又是

她提着牙齿、药和脏衣服

像假释出狱的女囚

我数着走进医院的脚和脚

想看出一个结果

中国是男人多还是女人多

索性不去等了

它一定又是在那个时刻出现

一个注定的时刻

选自上海文艺出版社编《探索诗集》，上海文艺出版社 1986 年 8 月版

雨中想起的若干往事

宋琳

你为那些枝条哭泣，是因为没有果实
能从你的手指落入内心
我在秋天独坐
仿佛从庭院深处看见了笔直的风景

通往我的路上只有一个孤独的行人
被雨淋湿，雪在晴天外滚动
追踪你小巧的脚跟
道路啊竟然如此开阔
像一只可怜的狗在落叶中流浪
满足着不必出门觅食的良心

我们即使步行也会疲劳
想着毁灭又能一如既往地活下去
永远有乐观的雨奇怪地泼下
那关怀多么难得
你只有涉过阳光时显得轻松
为了抵达我头发上的一座住宅
有时漂近有时漂远

（我们是两具器皿，发着光

把漏口衔在对方的嘴里

品尝骨头中的液体像喝一瓶饮料

你说这话时已经老了

我既伤心又感动

并且时常温习那不会厌烦的东西）

然而道理还像从前一样简单

就像这场秋天的雨

偶然降临，把过去的一两个场面保留下来

就像这庭院虽然封闭了很久

我也能在暗中准确地找到

又有一颗青果落下

那是你砰然裂开的声音

1986 年 9 月 17 日北京

选自诗刊社编《青春诗会三十年诗选》，作家出版社 2014 年 9 月版

工作着是美丽的

郁郁

打听一个死去的人

不肯能毫无目的

自我从事考古工作以来

我希望我探寻的对象

死得越早越好

这具化石对我没有感情
一时无法研究出她距离我们的时间
尤其是性格

我怎么会失望哪
至少我用手指敲她脑门的时候
她马上会做出反应

她的回答很奇特
有点像雨水打在窗上

（同事中有人逃离了现场）

我很爱听这幽幽的恐怖声
仿佛在向一位知己诉说着什么

我十分惊愕
她对我无端的信赖
回春转绿的魔术我不会

和对待自己的亲人一样
我常去这具化石坟地踏青
而我不能停止工作
打听更多死去的人

如今时尚火化

我也将被人打听

不要失望！现在就说——

敲几下我的骨灰盒

告诉你这是为什么

上海　宝山临江

1986 年 9 月 25 日

选自郁郁著《亲爱的虚无　亲爱的意义》，北岳文艺出版社 2000 年 5 月版

在清朝

柏桦

在清朝

安闲和理想越来越深

牛羊无事，百姓下棋

科举也大公无私

货币两地不同

有时还用谷物兑换

茶叶、丝、瓷器

在清朝

山水画臻于完美

纸张泛滥，风筝遍地

灯笼得了要领

一座座庙宇向南

财富似乎过分

在清朝

诗人不事营生、爱面子

饮酒落花，风和日丽

池塘的水很肥

二只鸭子迎风游泳

风马牛不相及

在清朝

一个人梦见一个人

夜读太史公，清晨扫地

而朝廷增设军机处

每年选拔长指甲的官吏

在清朝

多胡须和无胡须的人

严于身教，不苟言谈

农村人不愿认字

孩子们敬老

母亲屈从于儿子

在清朝

用款税激励人民

办水利、办学校、办祠堂

编印书籍、整理地方志

建筑弄得古香古色

在清朝

哲学如雨，科学不能适应

有一个人朝三暮四

无端端地着急

愤怒成为他毕生的事业

他于一八四二年死去

1986 年 10 月

选自柏桦著《表达》，漓江出版社 1988 年 3 月版

远方的朋友

于坚

远方的朋友

您的信我读了

你是什么长相　我想了想

大不了就是长得像某某吧

想到有一天你要来找我

不免有些担心

我怕我们一见面就心怀鬼胎

斟词酌句

想占上风

我怕我们默然不语

该说的都已说过

无论这里还是那里

都是过一样的日子

无论这里还是那里

都是看一样的小说

我怕我讲不出国家大事

面对你昏昏欲睡　忍住哈欠

我怕我听不懂你的幽默

目瞪口呆　像个木偶

我怕你仪表堂堂　风度翩翩

我怕你客客气气　彬彬有礼

叫我眼睛不知该看哪里

话也常常听错

一会儿搓搓大腿

一会儿抓抓耳朵

远方的朋友

交个朋友不容易

如果你一脚踢开我的门

大喝一声："我是某某!"

我也只好说一句:

我是于坚

1986 年 1 月

选自《诗刊》1986 年第 11 期

空白

宋琳

> 在那里时间解放了他们。一只翅膀最红，遮盖着世界，而另一只已经轻柔软地在远处扇动。
>
> ——埃利蒂斯《勇士的睡眠》

去过的地方离我们并不遥远

憋足了气慢跑就能赶上　一些容颜古旧的鸟

胸脯里装满谷粒

我的口袋里装满了钱

去白得耀眼的房顶上滑雪

跌落时会有一阵恐惧的心跳　脚发软

身体的下面很深

晚上在铁道旁的旅店里光着身睡眠

隔着棚木可以看见

肌肤若冰雪

方寸之间有一丛绒毛粘上福分

与窗外灵性的草没有什么两样

无声地蔓延

直到月蚀　天上出现空白

那一切都挨得很近

火柴和烟斗　屁股和脸　宗教和艺术

两个半圆轻轻合起

像下巴上的嘴　用呼吸吹奏死亡

最美的花在城市附近的村舍微笑

没有人知道她的身世

父王的脑髓被神明点了天灯

我想起枫丹白露之夕

画匠们拖着雪橇云集　争论什么是空白

房客有了主人——这是我的财产

你们随便使用吧

午夜的另一面是墙壁　突破

你可以继续赶路

我把手枕在头下　身体便缓慢飘过

所有去过的地方

城市的停尸房里有我的熟人

绰约若处子

可怜的脚涂满了泥巴　手松开一片死光

1986 年 6 月 2 日

选自《诗刊》1986 年第 11 期

西北偏北

张子选

一个我去过的地方

没有高粱没有高粱也没有高粱

羊群啃食石头上的阳光

我和一个牧羊人互相拍了拍肩膀

又拍了拍肩膀

走了很远这才发现自己

还不曾转过头来回望

心里一阵迷惘

天空中飘落了老鹰们的翅膀

提到西北偏北

我时常满面泪光

1986 年 6 月 26 日

选自《诗刊》1987 年第 11 期

汗血马

牛汉

跑过一千里戈壁才有河流

跑过一千里荒漠才有草原

无风的七月八月天

戈壁是火的领地

只有飞奔

四脚腾空的飞奔

胸前才感觉有风

才能穿过几百里闷热的浮尘

汗水全被焦渴的尘砂舐光

汗水结晶成马的白色的斑纹

汗水流尽了

胆汁流尽了

向空旷冲刺的目光

宽阔的抽搐的胸肌

沉默地向自己生命的内部求援

从肩胛和臀股

沁出一粒一粒的血珠

世界上

只有汗血马

血管与汗腺相通

肩胛上并没有翅翼

四蹄也不会生风

汗血马不知道人间美妙的神话

它只向前飞奔

浑身蒸腾出彤云似的血气

为了翻越雪封的大坂

和凝冻的云天

生命不停地自燃

流尽了最后一滴血

用筋骨还能飞奔一千里

汗血马

扑倒在生命的顶点

焚化成了一朵

雪白的花

1986 年 8 月　乌鲁木齐

选自《诗刊》1987 年第 12 期

让心去跋涉吧

桑恒昌

如果，

心与心之间，

阻隔的，

不仅是动脉的河，

不仅是胸骨的山，

那就让心去跋涉吧。

铺一条坦途，

把另一颗心领回来。

让友谊不再趔趄，

让生活不再跌倒。

此外还有什么选择，

心空辟不出飞行的航线。

选自《延河》1986 年第 12 期

死后还会衰老

芒克

地里已长出死者的白发
这使我相信，人死后也还会衰老

人死后也还会有噩梦扑在身上
也还会惊醒，睁眼看到

又一个白天从蛋壳里出世
并且很快便开始忙于在地上啄食

也还会听见自己的脚步
听出自己的双腿在欢笑，在忧愁

也还会回忆，尽管头脑里空洞洞的
尽管那些心里的人们已经腐烂

也还会歌颂他们，歌颂爱人
用双手稳稳地接住她的脸

然后又把她小心地放进草丛
看着她笨拙地拖出自己性感的躯体

也还会等待，等待阳光
最后像块破草席一样被风卷走

等待着日落，它就如同害怕一只猛兽
会撕碎它的肉似的躲开你

而夜晚，它却温顺地让你拉进怀里
任随你玩弄、发泄，一声不吭

也还会由于劳累就地躺下，闭目
听着天上群兽在争斗时发出的吼叫

也还会担忧，或许，一夜之间
天空的血将全部流到地上

也还会站起来，哀悼一副死去的面孔
可她的眼睛还在注视着你

也还会希望，愿自己永远地活着
愿自己别是一只被他人猎取的动物

被放进火里烤着，被吞食
也还会痛苦，也还会不堪忍受啊

地里已经长出死者的白发
这使我相信：人死后也会衰老

选自《中国》1986 年 12 月终刊号

京不特说风生雨死

京不特

在玻璃之上和之下
都看见了生和死。移动一下位置
他不能离开
不容易做我们才默契
走几级梯子也会全身僵住
才昨天死去，就已经
非常遥远
翻身不去依靠
是否朝同一个方向使你如此关注

此刻你就擦去所有墙所有纸张
让平地成为平地
让自身能够横躺
天大如玻璃。此刻
已经知道生死玄机
知道四肢是圆圈

你希望自己的举止不被重复
希望举止流畅
日子凝结在你心中无法动弹
玻璃之上是纸人布影，玻璃之下

就是你自己

微风细雨拂过脸颊
你伸手挡住
头发散落一地已经好几年
你在朝上面看

1986 年

选自《非非》1986 年卷

人到中年

尚仲敏

我已不再感伤
没有什么
可以使我感伤
我时常独自一人
面对墙壁
一坐就是一个下午
有人敲门
我也毫不理会
我只消说一声
我不在
朋友们就会悄然离去

朋友们习惯了我的脾气

选自《非非》1986 年卷

种烟叶的女人

小安

你在床和窗子之间
种了许多烟叶
（用水泥地板中出来的）
那种烟叶
又香又嫩

你一早上街去
抽着这种烟叶
我做饭时
也能闻到
那时
表明你要回家了
我手上的动作就更快

有时候
我也偷偷吸两口
（我太累了）
绕着那小块烟叶地

走两圈

每次总是又舒服

又不习惯

除了种烟叶

我还有许多事情要做

我知道在什么时候

打开窗子

通通风

想着你在一个什么地方

和别的女人们吸烟、作乐

并且谈论我的作坊

我感到很快活

我私下里打算

翻过年去换个地方

老种这种烟叶

也够腻味的

当然

在你面前

我还是很规矩的

选自《非非》1986 年卷

另一种温情

雪迪

现在我就在等待了

你的柔情通过一棵草生长我

你的声音穿透尘土

你的嘴在时间深处

像一只蜜蜂悦耳地蜇刺我

现在我就在等待了

你的手如同一股河水

早已离去的母亲在对岸的丛林中

数着被天空洗亮的石头

啊，另一种温情

我的远离你柔软皮肤的生命

我用五肥钢叉刺进日子

看见时间的孔穴中

流出我的纯洁的饥渴

和七颗蔚蓝的星星

现在我就在等待了

你的一句话使我的欲望布满花朵

并使人脸的每一个姿势

　　　　充满温情

1986 年

选自唐晓渡、王家新选编《中国当代实验诗选》，春风文艺出版社 1987 年 6 月版

中国，用纸糊起来了

张志民

中国——
用纸糊起来了！
糊啊！糊啊！
糊满天空，糊满大地
糊满街巷，糊满楼台
不管怎么说，
纸糊的中国
总不如纸糊的老虎
更有气魄。

面粉，用车拉！
糨糊，用人抬！
没饭吃，不怕！
中国人最能紧裤带！
刷！一张张地刷！
盖！一层层地盖！
中国！确实被糊得
结结实实，风雨不透！
需要当心的
只是——

一根火柴……

1986 年

选自张志民著《梦的自白》，百花文艺出版社 1989 年 9 月版

卡尔·马克思

尚仲敏

犹太人卡尔·马克思
叼着雪茄
用鹅毛笔写字
字迹非常潦草
他太忙
满脸的大胡子
刮也不刮

犹太人卡尔·马克思
他写诗
燕妮读了他的诗
感动得哭了
而后便成为
最多情的女人

犹太人卡尔·马克思
没有职业到处流浪

西伯利亚的寒流

弄得他摇晃了一下

但很快就站稳了

犹太人卡尔·马克思

穿行在欧洲人之间

显得很矮小

他指指点点

他拥有整个欧洲

乃至东方大陆

犹太人卡尔·马克思

一生穷困

1986 年

选自阎月君、周宏坤编《后朦胧诗选》，春风文艺出版社 1994 年 9 月版

灯芯绒幸福的舞蹈

张枣

1

"它是光，"我抬起头，驰心

向外，"她理应修饰。"

我的目光注视舞台，

它由各种器皿搭就构成。

我看见的她，全是为我

而舞蹈，我没有在意

她大部分真实。台上
锣鼓喧天，人群熙攘；
她的影儿守舍身后，
不像她的面目，衬着灯芯绒
我直看她姣美的式样，待到
天凉，第一声叶落，我对

近身的人士说："秀色可餐。"
我跪下身，不顾尘垢，
而她更是四肢生辉。出场
入场，声色更迭；变幻的器皿
模棱两可；各种用途之间
她的灯芯绒磨损，陈旧。

天地悠悠，我的五官狂蹦
乱跳，而舞台，随造随拆。
衣着乃变幻："许多夕照后
东西会越变越美。"
我站起，面无愧色，可惜
话声未落，就听得一声叹唷。

2

我看到自己软弱而且美，

我舞蹈，旋转中不动。

他的梦，梦见了梦，明月皎皎，

映出灯芯绒——我的格式

又是世界的格式；

我和他合一舞蹈。

我并未含混不清，

只因生活是件真事情。

"君子不器，"我严格，

却一贯忘怀自己，

我是酒中的光，

是分币的企图，如此妩媚

我更不想以假乱真；

只因技艺纯熟（天生的）

我之于他才如此陌生。

我的衣裳丝毫未改，

我的影子也热泪盈盈，

这一点，我和他理解不同。

我最终要去责怪他。

可他，不会明白这番道理，

除非他再来一次，设身处地，

他才不会那样挑选我

像挑选一只鲜果。

"唉，遗失的只与遗失者在一起。"

我只好长长叹息。

1986 年

选自张枣著《春秋来信》，文化艺术出版社 1998 年 3 月版

火车

于小韦

旷地里的那辆火车

不断向前

它走着

像一列火车那样

1986 年

选自于小韦著《火车》，河北教育出版社 2002 年 8 月版

1987年

晚景

北岛

在海湾扁平而灰白的腹部

留下一<u>丝丝</u>红色擦痕

黄昏，辉煌的巨轮

满载着灯光和他的客人

还有泡沫释放的笑声

瞬间那薄薄的剃刀

削掉一颗颗柏树上的火焰

枝干弯向更暗的一边

像木桨和舵

改变了夜的方向

久居于山崖上的石屋

门窗向四方洞开

那些远道而来的灵魂

聚在光洁的瓷盘上

一只高脚蚊子站在中间

1987 年

选自《青年文学》1987 年第 1 期

独身女人的卧室

伊蕾

1. 镜子的魔术

你猜我认识的是谁
她是一个，又是许多个
在各个方向突然出现
又瞬间消隐
她目光直视
没有幸福的痕迹
她自言自语，没有声音
她肌肉健美，没有热气
她是立体，又是平面
她给你什么你也无法接受
她不能属于任何人
——她就是镜子中的我
整个世界除以二
剩下的一个单数
一个自由运动的独立的单子
一个具有创造力的精神实体
——她就是镜子中的我
我的木框镜子就在床头
它一天做一百次这样的魔术

你不来与我同居

2. 土耳其浴室

这小屋裸体的素描太多
一个男同胞偶然推门
高叫"土耳其浴室"
他不知道在夏天我紧锁房门
我是这浴室名副其实的顾客
顾影自怜——
四肢很长，身材窈窕
臀部紧凑，肩膀斜削
碗状的乳房轻轻颤动
每一块肌肉都充满激情
我是我自己的模特
我创造了艺术，艺术创造了我
床上堆满了画册
袜子和短裤在桌子上
玻璃瓶里迎春花枯萎了
地上乱开着暗淡的金黄
软垫和靠背四面都是
每个角落都可以安然入睡
    你不来与我同居

3. 窗帘的秘密

白天我总是拉着窗帘

以便想象阳光下的罪恶

或者进入感情王国

心理空前安全

心理空前自由

然后幽灵一样的灵感纷纷出笼

我结交他们达到快感高潮

新生儿立即出世

智力空前良好

如果需要幸福我就拉上窗帘

痛苦立即变成享受

如果我想自杀我就拉上窗帘

生存欲望油然而生

拉上窗帘听一段交响曲

爱情就充满各个角落

　　你不来与我同居

4. 自画像

所有的照片都把我丑化

我在自画像上表达理想

我把十二种油彩合在一起

我给它起名叫 P 色

我最喜欢神秘的头发

蓬松的刘海像我侄女

整个脸部我只画了眉毛

敬祝我像眉毛一辈子长不大

眉毛真伟大充满了哲学

既不认为是，也不认为非

既不光荣，也不可耻

既不贞洁，也不淫秽

既不是生，也不是死

我把自画像挂在低矮的墙壁

每日朝见这唯一偶像

　　　你不来与我同居

5. 小小聚会

小小餐桌铺一块彩色台布

迷离的灯光泻在模糊的头顶

喝一口红红的酒

我和几位老兄起来跳舞

像舞厅的少男少女一样

我们不微笑，沉默着

显得昏昏欲醉

独身女人的时间像一块猪排

你却不来分食

我在偷偷念一个咒语——

让我的高跟鞋跳掉后跟

噢！这个世界已不是我的

我好像出生了一个世纪

面容腐朽，脚上也长了皱纹

独身女人没有好名声

只是因为她不再年轻

　　　你不来与我同居

6. 一封请柬

一封请柬使我如释重负

坐在藤椅上我若有所失

曾为了他那篇论文我同意约会

我们是知音，知音，只是知音

为什么他不问我点儿什么

每次他大谈现代派、黑色幽默

可他一点也不学以致用

他才思敏捷，卓有见识

可他毕竟是孩子

他温存多情，单纯可爱

他只能是孩子

他文雅庄重，彬彬有礼

他永远是孩子，是孩子

——我不能证明自己是女人

这一次婚礼是否具有转折意义

人是否可以自救或者互救

　　　你不来与我同居

7. 星期日独唱

星期日没有人陪我去野游
公园最可怕，我不敢问津
我翻出现存的全体歌本
在土耳其浴室里流浪
从早饭后唱到黄昏
头发唱成 1
眼睛唱成 2
耳朵唱成 3
鼻子唱成 4
脸蛋唱成 5
嘴巴唱成 6
全身上下唱成 7
表哥的名言万岁——
歌声是心灵的呻吟
音乐使痛苦可以忍受
孤独是伟大的
（我不要伟大）
疲乏的眼睛憩息在四壁
头发在屋顶下飞像黑色蝙蝠
　　你不来与我同居

8. 哲学讨论

我朗读唯物主义哲学——

物质第一

我不创造任何物质

这个世界谁需要我

我甚至不生孩子

不承担人类最基本的责任

在一堆破烂的稿纸旁

讨论艺术讨论哲学

第一，存在主义

第二，达达主义

第三，实证主义

第四，超现实主义

终于发现了人类的秘密

为活着而活着

活着有没有意义

什么是最高意义

我有无用之用

我的气息无所不在

我决心进行无意义结婚

　　你不来与我同居

9. 暴雨之夜

暴雨像男子汉给大地以鞭楚

躁动不安瞬间缓解为深刻的安宁

六种欲望渗和在一起

此刻我什么都要什么都不要

暴雨封锁了所有的道路

走投无路多么幸福

我放弃了一切苟且的计划

生命放任自流

暴雨使生物钟短暂停止

哦，暂停的快乐深奥无边

　　　"请停留一下"①

我宁愿倒地而死

　　　你不来与我同居

10. 象征之梦

我一人占有这四面墙壁

我变成了枯燥的长方形

我做了一个长方形的梦

长方形的天空变成了狮子星座

一会儿头部闪闪发亮

――――――――

①《浮士德》中浮士德最后的话。

一会儿尾部闪闪发亮

突然它变成一匹无缰的野马

向无边的宇宙飞驰而去

套马索无力地转了一圈垂落下来

宇宙漆黑没有道路

每一步有如万丈深渊

自由的灵魂不知去向

也许她在某一天天折

　　　你不来与我同居

11. 生日蜡烛

生日蜡烛像一堆星星

方方的屋顶是闭锁的太阳系

空间无边无沿

宇宙无意中创造了人

我们的出生纯属偶然

生命应当珍惜还是应当挥霍

应当约束还是应当放任

上帝命令：生日快乐

所有举杯者共同大笑

迎接又临近一年的死亡

因为是全体人的恐惧

所以全体人都不恐惧

可以青春比蜡烛还短

火焰就要熄灭

这是我一个人的痛苦

　　你不来与我同居

12. 女士香烟

我吸它是因为它细得可爱

点燃我做女人的欲望

我欣赏我吸烟的姿势

具有一种世界性美感

烟雾造成混沌的状态

寂寞变得很甜蜜

我把这张报纸翻了一翻

戒烟运动正在广泛开展

并且得到了广泛支持

支持的并不身体力行

不支持的更不为它做出牺牲

谁能比较出吸烟的功德与危害

戒烟与吸烟只好并行

各取所需

是谁制定了不可戒的戒律

高等人因此而更加神奇

低等人因此而成为罪犯

今夜我想无罪而犯

　　你不来与我同居

13. 想

我把剩余时间统统用来想

我赋予想一个形式：室内散步

我把体验过的加以深化

我把未得到的改为得到

我把发生过的加以进展

我把未曾有的化成幻觉

不能做的都想

怯于对你说的都想

法律踟蹰在地下

眼睁睁仰望着想

罗网和箭矢失去了目标

任凭想胡作非为

我想签证去想的王国居住

我只担心那里已经人口泛滥

　　　你不来与我同居

14. 绝望的希望

这繁华的城市如此空旷

小小的房子目标暴露

白天黑夜都有监护人

我独往独来，充满恐惧

我不可能健康无损

众多的目光如刺我鲜血淋漓

我祈祷上帝把那一半没有眼的椰子①分给全体公民

道路已被无形的障碍封锁

我怀着绝望的希望夜夜等你

你来了会发生世界大战吗

你来了黄河会决口吗

你来了会有坏天气吗

你来了会影响收麦子吗

面对所恨的一切我无能为力

我最恨的是我自己

　　你不来与我同居

1987 年

选自《人民文学》1987 年第 1 期

荒岛

杨远宏

还没有站上海岸就开始涨潮

风衣的潇洒被夹进石缝

手握一截划断的桨板

开始审讯每道圆弧

　　　　每道抛物线

—————————

①神话传说中，鬼把一半没有眼的椰子分给活人，活人就看不到鬼。

结果是响尾蛇的逃避

荒岛如哲人的头颅

                  冒出水面

眼睛在海底长成珊瑚树

头发早已被反复轰击的雷电剃完

再不去雨巷撑伞

丁香花在植物园里

梧桐树走不出空洞的孤单

没有帽子会收获一颗太阳

当诗人光头正步走过广场

麇集在方砖的影子

     就匍伏逃窜

……一阵钉鞋从坚石上敲过

    门：开的在开

       关的在关

1987 年

选自《巴山文艺》1987 年第 5 期

飞天

李琦

在历史里你们袒着胸

历史因此显得也很随便

美妇人，我一望而知你不是少女

你曼妙于壁画曼妙成千古风流

洞穿茫茫岁月

必是一颗女人熟透的心

你的目光是条粼粼大河

河两岸彳亍着多少迷茫者

感悟着你的孤独你的妩媚

你这没有姓名没有籍贯的女人

美丽得世世代代苦难

美丽得世世代代危险

我从平庸与琐屑走来

势必仍向那来处归去

而伫立在你面前只几分钟

我便消遁

我便诞生

我无天可飞

徒作飞状也是俗态

只是凝望你裙裾间那神秘的皱褶

有了一种冲动

有了一种

对谁也不说的体味

选自《诗刊》1987 年第 7 期

真实的爱情

小海

真实的爱情就是这样
不要轻率地提起我
给我的信也只能这样
　　　昨天我没有任何想法
　　　今天你与我同在
你不尽善尽美
就像往日的来访比今天突然
为着你的祈祷
我要去想
去做完整的事情
我的小鬼
你手上的一颗痣甚至都能
告诉我
你过去的某一个狡猾的时刻
但愿我爱你就像你爱我一样
你在上楼的时候我正走下楼
你在唱歌的时候
我正在旅行
有一处风景
我想你很喜欢
你的感觉如何

它代表了我的此时此刻此分

展示的某一部分

一段不诚实的部分

我的马车俘虏了我的马儿

1987 年

选自《他们》第 4 辑，1987 年 7 月

悼某人

杨牧

　　　1

那一夜，据说，你也和常人

一样遂被星光击倒，乃通过树影

和瓦棱曲线之类跌落于番薯园中

脸部朝下仿佛倾听某件伟壮的

传说——剑与尘土

并且雄辩地告诉了其他

别的。星光交谈

交谈：远处深巷一犬低吠

水门四周荒草有萤

雨云飘过大屯山

孤舟摇动在渡口。星光

和你逸失的思考商略

日夜的依据，蝉声不复记忆

只听见皮革和熟铁交击穿过回廊

湿度在上升，充塞整个盆地

血糖乃如预期下降

2

向西是昆虫和杜鹃

一条小水沟勉强漂浮着萍草

这时向西很暗，你俯耳倾听

惟蚯蚓翻身的动静刺探

大地，而大地恐怕将默默送走一个

接受一个有着宽厚肩膀的男孩，你

俯耳倾听

你听见一方隐约是鼓声点点

微微自历史翻过去的一章传来

偶尔断续。楼顶上黯黯

星光还在闪烁聚讼，窗里

有电路呈交叉刑奔窜

一只蠹鱼醒来，打哈欠

心里忐忑不安，遂也

游过鬼谷子逼向尸子

在你手指间

默默

3

杜鹃转了一个方向
当月亮照满干燥的路
警觉到马达和车辆朝尽头圆环
绕了一圈，如乌鹊嘎嘎然离去
风里有汗和血泪的气味，不然
许是书籍，试管，操作机油
六号水稻，也许是曩昔
当你快步跑过盛大开放的一排杜鹃
三月细雨

这时你已经听见地下有人
叹息，声音像菜叶长大
像根茎宛转，充实，准确
像露聚浓于芭蕾，月亮遂已照满
坚毅伸入热风里一条显著的光芒
远处深巷里一犬低吠

1987 年
选自《中国时报·人间》1987 年 9 月 24 日

生命

尚仲敏

雪白的灯光，洒满了一桌

安静、温暖，就像冬季的太阳照在海上

这正是作诗的大好时辰

但我提起笔，迟迟落不下去

我看见一只飞行的小虫，绕着灯泡

有几次它想在上面停住

它太小了，我不忍随手把它杀伤

就连我嘴里呼出的一口气

也会使它东倒西歪、撞上墙壁

这种情形就跟我们中的每一个人一样

又微弱又自持，在命运的手掌之下

时刻提防那飞来的一击

1987 年 8 月 25 日

选自《人民文学》1988 年第 9 期

天猫

吕贵品

崖上，有两个人垂手

平视前方突然转过身来目光相碰

一棵树燃烧起来

火光惊醒了端坐于天空的一只猫

猫竭声嚎叫

这一夜

崖下人群难以入睡

他们躁动无比

几个女人一边用鞋底拍打棉衣上的灰尘

一边怒骂

一个男人高举着斧头乱窜

不知砍什么好

这一夜山里无风海上无浪

只有一声声尖利的猫叫在动

猫声如水

凉凉地覆盖了所有的人

人群穿好衣服

开始谴责身边的女孩

因为她听到那只猫声之后

丢掉了乳罩

那只猫一直嚎叫

绿色的叶子

在飘落的瞬间慢慢变得枯黄

山

痛苦时听到那只猫声就会逍遁

后来人群原谅了女孩

因为有人发现

那只猫尖利的叫声

使人流血

使人讨厌自己

崖黑毒毒

那只弓背的猫端坐于天空一直在嚎叫

而且闪着光

崖下人群模仿那棵燃烧的树

将房子点燃

唱起了歌

崖下两人垂手对望

不再看别的东西

那只天猫一直竭声嚎叫

1987 年

选自《蛇口通讯报》，1987 年 10 月

探监

郭力家

他说以后只和正经人握手
他握住我的手时
我发觉他的手上少了两个手指
一股凉风漏了进来
七月
我的血液感到寒冷

生日那一天
他会起猜到剁掉了自己的指头
两个指头像一对发红的眼睛
两个指头一齐窜出一股泪水
两个指头的泪水是红色的
指头慢慢掉在地上
两个指头在地上蹦蹦跳跳
两个指头委屈得连喊带叫
它俩的欢叫声使
一只老黑猫猛然睁开大眼睛
它不知该怎么和它们玩才好
它衔起翻动的手指
窜向门口

他没有吱声

他的声音全让世界给借光了

他想静一会儿

跑来的母亲哗然痛哭

儿子在假释中

儿子自己给自己平添了一次血刑

——孩子呵

——妈妈

我想了以后

再也不

窗外有一阵大雨跌落

他抬起头

今天雨水是红色的

今天的雨水像是谁的衣服

十八岁了

我不能哭

中华中华

也看一眼你这个儿子吧

他比不上卢梭

但也会用自己的骨头蘸血

写那么几笔忏悔录

诗算写完了

笔一扔我就

恶心得要吐

1987 年

选自《诗刊》1987 年第 11 期

麦地

　　——致乡土中国

骆一禾

我们来到这座雪后的村庄

麦子抽穗的村庄

冰冻的雪水滤下小麦一样的身子

在拂晓里　她说

不久，我还真是一个农民的女儿呢

那些麦穗的好日子

这时候正轻轻地碰撞我们——

麦地有神，麦地有神

就像我们盛开花朵

麦地在山丘下一望无际

我们在山丘上穿起裸麦的衣裳

迎着地球走下斜坡

我们如此贴近麦地

那一天蛇在天堂里颤抖

在震怒中冰凉无言 享有智谋

是麦地让泪水汇入泥土

尝到生活的滋味

大海边人民的衣服

也是风吹天堂的

麦地的衣服

麦地的滚动

是我们相识的波动

怀孕的颤抖

也就是火苗穿过麦地的颤抖

1987 年 11 月 15 日

选自张玞编《骆一禾诗全编》，上海三联书店 1997 年 2 月版

我是你的太阳

顾城

我在悬浮的巨石间移动

我没有自己的光

尘埃在北方营地上嘤嘤消失

我没有一丝光亮

血液像淡淡的河水

一路上垂挂的是清晨的果实

在生长中轻轻回转
把潮湿的多足虫转向中午
草叶和打谷场爆出白色的烟缕

我知道红砂土的火将被鱼群吞食
在近处游着我的中指
我知道婚约投下的影子

所有海水都向我投出影子
大平原棕色的注视
你的凝视使气流现出颜色

在你的目光里活着
永远被大地的光束所焚烧
为此我成为太阳，并且照耀

1987 年

选自《羊城晚报》1987 年 11 月 23 日

汉英之间

欧阳江河

我居住在汉字的块垒里，

在这些和那些形象的顾盼之间。

它们孤立而贯穿，肢体摇晃不定，

节奏单一如连续的枪。

一片响声之后，汉字变得简单。

掉下了一些胳膊，腿，眼睛，

但语言依然在行走，伸出，以及看见。

那样一种神秘养育了饥饿。

并且，省下很多好吃的日子，

让我和同一种族的人分食、挑剔。

在本地口音中，在团结如一个晶体的方言

在古代和现代汉语的混为一谈中，

我的嘴唇像是圆形废墟，

牙齿陷入空旷

没碰到一根骨头。

如此风景，如此肉，汉语盛宴天下。

我吃完我那份日子，又吃古人的，直到

一天傍晚，我去英语之角散步，看见

一群中国人围住一个美国佬，我猜他们

想迁居到英语里面。但英语在中国没有领地。

它只是一门课，一种会话方式，电视节目，

大学的一个系，考试和纸。

在纸上我感到中国人和铅笔的酷似。

轻描淡写，磨损橡皮的一生。

经历了太多的墨水，眼镜，打字机

以及铅的沉重之后，

英语已经轻松自如，卷起在中国的一角。

它使我们习惯了缩写和外交辞令，

还有西餐，刀叉，阿斯匹林。

这样的变化不涉及鼻子

和皮肤。像每天早晨的牙刷

英语在牙齿上走着，使汉语变白。

从前吃书吃死人，因此

我天天刷牙。这关系到水、卫生和比较。

由此产生了口感，滋味说，

以及日常用语的种种差异。

还关系到一只手：它伸进英语，

中指和食指分开，模拟

一个字母，一次胜利，一种

对自我的纳粹式体验。

一支烟落地，只燃到一半就熄灭了，

像一段历史。历史就是苦于口吃的

战争，再往前是第三帝国，是希特勒。

我不知道这个狂人是否枪杀过英语，枪杀过

莎士比亚和济慈。

但我知道，有牛津辞典里的、贵族的英语，

也有武装到牙齿的、丘吉尔或罗斯福的英语。

它的隐喻，它的物质，它的破坏的美学，

在广岛和长崎爆炸。

我看见一堆堆汉字在日语中变成尸首——

但在语言之外，中国和英美结盟。

我读过这段历史，感到极为可疑。

我不知道历史和我谁更荒谬。

一百多年了，汉英之间，究竟发生了什么？

为什么如此多的中国人移居英语，

努力成为黄种白人，而把汉语

看做离婚的前妻，看做破镜里的家园？究竟

发生了什么？我独自一人在汉语中幽居，

与众多纸人对话，空想着英语，

并看着更多的中国人跻身其间，

从一个象形的人变成一个拼音的人。

1987 年 7 月于成都

选自《诗刊》1987 年第 11 期

玻璃工厂

欧阳江河

1

从看见到看见，中间只有玻璃。

从脸到脸

隔开是看不见的。

在玻璃中，物质并不透明。

整个玻璃工厂是一只巨大的眼珠，

劳动是其中最黑的部分，

它的白天在事物的核心闪耀。

事物坚持了最初的泪水，

就像鸟在一片纯光中坚持了阴影。

以黑暗方式收回光芒，然后奉献。

在到处都是玻璃的地方，

玻璃已经不是它自己，而是

一种精神。

就像到处都是空气，空气近乎不存在。

    2

工厂附近是大海。

对水的认识就是对玻璃的认识。

凝固，寒冷，易碎，

这些都是透明的代价。

透明是一种神秘的、能看见波浪的语言，

我在说出它的时候已经脱离了它，

脱离了杯子、茶几、穿衣镜，所有这些

具体的、成批生产的物质。

但我又置身于物质的包围之中，

生命被欲望充满。

语言溢出，枯竭，在透明之前。

语言就是飞翔，就是

以空旷对空旷，以闪电对闪电。

如此多的天空在飞鸟的躯体之外，

而一只孤鸟的影子

可以是光在海上的轻轻的擦痕。

有什么东西从玻璃上划过，比影子更轻，

比切口更深，比刀锋更难逾越。

裂缝是看不见的。

      3

我来了，我看见了，我说出。

语言和时间浑浊，泥沙俱下。

一片盲目从中心散开。

同样的经验也发生在玻璃内部。

火焰的呼吸，火焰的心脏。

所谓玻璃就是水在火焰里改变态度，

就是两种精神相遇，

两次毁灭进入同一永生。

水经过火焰变成玻璃，

变成零度以下的冷峻的燃烧，

像一个真理或一种感情

浅显，清晰，拒绝流动。

在果实里，在大海深处，水从不流动。

      4

那么这就是我看到的玻璃——

依旧是石头，但已不再坚固。

依旧是火焰，但已不复温暖。

依旧是水，但既不柔软也不流逝。

它是一些伤口但从不流血，

它是一种声音但从不经过寂静。

从失去到失去，这就是玻璃。

语言和时间透明，

付出高代价。

　　5

在同一工厂我看见三种玻璃：

物态的，装饰的，象征的。

人们告诉我玻璃的父亲是一些混乱的石头。

在石头的空虚里，死亡并非终结，

而是一种可改变的原始的事实。

石头粉碎，玻璃诞生。

这是真实的。但还有另一种真实

把我引入另一种境界：从高处到高处。

在那种真实里玻璃仅仅是水，是已经

或正在变硬的、有骨头的、泼不掉的水，

而火焰是彻骨的寒冷，

并且最美丽的也最容易破碎。

世间一切崇高的事物，以及

事物的眼泪。

　　1987 年 9 月 6 日于山海关

　　选自《诗刊》1987 年第 11 期

帆

柏桦

时间的岸远去了，并正在远去，
爱挂在我的桅杆上，推动着我；
它是我的纯洁的帆，
它是我的鲜明的旗。
我会沉没吗？不！除非
我的帆被风暴撕得粉碎，
但我仍然会高举着对神的轻蔑，
尽可能长久地指向蓝天，
尽可能长久地露在水平之上，
尽可能长久地保持着庄严的存在。
我的旗帜并没有降落，
它的每一块碎片都飞升天界；
使白云有了魂魄，
俯身向下，千姿百态地依恋着大地。

1987 年 3 月 11 日于上海
选自《青年作家》1987 年第 12 期

为幸福而歌

张枣

在别人的房间，在我们
生活的地下室，时钟沉醉
鸟儿金子一样吟唱
阳光织着，织着

一番锦绣绸面
在别人的房间，我们
深深凝望，哦，深深祝福
那不知属于谁的
哪个青春俊儿的

肖像，它在美妙的年龄
烛泪一样清亮
都同样被锁在这里
锁在我们欲吐的心里
像宁静被闲置在
我们生活的地下室
那遮盖我们上下身的丝绸
正为幸福而忘情歌唱

1987 年 12 月 16 日

选自张枣著《张枣的诗》，人民文学出版社 2010 年 7 月版

相声专场

阿吾

经过一个女人介绍
出来两个男人

一个个儿高
一个个儿矮

个儿矮的白又胖
个儿高的黑且瘦

第一句话是瘦子说的
第二句话是胖子说的

胖子话少
瘦子话多

瘦子奚落胖子
观众哄堂大笑

胖子用嘴鼻伴奏
瘦子边唱歌边跳舞

瘦子舞成了武打

伴奏跑调到霍元甲

响起不同频率的声音
两个人弯腰成一般高

胖子斜视瘦子一眼
瘦子带胖子向左侧退下

出来一个老头
观众用右手打左手

经一个女人介绍
老头叫牛倒立

老头先讲一句
老头再问一句

前一句声音粗
后一句声音细

老头介绍餐馆的名字
观众悄悄咽口水

名字讲到第三十六个
响起不同频率的声音

经一个女人介绍
出来一群男人

一，二，三，四
五，一共五个人

五个人外形很不一样
就穿的服饰相同

其中四个人闹意见
一个人竭力调解

调解一定时间
出现一次响声

这样已有七次
每次稍有差别

四个人终于团结
要调解的人赔礼

此时响起同种频率的声音
是右手打左手的声音

1987 年

选自《诗刊》1988 年第 1 期

诀别

廖亦武

你扇我的耳光，我的脸上
泛滥开一片洪水
我的羞辱如石斧
砸碎邃古的浪涛

创世纪。我的情感之塔倾圮
塔底是一口镇锁虎豹的井
我惊听自己的喉咙迸出裂岸的嚎叫
那不像人的声音

珠泪滔滔，你恐骇的脚边
钻石草持续开花
夫妻树在头顶蔓伸伤口
我凌空捉住声音里的爪子
——像仇敌的手母亲的手
像你把我推往万年之外的手

一张烟叶卷裹去整幢楼房
焦黑的夜粘贴住屋檐，遍体鳞伤
我望着养育幸福的土地从天上飘走
好呛人的风啊

过来，听我悄悄说声别了

向我们苦苦筑建的家园

向孩子

向十代单传的那条根说

别了

1987 年

选自诗刊社编《1987 年诗选》，人民文学出版社 1989 年 4 月版

麦地与诗人

海子

询问

在青麦地上跑着

雪和太阳的光芒

诗人，你无力偿还

麦地和光芒的情义

一种愿望

一种善良

你无力偿还

你无力偿还

一颗放射光芒的星辰

在你头顶寂寞燃烧

答复

麦地

别人看见你

觉得你温暖，美丽

我则站在你痛苦质问的中心

            被你灼伤

我站在太阳 痛苦的芒上

麦地

神秘的质问者啊

当我痛苦地站在你的面前

你不能说我一无所有

你不能说我两手空空

麦地啊，人类的痛苦

是他放射的诗歌和光芒！

1987 年

选自《人民文学》1989 年第 6 期

苹果上的豹

林雪

有些独自的想象，能够触及谁的想象？
有些独自的梦能被谁梦见
一个黑暗的日子，带来一会儿光

舞台上的人物被顶灯照亮
一个悬空的中心，套着另一个中心
火苗的影子，掀起一只巨眼

好戏已经开场。进入洞窟的人
睁大眼睛睡眠。在睡眠中生长
三百年的梦境，醒来
和一条狗一起在平台上依次显现

一个点中无限奔逃的事物
裹挟着那匹豹。一匹豹
金属皮上黄而明亮的颜色
形成回环。被红色框住

一匹豹是人的属性之一
在稠密的海水之上行走
水下的人群、矿脉、烟草的气味

这样透明而舒适。一些幽魂

火花飞溅的音乐还在继续

我怎样才能读懂那些玫瑰上的字句

一只结霜的苹果，想起无穷无尽

使我在一个梦里醒来

或重新沉入另一次睡眠

这已经无关紧要

赞美这些每日常新的死亡

在一个时间里，得到一个好运

在另一个时刻观看豹

与苹果。香气无穷无尽

　　1987 年

　　选自林雪著《蓝色的钟情》，沈阳出版社 1992 年 4 月版

项羽：他的头，剑，心

任洪渊

落日的响亮　他

砍掉自己的头

保全了心

剑　横在头和心之间

乌骓马踏痛今天

一把火　　烧掉了秦代

七百里的黑色

火焰成灰　　黑色七百里

他点燃自己的一柱血

最后的火花

俯看烧掉的自己

　　　　上升为光明

剑砍掉的

都在剑上生长

除了自己割下的头　　割断的观念

他把头颅的沉重　　抛给那个

需要他沉重的头颅的胜利者

　　　　　　　　　　　一个失败

心　　安放在任何空间都是自由的

安放在人的兽的神的魔的　　一个胸膛

　　　　　　　　　温暖得战栗

　　　　可以长出百家的头

　　　　却只有一颗　　心

1987 年

　　选自任洪渊著《女娲的语言——诗与诗学合集》，中国友谊出版公司 1993 年
9 月版

祖国（或以梦为马）

海子

我要做远方的忠诚的儿子

和物质的短暂情人

和所有以梦为马的诗人一样

我不得不和烈士和小丑走在同一道路上

万人都要将火熄灭　我一人独将此火高高举起

此火为大　开花落英于神圣的祖国

和所有以梦为马的诗人一样

我借此火得度一生的茫茫黑夜

此火为大　祖国的语言和乱石投筑的梁山城寨

以梦为上的敦煌——那七月也会寒冷的骨骼

如雪白的柴和坚硬的条条白雪　横放在众神之山

和所有以梦为马的诗人一样

我投入此火　这三者是囚禁我的灯盏　吐出光辉

万人都要从我刀口走过　去建筑祖国的语言

我甘愿一切从头开始

和所有以梦为马的诗人一样

我也愿将牢底坐穿

众神创造物中只有我最易朽　带着不可抗拒的死亡的速度

只有粮食是我的珍爱　我将她紧紧抱住　抱住她在故乡生儿育女

和所有以梦为马的诗人一样

我也愿将自己埋葬在四周高高的山上　守望平静的家园

面对大河我无限惭愧

我年华虚度　空有一身疲倦

和所有以梦为马的诗人一样

岁月易逝　一滴不剩　水滴中有一匹马儿一命归天

千年后如若我再生于祖国的河岸

千年后我再次拥有中国的稻田　和周天子的雪山

天马踢踏

和所有以梦为马的诗人一样

我选择永恒的事业

我的事业　就是要成为太阳的一生

他从古到今——"日"——他无比辉煌无比光明

和所有以梦为马的诗人一样

最后我被黄昏的众神抬入不朽的太阳

太阳是我的名字

太阳是我的一生

太阳的山顶埋葬　诗歌的尸体——千年王国和我

骑着五千年凤凰和名字叫"马"的龙——我必将失败

但诗歌本身以太阳必将胜利

1987 年

选自西川编《海子诗全编》，上海三联书店 1997 年 12 月版

楚王梦雨

张枣

我要衔接过去一个人的梦
纷纷雨滴同享的一朵闲云；
我的心儿要跳得同样迷乱，
宫殿春叶般生，酒沫鱼样跃，
让那个对饮的，也举落我的手。
我的手扪脉，空亭吐纳云雾，
我的梦正梦见另一个梦呢。

枯木上的灵芝，水腰系上绢帛，
西边的飞蛾探听夕照的虚实。
它们刚辞别幽所，必定见过
那个一直轻呼我名字的人，
那个可能鸣翔，也可能开落，
给人佩玉，又叫人狐疑的空址。
她的践约可能是澌澌潮湿的。

真奇怪，雨滴还未发落的前夕，
我已感到了周身潮湿呢：

清翠的竹子可以拧出水，
山谷来的风吹入它们的内心，
而我的耳朵似乎飞到了半空，

或者是凝伫而燃烧吧，燃烧那个
一直戏睡在里面，那湫隘的人

还燃烧她的耳朵，烧成灰烟
决不叫她偷听我心的饥饿。
你看，这醉我的世界含满了酒，
竹子也含了晨曦和岁月。
它们萧萧的声音多痛，多痛，
愈痛我愈要剥它，剥成七孔，
那么我的痛也是世界的痛。

请你不要再聆听我了，莫名的人。
我知道你在某处，隔风嬉戏。
空白的梦中之梦，假的荷叶，
令我彻反难眠的住址。
如果雨滴有你，火焰岂不是我？
人神道殊，而殊途同归，
我要，我要，爱上你神的热泪。

1987 年

选自张枣著《春秋来信》，文化艺术出版社 1998 年 3 月版

避雨之树

于坚

寄身在一棵树下　躲避一场暴雨

它用一条手臂为我挡住水　为另外的人

从另一条路来的生人　挡住雨水

它像房顶一样自然地敞开　让人们进来

我们互不相识的　一齐紧贴着它的腹部

蚂蚁那样吸附着它苍青的皮肤　它的气味使我们安静

像草原上的小袋鼠那样　在皮囊中东张西望

注视着天色　担心着闪电　雷和洪水

在这棵树下我们逃避死亡　它稳若高山

那时候我听见雷子砸进它的脑门　多么凶狠

那是黑人拳击手最后致命的一击

但我不惊慌　我知道它不会倒下　这是来自母亲怀中的经验

不会　它从不躲避大雷雨或斧子这类令我们恐惧的事物

它是树　是我们在一月份叫做春天的那种东西

是我们在十一月叫做柴禾或乌鸦之巢的那种东西

它是水一类的东西　地上的水从不躲避天上的水

在夏季我们叫它伞　而在城里我们叫它风景

它是那种使我们永远感激信赖而无以报答的事物

我们甚至无法像报答母亲那样报答它　我们将比它先老

我们听到它在风中落叶的声音就热泪盈眶

我们不知道为什么爱它　这感情与生俱来

它不躲避斧子　也说不上它是在面对或等待这类遭遇

它不是一种哲学或宗教　当它的肉被切开

白色的浆液立即干掉　一千片美丽的叶子

像一千个少女的眼睛卷起　永远不再睁开

这死亡惨不忍睹　这死亡触目惊心

它并不关心天气　不关心斧子雷雨或者鸟儿这类的事物

它牢牢地抓住大地　　抓住它的那一小片地盘

一天天渗入深处　　它进入那最深的思想中

它琢磨那抓在它手心的东西　　那些地层下面黑暗的部分

那些从树根上升到它生命中的东西

那是什么　　使它显示出风的形状　　让鸟儿们一万次飞走一万次

　　回来

那是什么　　使它在春天令人激动　　使它在秋天令人忧伤

那是什么　　使它在死去之后　　成为斧柄或者火焰

它不关心或者拒绝我们这些避雨的人

它不关心这首诗是否出自一个避雨者的灵感

它牢牢地抓住那片黑夜　　那深藏于地层下面的

那使得它的手掌永远无法捏拢的

我紧贴着它的腹部　　作为它的一只鸟　　等待着雨停时飞走

风暴大片大片地落下　　雨越来越瘦

透过它最粗的手臂我看见它的另外那些手臂

它像千手观音一样　　有那么多手臂

我看见蛇　　鼹鼠　　蚂蚁和鸟蛋这些面目各异的族类

都在一棵树上　　在一只袋鼠的腹中

在它的第二十一条手臂上我发现一串蝴蝶

它们像葡萄那样垂下　　绣在绿叶之旁

在更高处　　在靠近天空的部分

我看见两只鹰站在那里　　披着黑袍　　安静而谦虚

在所有树叶下面　　小虫子一排排地卧着

像战争年代　　人们在防空洞中　　等待警报解除

那时候全世界都逃向这棵树

它站在一万年后的那个地点　　稳若高山

雨停时我们弃它而去　　人们纷纷上路　　鸟儿回到天空

那时太阳从天上垂下　　把所有的阳光奉献给它

它并不躲避　　这棵亚热带丛林中的榕树

像一只美丽的孔雀　　周身闪着宝石似的水光

1987 年

选自于坚著《于坚的诗》，人民文学出版社 2000 年 12 月版

恨

柏桦

这恨的气味是肥肉的气味

也是两排肋骨的气味

它源于意识形态的平胸

也源于阶级的多毛症

我碰见了她，这个全身长恨的人

她穿着惨淡的政治武装

一脸变性术的世界观

三年来除了磕头就神经涣散

这非人的魂魄疯了吗？

这沉湎于斗争的红色娘子军

看她正起义，从肉体直到喘气

直到牙齿浸满盲目的毒汁

一个只为恨而活着的人
一个烈火烧肺的可怜人
她已来到我们中间
她开始了对人类的深仇大恨

1987 年

选自柏桦著《往事》，河北教育出版社 2002 年 8 月版

中国杂技：硬椅子

钟鸣

1

当椅子的海拔和寒冷揭穿我们的软弱，
我们升空历险，在座椅下，靠慎微
移出点距离。椅子在重叠时所增加的
那些接触点，是否就是供人观赏的，
引领我们穿越伦理学的蝴蝶的切点？

或在百兽之首，本来就该有这样的形貌？
或是因为摞得太高而后倾斜的一种食物？
他们要爬得很高很高来赞美这种配给物。
这些攀登者，有那种让影子入木三分的
功夫吗？那得操练勇气，把鱼嘴上一块

晕斑看作是椅子的玄学者，非常狡猾地
给他们的一种软器械或一种哭诉的智慧。

当他们头脚倒置，像一只疯狂的蜘蛛，
把它的网和目光倾吐在股掌最细的脉络上，
血会逆流吗？轻身术会使人更加超然吗？

问问青铜制成的先知，他满口轻笑着的
肖形的浑天仪，是否就是那些青蛙，龙和星宿？
爬高者在椅子上，像侏儒般倒立，露出些破绽，
看它是诗，天梯，还是椅子，或椅子上的木偶？

2

（皇帝最怕什么，椅子）

椅子绷紧的中国的丝绸，滑雪似的使他滑向
冬天，他专有的严冬。深邃的目光，将要
对付他，将他以运动来打扫。靠椅子和他
用准确音调说的错话，一种病的权力。

但，谁知道，人民应该做些什么呢？
这些倾覆之下的免于自由的好心人，
非常死板的紧紧地盯住他的不清洁，

因此我们有责任让嘴和椅子光明磊落。

在皑皑而无雪的冷漠和空虚里，
在绷得像陶土一样的千人一面，
他坐出青绿，黄色，绛紫，制度，吃住软硬，

兼施暴力和仁慈。他以硬气功练出的头面，
能够发热，把经筵像巨缸顶到我们的
头上，我们便有了读书月，有了丰雪兆年
我们的劳动和王的亲耕也将被认同，
文武嘴，笔直地出来，计较所得所失，
而王，在小事的交椅上则看到座次。

3

我们有"私"吗？公开后将不存在
并非名义上这样。我们能否有被公开后
仍然存在的那种"私"，那种恪守，
因传种的原理而被爱和它的狭义撬动？

其中，有许多隐秘是破解的，你相信它，
就能果腹。我们真有"私"吗，像椅子，
仅属于那攀缘之手，唯一的，非别的手，
不是所有的时候，也不在别的椅背上，

或靠着它难以理解地步步高到风险和
众矢之的？在它私下沉落的光亮之中，
有轻抬的腕托给它永远被遗忘的轮廓，

如今，他们的脸，薄如椅子所感受的那层
地板的空响，扣人心弦，但，这是谁呢？

仅在一个初春短夜就让所有的人熬了
一千零一夜；一个处子裸露，大胆而无羞，
所有的女人便通感了他的裸露，是谁呢，
使得我们的面子像拼凑椅子的薄木板，
因为没有表情而被瓦解，让铁人和硬骨头，
从杂耍里走出来，而人间私事则成了"丑闻"？

      4

他们练就一身的柔术，却使我们硬到底，
不像肋骨在我们体内，能赎罪，得救；
不像一株蔓，牵引着鸟和它定时而归的，
幸福，灾难已降临，我们在蓝羽支的

微微的血浸中就看到了，但，此刻
却是前所未有的宁静。她们也不像
夏季的雪，靠着攀缘和呼吸的高度就
耸起它的凌乱和溃散，让最细的颗粒，

流过躯体的死角，在我们的表演里
像根很瘦的腰带拴住解闷的马戏团，
在那里，加重它的表演，而实际上

她们只是像忍受服装一样忍受刺激，

跳七盘舞，把锋利的钢剑舞成头饰，
与箱子一起身首异处，还可以
让醋把腰和对椅子的关照酸到脚跟，
一朵花就承受了她们全部的轻盈和美
她们的柔和使椅子像要一个软枕头
似的要她们，要她们灯火里的技艺，
要她们柔软胸部致命的空虚。

1987 年

选自钟鸣著《中国杂技：硬椅子》，作家出版社 2003 年 7 月版

青春与光头

李亚伟

如果一个女子要从容貌里升起，长大后梦想飞到天上
那么，她肯定不知道个体就是死，要在妙龄时留下照片和回忆

如果我过早地看穿了自己，老是自由地进出皮肤
那么，在我最茫然的视觉里有无数细小的孔透过时光
在成年时能看到恍若隔世的风景，在往事的下面
透过星星明亮的小洞我只需冷冷地一瞥 也能哼出：那就是岁月！

我曾经用光头唤醒了一代人的青春

驾着火车穿过针眼开过了无数后悔的车站

无言地在香气里运输着节奏，在花朵里鸣响着汽笛

所有的乘客都是我青春的泪滴，在座号上滴向远方

现在，我看见，超过鸽子速度的鸽子，它就成了花鸽子

而穿过书页看见前面的海水太蓝，那海边的少年

就将变成一个心黑的水手

如果海水慢慢起飞，升上了天空

那少年再次放弃自己就变成了海军

如同我左手也放弃左手而紧紧握住了魂魄

如果天空被视野注视得折叠起来

新月被风吹弯，装订着平行的海浪

鱼也冷酷地放弃自己，形成了海洋的核

如果鱼也只好放弃鳃，地球就如同巨大的鲸鱼

停泊在我最浪漫的梦境旁边

1987 年

选自李亚伟著《豪猪的诗篇》，花城出版社 2006 年 1 月版

涅槃前后

默默

摘下英雄的面具我无所事事

逸出面具不清的稚气

我倾听秒钟嘀嗒又嘀嗒

脸透明成玻璃

又时时刻刻等于支离破碎

反射心灵深渊的怪光

亲爱的，这就是你应该接受的眼花缭乱呀

我的睡姿象征着空气稀薄

摘下青春的面具我一无所有

露出好像没有出生的脸

在充满威胁的幻觉中依然如鱼得水

我齿咬嘴唇，任头发疯去曳地

灵魂透明成水珠的化石

我差点走进催人落泪的故事而毫无意义

亲爱的，这就是你必须接受的瞬息万变呀

我的微笑就是告诉你

可以不爱就不要爱

摘下做人的面具我度日如年

算出指甲生长的速度

找到心跳的声音成千上万种无聊的比喻

踏在脚下的土地都弥漫基地的气味

引诱我朝任何一个归宿蠢蠢欲动

吸气吐气，兽性大发

吃饭睡觉，兽性大发

爱你，被你爱，兽性大发

想一想，亲爱的，这就是你该不该接受的情人呀

一晚上都在等你

逼我相信世界已经无法美好

1987 年

选自张清华主编《1978～2008 中国优秀诗歌》，现代出版社 2009 年 1 月版

维多利亚港

何福仁

我五岁的侄女把家里的鱼缸

定名为维多利亚港

那是英女皇莅临的一天

她第一次乘搭渡海小船

从一个距离发觉

自己生长的地方

黄埔的楼宇愈伸愈长愈长愈高

却原来一直漂浮在海上

那些密密麻麻的积木

许多人就在里面读书工作

海边尖东走廊总有人在不停追赶

追赶什么呢也没有人停下来想想

只有鸥鸟在波涛的秋千上玩耍

大小的船去船来；海风拨乱了她的头发

爸爸就把她抱拥，怕她着凉

她问我：你真的每天都坐这样的船上班

而且都坐同一艘船

同样地观看吗？

小小的鱼缸，已经够她爸爸忙碌的了

买鱼饵，换水，调节温度

当鱼鱼（她逐一给它们名字）生了病

被分隔开，用盐水饲养

病好了回到牢靠的避风港；也有的

爸爸就告诉她已经游到好远好远的海洋

许多年后，她一定会看到许多许多个

真正的海洋，那是的维多利亚港

原来只是小小的鱼缸

小得连地图也没有记载

小得谁又曾理会我们的水温

我们是否缺氧我们想过怎样的一种

生活？但那有什么相干

只要一家人同心协力

当风翻动，波涛再汹涌

我们总会安然渡过

而且总会有什么吸引她的目光

1987 年

选自王光明主编《中国新诗总系1979—1989》，人民文学出版社2010年9月
版

灿烂

马松

我曾经与花平分秋色
一灿一烂
一直硬挺进冬天
弯弓射走燕子
转身又射去风声

我遇到了灿烂　姹紫和嫣红
我在她们身上左右开弓　看见她们的呻吟如雪
我又遇见了冷和冰
都是我的一妻一妾

是心肝　必须长在绿叶间
是爱人　即使床在天边　她也近在眼前

我曾经走南闯北
把那条路都走旧
我现在每天打量自己　任何看法不仅是伤心　而且如花似玉

1987 年

选自 2006 年《诗歌月刊》第 11 期

1988年

在哈尔盖仰望星空

西川

有一种神秘你无法驾驭

你只能充当旁观者的角色

听凭那神秘的力量

从遥远的地方发出信号

射出光束，穿透你的心

像今夜，在哈尔盖

在这个远离城市的荒凉的

地方，在这青藏高原上的

一个蚕豆般大小的火车站旁

我抬起头来眺望星空

这时河汉无声，鸟翼稀薄

青草向群星疯狂地生长

马群忘记了飞翔

风吹着空旷的夜也吹着我

风吹着未来也吹着过去

我成为某个人，某间

点着油灯的陋室

而这陋室冰凉的屋顶

被群星的亿万只脚踩成祭坛

我像一个领取圣餐的孩子

放大了胆子，但屏住呼吸

1988 年 1 月

选自唐晓渡、王家新编《中国当代实验诗选》，春风文艺出版社 1987 年 6 月版，后来作者有改动

昙花学说

林燿德

石器时代属于惨白的化石

铜器时代属于郁绿的战斧

铁器时代属于黝黑的炮管

至于人类最后一个伟大的文明阶段

仍旧是黑色的

黑色的核战之后

人类所有的光明

瞬间耗竭

用百万年储蓄起来的笑靥

于一夜间萎落

浩劫完成　我们携手回到

前寒武纪的洪荒

生命史和地层史重新开始

一切还没有经过

尚未苏醒的上帝许诺

古生代贼一般地复辟

劫余者都必须培养一朵昙花

黑色而且唯美

昙花不是虚无

黑色是比爱比恨都要强盛的势力：

　　　因为昙花不断绽开

　　　因为黑色不停吞噬

让我们一齐

凝视自己拥有的一朵昙花

神情必须冷漠一如法老王不苟言笑的

黄金假面

让我们一齐

为手中的这一朵昙花命名

　　　　选自《中外文学》总第 188 期，1988 年 1 月

墓床

顾城

我知道永逝降临，并不悲伤

松林间安放着我的愿望

下边有海，远看像水池

一点点跟我的是下午的阳光

人时已尽，人世很长

我在中间应当休息

走过的人说树枝低了

走过的人说树枝在长

1988 年 1 月

选自顾城著《顾城的诗》，人民文学出版社 1998 年 3 月版

不要帮我，让我自己乱

王小妮

我的手

夜里睡鸟那样阖着。

我的手

白天也睡鸟那样阖着。

你走远又走近。

月亮在板凳上

对着你的门口微笑。

没有人知道

我站，我坐

都是一只乱。

平凡的人跶跶路过窗口。

路上有

许多幸福的鼠洞。

我看生命太繁忙。

睡鸟醒来，

树林告诉说树林很累。

鸟说看见了

鸟的方式

从来是乱语纷纷。

我的世界里

不停地碰落黑色芝麻。

没有泥土只有活芝麻。

你站得太近了。

你看不见

我是一个自乱者。

让我向我以外笑。

让我喜欢你

喜欢成一个平凡的女人。

让我安详盘坐于世

独自经历

一些细微的乱的时候。

1988 年 3 月

选自王小妮著《半个我正在疼痛》，华艺出版社 2005 年 1 月版

撒哈拉沙漠上的三张纸牌

杨黎

一张是红桃 K

另外两张

反扣在沙漠上

看不出是什么

三张纸牌都很新

它们的间隔并不算远

却永远保持着距离

猛然看见

像是很随便的

被丢在那里

但仔细观察

又像精心安排

一张近点

一张远点

另一张当然不近不远

另一张是红桃 K

撒哈拉沙漠

空洞而又柔软

阳光是那样刺人

那样发亮

三张纸牌在太阳下

静静地反射出

几圈小小的

光环

选自《作家》1988 年 4 月号

清明读诗

洛夫

无家信的日子

又逢清明

风雨说着宇宙性的悲怆

翻读自己的诗集时

实在忍不住

对着那一颗颗，形同

被打落的牙齿般的

六号宋体铅字

苦笑不已

藏在一页空白中的意义

是何种意义

而黑色的标题

哑如盲瞳

这些

全都给我吞下去了

连血

连碎肉

连无牙可咬的痛楚

每个意象

都被强烈的胃酸溶解

吐出来时

竟是一大堆

热得烫手的铁钉

风雨中

凛然面对窗外的青山

大声独诵

一首关于清明的诗

居然有鬼哭狼嗥惊天撼地之声势

而远处传来的回响

则有如

深一脚

浅一脚的

雨鞋踢踏而来的苍凉

选自《诗刊》1988 年第 4 期

为美而想

骆一禾

在五月里一块大岩石旁边

我想到美

河流不远，靠在一块紫色的大岩石旁边

我想到美　雷电闪在离寂静不远的

地方

有一片晒烫的地衣

闪烁着翅膀

在暴力中吸上岩层

那只在深红色五月的青苔上

孜孜不倦的工蜂

是背着美的呀

在五月的一块大岩石的旁边

我感到岩石下面的目的

有一层沉思在为美而冥想

1988 年 5 月 23 日

选自张玞编《骆一禾诗全编》，上海三联书店 1997 年 2 月版

星

海子

我死于语言和诉说的旷野
是的，这些我全都听见了。虽然

草原神秘异常
秋天，美丽处女是竖起风暴的花纹

虽说一个断臂的人
不能用手
却可以用牙齿
和嘴唇　打开我的诗集——
那是在大火中
那就是星

是——他是你们的哥哥。
诗人高喊
带火者，上山来！

牵着骆驼
的鬼魂
出现在黄昏

星

我是多么爱你

不爱那些鬼魂

1988 年 5 月

选自西川编《海子诗全编》，上海三联书店 1997 年 2 月版

山楂树

海子

今夜我不会遇见你

今夜我遇见了世上的一切

但不会遇见你。

一棵夏季最后

火红的山楂树

像一辆高大女神的自行车

像一女孩　畏惧群山

呆呆站在门口

她不会向我

跑来！

我走过黄昏

像风吹向远处的平原

我将在暮色中抱住一棵孤独的树干

山楂树！一闪而过　啊！山楂

我要在你火红的乳房下坐到天亮。

又小又美丽的山楂的乳房

在高大女神的自行车上

在农奴的手上

在夜晚就要熄灭

1988 年 6 月 8 日至 10 日

选自西川编《海子诗全编》，上海三联书店 1997 年 2 月版

深渊的魅力

野渡

深渊的魅力　如此诱惑我的肉体

以飞蛾扑火的灿烂之姿

接近你

黑色的光芒　涂遍裸露的四肢

美丽而残酷的纹身

在黑色的季节中绽放

令你眩目　令你颤动

令你像飓风中的海面汹涌不已

我是援着虚无　自海底次第而上的雪山

由绿而蓝　在接近天空的高度

倏然变白

终年不化的积雪披覆额头

是谁　让我亿万年站在岁月之外

感受亘古的苍凉

最后的日子如契约　无法拒绝

只能以动荡的灵魂　惊悸的目光

以及生长的全部瞬间

作为抵押

在你的眺望中

一切都成为流逝的风景

上升　或是下降

幸运　抑或不幸

不过是变换翅膀的两种姿势

或是同一个故事的两种讲法

你以成熟的夏季诱惑我

然后隐身不现

让我独自一人

坐在一望无际的空旷里

守望空空荡荡的世界

守望被砍伐殆尽的我自己

黄昏寂静如涨潮

我注视着自己缓缓下沉

成为深渊　成为尘土

成为历史深处辉煌过鼎盛过的

庞贝城

在植物不生长的季节

你从我饥渴的肉体中榨出

疯狂的主题

使我像梵高式的向日葵

充满火焰　旗帜　以及颂歌的狂想

在深渊的深处　末日的尽头

向整个无光的世界

燃烧我自己

1988 年 7 月 24 日

选自阎月君、周宏坤编《后朦胧诗选》，春风文艺出版社 1994 年 9 月版

不认识的就不想再认识了

王小妮

到今天还不认识的人

就远远地敬着他。

三十年中

我的朋友和敌人都足够了。

行人 一缕一缕地经过

揣着简单明白的感情。

向东向西

他们都是无辜。

我要留出我的今后。

以我的方式

专心地去爱他们。

像一个有风的广场。

谁也不注视我。

行人不会看一眼我的表情

望着四面八方。

他们生来

就不是一个。

注定向东向西茫茫地走。

只倾心几个人

那太真实太幼稚了。

从今以后

崇高的容器都空着。

比如我

比如我荡来荡去的

后一半生命。

1988 年 8 月

选自王小妮著《半个我正在疼痛》,华艺出版社 2005 年 1 月版

站在窗前一分钟

宋琳

作为一个城市公民

我必须习惯起早

在窗子前对着街道剃胡须

顺便安排了一天的事情

楼下停着一辆车是别人的

我也不会错过伸出车门的一条腿

回过头来察看自己的脸

泡沫退去的部位有了皮革的硬度

我满意还是悲哀

我将带上饥饿的胃出去

排在任何一个屁股后面平静地等待

睾丸里枯竭的河流

抓住一天中可能出现的一切变故

也许就发生在拐弯的地方

像上次那场车祸

有人朝这边就有人朝那边

我应该接受阳光的邀请

从上午到黄昏

迈着稳重的双脚

然后怀着做客的心情回来

像憋在喉咙里的一口痰

准确地进入瓷缸

想起生锈的膝盖还需要卸下来修理

选自徐敬亚等编《中国现代主义诗群大观 1986 – 1988》，同济大学出版社
1988 年 9 月版

戊辰秋与柴氏在房山书院度日有句，得诗十首

宋渠、宋炜

1. 反对劝学的一个理由

漫望山道，柴氏，你怎么还能说

"书山有路"，且自欺勤奋劳苦

可以使我们另辟捷径？

但见这满山红叶，此刻正自飘零无助

我们肩上所受者，除了这些书页般的枫叶

还有那许多故老的叮咛与嘱托。

（它们凭借了什么，如此安稳

就像钉上我们的青衣的两肩补丁？）

山风习习，你何时才不诉说身家与天下的道理以及一介书生的苦心

　　和抱负？

其实它们都卑不足道，不成文章

也不可治国安邦，甚至不足自娱；

那些功课与书卷，一日三遍

我们都已读得烂熟，以致书中某些故意的过错乃至些许难以细察的

　　杀机和阴谋

都被我们铭记于胸，不及痛加悔过。

这样将错就错已非三年五载

韶华之逝，莫非还没有让你惊于双鬓的斑白

和良心中的种种摇晃与松动？

趁此天时未晚，我们何不回房将息

把那去冬的老酒饮得几层上脸，顶灌醍醐？

柴氏、柴氏，山阴道上，

你的身子在风中抖索得多么凄凉又单薄！

　　1988 年 9 月 15 日　下午

2. 某日漫读蒲松龄故事

就在那一天，下午的天光

像一册久藏的卷帙，发黄而易脆

薄如某个羞怯之人的面皮；

也就是那个姓柴的人，神情暧昧而慵懒

起坐时合上书卷

去檀木的柜中取出另一部古代的典籍

读到了正在书写的这个关节：那一刻

他由一个儒生变作美人

又从一个姐姐变成妹妹

衣衫单薄，弱不禁风

掩脸走进一林竹子和箫声。

而外面的细雨中，菌子漫山长起；

她的心事不断：这般的锦瑟年华

让她为一种天生的怜惜所呵护

四海之内到处是爱她的兄弟，

而她自己，亦这般悉心自爱

把自己将息得如此完好，白璧无瑕

犹如一些姓氏温良的佩玉

（比如瑾和瑜，璇和珏

或者一些绸子般的天气，

一日之中便度过三秋中几个清明的节气）

如果此时有人前来，乞酒或求宿

她将垂帘延客，还是拒之门外？

假如换成我，山游晚归、衣带濡湿

这个姓柴的人是否也这样提着风灯

在门栏前一夜风凉，秀鬟含忧

为我抖落斗篷上的霜粒？

要不她就会回到案前

赶在我入院前放走一只小狐，

重又变作一个囊中羞涩的穷儒

一样地书生意气，粪土山下的万户灯火？

1988 年 9 月 15 日　夜中

3. 与柴氏在房山书院相遇红楼中人

柴氏，想想看，就在此时

我们转过皂壁，看见一些男女

个个都是百里挑一的尤物；

我们知道他们每天都做的事情：

以青盐漱口，互理云鬟

早课之后就追思昨夜梦中的心事。

此时他们拟定了过冬的日程

半掩院门，在房中联句作诗

每一句都呕尽心血，却貌似嬉戏

一旦题于帕上就不忍卒读，满面梨花

打湿了脸上的香料和颜色

袭人之香绵绵不绝。

而一些写字的手一直在袖中打颤

即使袖了手炉，又用五脏去煨暖腹中的冷酒

也依旧阴寒不出。

这样他们冷不丁明瞭了自己一生的缺点

已使他们相互错爱、无可稍改，

不由得面面相觑。

而我们在这片刻的寂静中

更加清楚地看见他们的心田

早被他们身世中的泪水和药汁所浇培；

我们也许会怜惜其中的某一个

看她成天为风气所伤、以葬花自况

脾气如闺房，日渐小巧和紧凑。

对此我们顾眷多时，一身念记

全都无处着力——呵，事情会如此完结？

柴氏，你也一样空自叹息

对自己和别人都爱莫能助，

看他们熄灯闭户，暗中感动不已？

让我们回到房中

对这些不可挽回的人物不复言语……

　　1988 年 9 月 16 日　夜中

4. 读某些古代笔记的见闻与感念

柴氏同俗语一起说出："开卷有益"

我们就在一日之内游历了众多古国：

朝秦暮楚、郑南齐北

大部分都街面整洁，锦衣的人三五过市；

他们在其间休养生息

倾心于自己的身体和容貌，不分美丑或强弱。

我们想起自己，或许比他们远为劳苦：

读书万卷，行路也疲惫不堪

却至今不成气候，不可使世事改观易色。

可他们对这些不屑旁察

自顾保持礼仪，种种胆大或细心的事

全都在光天化日之下：到处栽花插柳

一国薰风细如吹笛。

我们真想就此停驻，让后半生困顿

热爱这些酒楼和粮店

以及出入其中的几条性命与米袋；

我们将与历代君王交好

之后就退为不第文士，或贩夫走卒

与一些锦口绣心的美人缔结婚姻或友谊

——她们出众的美貌虽然千人一面

却也各自生动，瑕不掩瑜

就像她们小而又小的祖国，简单、明丽。

但我们终将离去，啊，风吹桐花

让我们掩卷又掩面！

那河面上飘来的歌声："杨柳依依"

"雨雪霏霏"……这些还不足以

造就我们难以舍弃的心意。

我们重又在山中度日，日落西山

北来的风中，我们打着黄麻的结子

胸前挂着的草环里至今还香气犹存！

柴氏，我们为何要让须发为心气吹动

想念我们一度荣华的帝都？

西望长安，是一排辟邪的粉墙

向南是洛阳，一园富贵的牡丹正当丽色雍容。

1988 年 9 月 20 日　日落以后

5. 在一卷花经里向一个贯穿四时的美人学习拆字法

柴氏，这本该是值得走马和斗鸡的天时

可我们心中的脉脉温情，每一天

都被汉字改观，又在书写中变色；

而那幅深刻在玉中的画像

却一直随流年长大，

明眸皓齿，芬芳不可遏止。
啊，这守身的美人、明哲的美人
你遍布季节的身体被哪些画笔喂养、
又被谁不断更换的姿色贯穿？
她们一母所生的胎记和印章流传至今
成为我们——柴氏和我
（还有更多各怀姓氏的男女）
得以和你相识的认记和权柄。

现在，面对你唯一的典籍、不败的标本
请你低头屈就，请你认领
书中这些卷帙浩繁的女儿——
是否你早已和她们相亲有契
以牙还牙，以脾气对脾气？
你和你自己聪敏的耳朵牢不可破
如今又焕然一新，每一个
都正值妙龄。啊，柴氏，这是否
就是我们梦寐以求的全新文体：
她盛大的美貌如万树梨花
一日长风把她们吹离枝头
落在镜中加剧，越积越多
终致千人一面，被我们混为一谈
又让她一度误用了自己；
但他紧接着从镜中脱颖而出
朝向她如玉的真身，看，她们破镜重圆
用一根丝带约束杨柳的腰身！

可她继续更换姿容，越变越美；

她删繁就简，同时在字词中

省去了五内、指甲和皮囊；

唉，柴氏，她已变成了绝美的经典！

这残缺的、退却的美人

拒绝与任何事物相嫁接

依然有处女的血支撑清正的骨格

支撑她暗藏其中的万种风情。

柴氏，让我们永载这不世的业绩：

他只剩下一滴血，就改变了一代佳丽的颜色。

1988 年 9 月 18 日　下午

6. 关于柴氏身体中的一片心目和内景

为赋新词，柴氏已数度登高。

我想这样的楼台

可能不会再有别的人前来凭栏北望：

那些云层下的地貌和村庄，在这满目秋光中

虽然苍茫如画，却也自古如此

又有什么好看？一层危楼

也不会使千里之地在眼前如锦铺展。

可他还是学着古人的样

把吴钩看了，栏杆拍遍

让绕过柱子的风吹进身体，

这才带着一种对天气的怅惘回来，感冒、发烧

继续为这股体内的风所撼动，

脸上现出罕有一见的风貌；

他像唯一的英雄那样揾泪

向我倾诉这之中他所暗藏的内景

和一些苦心经营的诗行，诸如

"红巾翠袖也该有和我一样的心意

被一首新词抄上扇子和风

转眼就传出了她们的身体"，

以及"捕风的人为身体所拘

徒然吹动心旌，

一幅细致的胸襟宽大、漂白"；

我们一起琢磨其中的真义

发现它们既不遮掩，也不暗示

只是对某些转瞬即逝的真情别有用心。

唉，柴氏所思竟是如此难以言传！

年岁一过，我可能不复记忆他的这些絮叨

和他一生的繁文缛礼，

在今夜让我如何对其施予了宽恕和同情；

可日复一日，柴氏的病

会不会使健康的人动心，受到感染

也这样一唱三叹

把一件简单的事颠来倒去、说了又说？

　　　1988 年 9 月 19 日　夜中

7. 聆听先生柴氏的一次课徒

立秋的那一天，柴氏晒完书卷

低头之际，闻到某些汉字写到过的那种气息

正在精心的书法中加重，并流布。

我看见他，在薄金的太阳下侧立

心地谦逊，缅怀孔子和鲁国的城门

以及七十二个苦心的门徒——

他们勇敢的奔波多徒劳

最后还不是回到水边，沐浴、吹风

歌咏"逝者如斯"？年复一年

我们在每个晨昏的朗读

又耗损了多少心神和元气！

我看见柴氏一声长叹，回到西席：

唉，为道日损，为学又何益？

你们，文书和礼貌的敬羡者

负囊前来，身怀虚心

欲要效仿我们的一纸空文？

而一次抄录将把你们写成另外的纸人。

痴子！你们正被一句言不及物的话浪费。

那些讳莫如深的秘籍，哦，庭院深深深几许！

那些房中的书，匣中的书，枕中的书

如果被你们整日里穿戴、裁剪和篡改

你们的肢体也必将伸屈不利。

文章、文章，这千古的盛事

不得不至此被观止和灭迹。

现在掘出你们的坑，点燃你们的火

再看看所有蝴蝶之前的那只蛹——

学习吧：它正密谋尸解和飞升！

　　1988 年 9 月 20 日　上午

8. 追忆春事：逃离房山书院的一次预习

柴氏，这样的年代多么适合于春天：

青春热情高涨，天天逃跑

离群玉互成的尤物越来越远。

但我们阴心层出的牌局中

精致而又腼腆的骨头却亲密无间

以翡翠或纸的面目走完过场，然后长日厮守。

呵，温柔的扈从！甜蜜的点心！

还有轮番送上的粉子和匕首

尤其使我们乐不思返

在器皿、骰子和戒指中顺从水银任性的脾气：

会有谁在其中不被打湿、洗白或充满？

马鞍底下，羞涩的春药亦已暗中藏好；

我们越发困倦，像一件出殡时的织物与穿戴

裁剪得当，却没有谁前来甘愿就范；

这样的年代又是多么纯洁、多才：

敌人锲而不舍，深入不毛

连篇累牍的诗篇无微不至，面面俱到。

我们因此而心窍齐开；但在其中

我已预先看见爱情衰落的光

和德性优雅的收场。唉，柴氏

我正好听到诗歌这声叹息！我看见他们

身骑文词的白马，书生意气、貌同女流

细腰里满是丝织与蜜饯，

背后还跟着香车、女仆和骡马：啊，

这样的年代多么香风袭人！

我和他们隔着门墙与蚊帐，一丝牵连

依然被他们风流佚荡的心病传染；

一当听到马蹄踏花，

——柴氏：天地良心——

我多么愿意被他们沿路吹来的香气击倒！

1988 年 9 月 22 日　中午

9. 我心目中的一代新原

柴氏，请牢记这些言词和气韵

请把诗歌流传后代。

这伟大的技艺、辽阔的心灵

将使你经由诗谶成为先知。

你看我，混迹人间、皓首穷经——

那么多的坏人坏事

他们的精神污染了我！

请你传授悲天悯人的诗篇

道德和良心的诗篇，中药的诗篇

诚实的、不敢藏拙的诗篇，

让我看看皮肉下面

白骨的秘密闪电，灵魂的大火；

让我看看诗歌的婴儿

是怎样顺生、怎样逆产、挣扎和哭喊！

啊，诗歌，比爱人还要刻薄的刀片

请为我刮骨祛毒，在刀锋和骨殖之间

我们狭路相逢，撞出钢火。

我还恨你！柴氏和诗歌

为什么高歌死亡和美人

却又频频生还，遍体鳞伤、面目峥嵘？

那些无穷的转折和比喻，啊，可怕的魔术

凭什么点铁成金、化腐朽为神奇？

柴氏，我不敢相信这个年代

一颗钻石或一个内心能总结太阳全部的光芒——

不，一次诗箴不能让你们成为先知！

请传授不屈不挠的诗篇，一身傲骨的诗篇

屈原、阮籍和李白的诗篇

坚定、固执和怪癖的诗篇；

哦，还有，那些更加傲岸的、拒不供认的

残诗和断章，一次未遂的爱

在自戕、在破败、在崩毁?!

　　　1988 年 9 月 23 日　下午

10. 几册绣像图书随柴氏涉江越岭

离开书院之前，柴氏
你要看好那个前来纹身的人
那个裸露胸膛，在民间独独寻访我们的人
就是他，要在我们身上写下他的拿手好戏。
我们的前胸与后背就要领受他的手艺
其中混杂着他手中武器流出的血，
而不是我们的血。
他是那样地谙熟天文地理
甚至窥知了人心中的种种隐私：
青龙白虎、"精忠报国"，
乃至某个妙龄女子闺中的隐名。
他这样捏拿我们的身体，就像女娲造人
或如另一本书卷所言，更是伟大的伏羲
以及他众多俊美的后裔；
他会在我们的体内治水，清理出黄沙与风尘
（在我们心田中他会不会随手种下某些祸根？）
啊，前程渺茫，他还要为我们卸去征衣
一身轻装几乎不着片帛。
而多年以后，这些绣上手臂和额角的龙爪虎须
将把我们撩拨得百般难禁，
让我们直将此身投入江海：鱼龙混杂
可能会陷进某处水泊，或在一跃之后落草
选一座猛恶林子剪径为生，

而这一院书卷却可能被皇室查禁

在那时，柴氏，这样的功课我们就再难重温！

1988 年 9 月 24 日　深夜

选自阎月君、周宏坤编《后朦胧诗选》，春风文艺出版社 1994 年 9 月版

修远

骆一禾

触及肝脏的诗句　诗的

那凝止的血食

是这样的道路　是道路

使血流充沛了万马，倾注在一人内部

这一个人迈上了道路

他是被平地拔出

那天空又怎能听见他喃喃的自语

浩嗨，路呵

这道路正在我的肝脏里安睡

北风里，是我手扶额角

听黑夜正长歌当哭

那黑夜说　北

北啊　北　北和北

想起方向的诞生

血就砍在了地上。

我扶着这个人　向谁

问什么　看了好久

女儿的铃铛　儿子的风神　白银的滋润

是我在什么地方把你们于毁灭中埋藏

方向方向　我白银的嗅觉

无处安身　叫我的名字

浩嗨，嗨呀，修远

两代钢叉在水底腾动

那声息自清澈里传来锐利和痛疼

那亚细亚的疼痛　足金的疼痛

修远　这两个圣诉蒙盖在上面

我就看见了大盾的尘土

完人和戈矛　雅思和斧钺

在北斗中畅饮

是否真有什么死去　我触摸着无边

触摸着跪上马头的平原

眼也望不到　脚也走不到

女仙们坐在月亮的边缘

修远　我以此迎接太阳

持着诗　我自己和睡眠　那一阵暴雨

有一条道路在肝脏里震颤

那血做的诗人卧在这里　这路上

长眠不醒

他灵敏其耳

他婴童　他胆死　他岁唱　他劲哀

都已纳入耳中

听惊鸿奔过　是我黑暗的血

血就这样生了

在诗中我看见的活血俱是深色

他的美　他的天庭　他的飘风白日

平明和极景

压在天上　大地又怎会是别人的

在诗里我看见的活血汪霈而沸腾

沐与舞　红和龙

你们四个与我一起走上风鸣马楚的高峰

修远已如此闪亮

迎着黄昏歌唱

你们就一直走上了清晨

那朝霞

诗人因自己的性格而化作灰烬

我的诗丢在道路上

一队天灵盖上挖出来的火苗

穿过我的头顶

请把诗带走　还我一个人

修远呐

在朝霞里我看见我从一个诗人

变成一个人

与罪恶对饮

说起修远

那毒气在山中使盛水的犀杯轰然炸裂

满山的崧岳　稀少的密林

那亚洲白练

那儿子的脚跟　女儿的穗佩　口的粮食

身上的布袋与河流亮丽的分叉

连你们也不知道我为什么看着道路

修远呐

与罪恶迎唱　拉开我的步伐

这就是我的涵歌

在歌中我们唱剑　唱行吟的诗人冒险行善

这歌中的美人人懂得

这善却只有等到我抵家园

唱吧　那家乡

我们分别装入两支排箫

素净两方门窗

这声息一旦响起

就不知道黯淡怎样吹过

天就一下子黑了

在大地的口中　排箫哭着

与罪恶我有健康的竞技

说一声修远

三种时间就澎湃而来

天空在升高中醒了

万物愈是渺小　也就愈是苍莽

在那一夜滂沱的雨水中

新月独自干旱

1988 年 10 月 12 日

选自张玞编《骆一禾诗全编》，上海三联书店 1997 年 2 月版

土拨鼠

翟永明

一

我的亡友在整个冬天使我痛苦

低低的黄昏　沉欲者的身姿

以及丰收　以及怀乡病的黑土上

它俊俏的面容

我认识那些发掘的田野

或者严肃的石头

带有我们祖先的手迹

在它暗淡的眼睛里

永远保留死者的鼓舞

它懂得夜里如何凄清

甚至我危险的胸口上

起伏不定的呼吸

"我早衰的知情者

在你微弱的手和人类记忆之间

你竭力要成为的那个象征

将把我活活撕毁"

我的旧宅有一副倾斜的表情

它菱形的脸有足够的迷信

于是我们携手穿行

灵魂的尖叫浮出水面

相当敏感　相当认真

如同漂亮女孩的纯洁地带

"你终究要无家可归

与我厮守　牵制我那

想入非非的理想主义爱情"

一个传说接近尾声

有它难耐的纯粹的嘴脸

一颗心接近透明

有它双手端出的艰苦的精神

我们孤独成癖　气数已尽

你与我共享

爱的动静　肉体的废墟

生命中不可企及的武器

乃是我们的营养

　　二

一首诗加另一首诗是我的伎俩

一个人加一个动物

将造就一片快速的流浪

我指的是骨头里奔突的激情

能否把它全身隆起？

午夜的脚掌

迎风跑过的线条

这首诗写我们的逃亡

如同一笔旧账

这首诗写一个小小的传说

意味着情人的痉挛

小小的可人的东西

把眼光放得很远

写一个儿子在布置

秋冬的环境　梦里有土拨鼠

一个清贫者

和它双手操持的寂寞

我和它如此接近

它满怀的黑夜　满载的忧患

冲破我一次次的手稿

小小的可人的东西

在爱情中容易受伤

它跟着我　在月光下

整个身体变白

这首诗叙述它蜂拥的毛

向远方发出脉脉的真情

这些是无价的：

它枯干的眼睛记住我

它瘦小的嘴在诀别时

发出忠实的嚎叫

这是一首行吟的诗

关于土拨鼠

它来自平原

胜过一切虚构的语言

1988 年 10 月

选自翟永明著《潜水艇的悲伤——翟永明集 1983～2014》，作家出版社 2015
年 3 月版

看见

丁当

一个雨后的清晨，很干净

看见你从慢慢打开的木门中走出

一双黑色的皮鞋，白袜子

除此之外没有什么

除此之外，就是我

一个高个子男人

鞋面上沾了些泥土

眯着眼睛，圣徒或猎手的表情

俯拾即是的黑色皮鞋，遗落在

此刻，仿佛不祥的暗喻，我睁着眼

也不能，不让你转瞬即逝

不让你猝然死去

1986 年 11 月 15 日

选自丁当著《房子》，河北教育出版社 2002 年 8 月版

从高空坠落

小君

我从高空坠落
这种感觉
你想尝试吗

在其他的故事里
从高空坠落的人
全身的骨头变成粉末
她绝顶聪明
先知先觉
坠落
因为一次不完美的爱情来临

我从高空坠落
其时
我竖卧床上
掀开床单
垫子上一层尘土
坠落
持续了半个白天
夜晚
深重又毫无痛苦的睡眠

打断它

早晨无名的眼泪

又把它接起来

接着是一整个白天

我在坠落中和你谈话

语调平和

我在坠落中迷失方向

平日就没有的辨别力

此时也没有突然帮助我

没有奇迹

我在争吵中坠落

双腿探不到地面

又是一个夜晚

从高空坠落的人再一次被夜晚拯救

1988 年 11 月 21 日

选自崔卫平编选《苹果上的豹——女性诗卷》，北京师范大学出版社 1993 年
10 月版

一夜肖邦

欧阳江河

只听一支曲子。

只为这支曲子保留耳朵。

一个肖邦对世界已经足够。

谁在这样的钢琴之夜徘徊?

可以把已经弹过的曲子重新弹奏一遍,

好像从来没有弹过。

可以一遍一遍将它弹上一夜,

然后终生不再去弹。

可以

死于一夜肖邦,

然后慢慢地、用整整一生的时间活过来。

可以把肖邦弹得好像弹错了一样。

可以只弹旋律中空心的和弦,

只弹经过句,像一次远行穿过月亮。

只弹弱音,夏天被忘掉的阳光,

或阳光中偶然被想起的一小块黑暗。

可以把柔板弹奏得像一片开阔地,

像一场大雪迟迟不肯落下。

可以死去多年但好像刚刚才走开。

可以

把肖邦弹奏得好像没有肖邦,

可以让一夜肖邦融化在撒旦的阳光下。

琴声如诉,耳朵里空无一人。

根本不要去听,肖邦是听不见的,

如果有人在听他就转身离去。

这已经不是肖邦的时代，

那个思乡的、怀旧的、英雄城堡的时代。

可以把肖邦弹奏得好像没有在弹。

轻点再轻点

不要让手指触到空气和泪水。

真正震撼我们灵魂的狂风暴雨

可以是

最弱的，最温柔的。

1988 年 11 月于成都

选自欧阳江河著、门马主编《透过词语的玻璃——欧阳江河诗选》，改革出版社 1997 年 3 月版

草原

韩东

远离所有的地方远离议论的中心

这辆马车已深入草原

它是草原的天空下唯一异样的东西

摇晃着轮子滚过一个土块把它轧碎

倾斜了又恢复正常

缓慢地逍遥地向左向右有时向后都是为了向前

它真的在前进当你回头去看那不断生出的车辙

总以为它向前因为车辙在轮子的后方出现
一只鸟站在磨平的车轮上不时地交换它的脚

　　　　选自《他们》第五辑，1988 年 11 月

沉默

吕德安

沉默。有时候我找到他背后
在深处拾起他的石头
沉默，有时候我是发生其中
的一件事。继续拾取着石头。

基于我对时光的认识
我深信黑暗只是一片喧哗
找不到嘴唇的语言
像爱，像雪

沉默是否就是这样一种黑暗
在他的阴影下我尝试着说话。
或者我终于能拾起那块石头
远远地扔出他的肩头

　　　　选自《他们》第五辑，1988 年 11 月

巨匠

廖亦武

你苏醒的时候白昼开始圆寂

阵阵浊风灌耳，像热烘烘的拐马在苍茫里神驰

你的耳轮，神秘之境的门户，被金属的马肋摩擦得铮亮

你赖以生存的世纪被轻易摧毁——一道幽光

把深刻的谜指给未来

　　　　花园倾废了，人体退入化石，岩壳

　　　　发出玻璃的碎响

　　　　似在大唱事物的不朽之歌

铺展目光，恍若梦在延续，栋梁折断

只有一棵树孤立在泥淖上，作为大变迁留下的唯一物证。

你抚抱树干含泪重温那座名城，那座辉煌的塔

塔尖把丰硕的妇女插入云端，象征人类向天空繁殖的愿望

萧索的人哪，这就是痛苦——被大地的磁力制约

在无根无垠的渊薮里你将无枝可栖！

飞鸟因坠落而腐烂，流沙灌进凹谷，充填着我们漫长的日子

　　　　你望着历史之腹无意义地膨胀，捏紧空拳

瘦石从荒蒿里伸出僵直的颈项，向你揭示鹿群最后挣扎的惨状

"这是同胞"，你拥抱了所有的鹿头，并划上一个个陌生的名字

为一种文明的沉沦而默哀吧！金砂点点

是不夜城的缩影，空心草敲奏着酒香四溢的瓶乐

你出入酒馆而梦游八极，出入女人而日渐温柔

初冬的瑞雪姗姗来迟，季节的旗帜宛如鹅毛

　　　和阴沉沉的钢板建造物相映成趣

童话！人类的希望！喜庆的蛛网是吉兆

能治愈王者的创伤，饱经忧患的娼妓的创伤

这就是所谓的艺术时代，传统使蛇变成圣物，寻根之说盛行

天人合一笼罩着这幅员辽阔的疆域，一个超现实的声音召谕着漫

　游者：

回来吧回来吧，没有坟墓的自由，是莫大的虚无！

在人生的穹门下你不寒而栗，一条白鲸的幻象随你的颤抖浮升

双重的生命线啊，使你在昏睡里逃脱劫难。你刚开口说话——

　　　一记沉雷碾过冥昏　酷似大鹏鸟的一生长庚　天幕粗野地煽

动着　羽翅喧沸的罅缝里漏下一红一白两道大潮　仿佛是日夜被

液化的状态　哦　星宿们　星宿们在无形之手里被改造过的星宿

们　超脱引力　是什么在规定你们的寿限？

犹如地球上一粒微小的生物　你们真是赞叹不尽的奇迹啊！

昼夜的国界穿透手心　你刚开口　元素搅和的泥浆喷灌　与日月之

　潮融为一体　妇女们沉浸于隆隆变幻的时空　受孕　每个孩子都

　是精华之精华　屁股上抹着宇宙深处的指痕

眼睛狂泻疾雨　泪啊！　你刚开口　声带里就发出亿万个声音

从低到高直至永远　几千年的思想化作一个递增的节奏向上放射

你　灵魂们所依附的皮肉之城啊！

人类感情始于你而终于你　你这被对抗撕裂的一代巨匠呀！

手脚僵硬如凿　沿岩壁隽刻文字　万千年轮任你的笔锋删削　你的

　心搏泵出糖浆

新世界的植物将是甜的　甲板剖开胸膛

写吧写吧　你这个性迷失的活机器　受

切控制从来不属于自己

　　写吧写吧

选自溪萍编《第三代诗人探索诗选》，中国文联出版公司 1988 年 12 月版

独白
于坚

每当秋天　庄稼在月光下成熟

就是灵魂陷落的时刻　注定如此

三十而立　仍然不能幸免

固若金汤的城池　又一次被攻破

叛徒们踩着庄稼　在劫难逃的心灵

无处可躲　倒是一身轻松

从前除了自己　还要养活一个上帝

在个人心灵的历史上　白旗无人理睬

自己看着自己　赤身裸体的小丑

一次次从时间之镜上滑下

过去的一切都那么清楚　令人恶心

再也抓不住什么　因为两手握满果实

当初一切都是从真实出发　信誓旦旦

却像伪君子一样　变得风度翩翩

也许早就应该像石头一样沉默

在一条河流中得到安息　然而不

心就是如此下贱　渴望高贵

渴望不朽　渴望面对大海

自己从此就宽阔而深厚

注定要陷落　永远的戏子

你不上台　别人就将你扮演

为又一次欺骗而哭泣　很想忏悔

没有教堂的世纪　天空里没有光

即使在大地上跪一千年

也不会再成为种籽　厚颜无耻

仍然要挺着胸膛做人　光明磊落

只是那虫子永远不死　它总是在咬

直到你踌躇满志的生活　再次被击穿

那就是秋天　谷子在月光下成熟

注定要陷落的是灵魂

月光如水　照耀美丽的原野

照耀你心灵上那黑森森的时光之镜

1988 年 12 月

选自于坚著《于坚的诗》，人民文学出版社 2000 年 12 月版

徊想

戈麦

此后的日子注定如此黯淡
永远的，只要有我温存的光辉
无数次突然而至的风起我哪里知道
如此众多为我熄灭的面庞

此后的命运在一只蜡烛的火焰里
燃烧　花蕊中一只醉枣
在苦酒中泡大，此后我哪里知道
那受伤的鸽子在对岸已盼望多时

我来的时候，只有空气中最后的声响
只有在黄昏的光亮中捕捉白日的背影
这些命运的尾巴
我哪里知道他人已盼望多时

一个人，在如此宽敞的夜晚
从此我将无比惧怕脚印
惧怕远方的山形　灰蒙蒙的星
惧怕上个世纪的养鸡场

追随秋日吧，一年里我仅有的生日

在洒满青光的烛台上我终于学会

从过去的悲哀里　发现未来

未来不再是一场病

1988 年末

选自西渡编《戈麦诗全编》，上海三联书店 1999 年 1 月版

秋日咏叹

黑大春

我醉意朦胧地游荡在秋日的荒原

带着一种恍若隔世的惆怅和慵倦

仿佛最后一次聆听漫山遍野的金菊的号声啦

哦！丝绸般静止的午后，米酿的乡愁

原始的清淳的古中华已永远逝去

我再不能赤着脚返回大泽的往昔

在太阳这辉煌的寺庙前在秋虫的祷告声中

我衔着一枚草叶，合上了眺望前世的眼睛

故国哟！我只好依恋你残存的田园

我难分难舍地蜷缩在你午梦的琥珀里面

当远处的湖面偶尔传来几声割裂缭绕的凄呖

那是一种名贵的山喜鹊呵！她们翎羽幽蓝

到了饮尽菊花酒上路的时候了
那棵梧桐像送别的友人站在夕阳那边
远远回过头：稀疏的林间光线微黄
风正轻抚着我遗忘在树枝上的黑色绸衫

1988 年

选自《诗刊》1993 年第 8 期

关灯

吉木狼格

今天的最后一刻
点燃一支烟就过去了
就已经是第二天
我和大多数人一起关上灯
他们有些是因为休息
有些女士
却不愿意被看到

此刻已经是明天了
我听见小巷的拐弯处
有人悄悄说：喂，接个火
于是又有一支烟被点着
我还听见更远的地方
可能是另一座城市

可能更远

此刻不管在哪里

大多数的人已关上了灯

这座城市和另一座城市

都在同一个夜空下

国家和个人

也都在同一个夜空下

这样我就放心了

1988 年

选自周伦佑选编《褒渎中的第三朵语言花——后现代主义诗歌》，敦煌文艺
出版社 1994 年 11 月版，后收入吉木狼格著《静悄悄的左轮》，河北教育出版社
2002 年 8 月版，作者有改动

女人之三

海男

蓝鸽子折断翅膀的地方，飞去两只口琴

在偷苹果的时候，白纸无声无息

当一个星辰伸展雾色弥漫着红房子

大树纷纷倒下，你扶起我

要爆炸秋天啦，亲爱的人

腿渐渐滑进森林，我们捆绑熔岩

一千次太阳，落日在灰烬的另一边

已经靠近码头，湿湿的源头

牵着水底的影子，撑着舟我们来到渡口

世界告诉我，那条空空的手臂无家可归

我每天要上楼去。抱着钟盘数楼下的丁香

那些保存了记忆的墙壁，那条河床

全都在一洼月光下踏水而上，踏灭黑火

你在一轨沉重中回过头在低语时踩痛了岩石

几千里的一个神话被你举在头上

瓷瓶破了。我抱着午夜坐在风口

数你的归期织满门前的手指

我要睡了，在夜的贝壳上

我要睡了，把头转向你的窗口

你一定要被一幅画凝固，陨落风景的梦乡

我穿裙子的夏天辉映着尘土

四月逝去使你安详。

有一双脚在黑黑的旷野上失踪

有一种愿望在小鹿奔逃的路上

已经徘徊了许久，一棵孤单的树

发现我遗失在沼泽地的红鞋

我是被异类放逐的伙伴，子夜抱着半弦

恣肆的暴雨沿着麦芒的方向

在水的波浪线上只能找到袒露的胸乳

水银色的草帽缀着天空与坟墓

阻挡神秘的指痕去咬住你的舌纹

几千年的洞穴在我之下，在你之上

说着一只鸟时，我们的双翼如剪刀

我的手放在你的瓦砾上

有人在白夜叩住了你的门

有人在玻璃下叩住了你的手

我转过头，粉色的种子坠落在水洼

除了我正上石阶，人们正走出你的木屋

我握不住天空的黑虹

那时，苍白的梦壁独自合拢

一面裙铺在地上叠着花草

那个方向不仅有死亡还有沉寂的泥土

铜像被我们埋入清泉，头发贴着头发

我不在你啜泣的风衣下死去

我不在你碎语的阴影中死去

我不在你朔风的地上死去

我不在你黑暗的三角网上死去

我不在你黎明的钟楼上死去

让谁守住我们的洞穴，当你浮现的时辰

上帝死了。我们就住在地球上

石头允诺大地的面积

海水冲刷城堡

每飞走一只白色的大鸟我们都会哭泣

明天我会看见你长笛吹奏的山脉

一股风编成了又一支歌曲

我爬在大地上你的羽毛在风中颤抖

你的风铃挂在墙壁暗示我的到来

一面裙碰倒了白色的油漆

长廊无边关闭着红色玻璃窗

一朵玫瑰引领我到来

引我仰卧沙滩，一条鲸鱼上岸，沉船浮升

锁上永恒的夜你要带着我远行

牧羊已在山外等待，冰岛已在海上出现

最恐怖的边城是我们要漂泊的各城

你凝视着地幔，我的脚趾埋在深渊

在你拿走玻璃水晶的夜晚

阳光走下来，陪着一个寂寞的女人

老墙守候的葵树发出夏天的声音

最忧伤的时间已经过去

我朝水浪摇着铃声的盆地走去

只要有深渊诱惑我黑色的头发

心就成为雕塑

因为隔着星象预卜的手春天早早凋零

沙丘上的伊人，你在何处

你必须走在接触的双唇冷却之后

你必须穿上风衣在一棵大树下失去音讯

凌空的翅膀埋葬了田野上的三角钢琴

合上吧，眼睛。雨在哭泣

听到一种音讯，你亦绞死

是云一般的岁月，这血液形状的植物

我们的戒律就是走过春天带来的音乐广场

那样震颤的睡眠浮满了夜

我们的戒律就是在无垠的草根下

用祝福的泪水呈现不屈的赞美

低下头来，月桂松枝的海洋

低下头来，橄榄呼啸的田野

我还要在那柏树的音波中找着两片嘴唇

振动的云翳和你巡游的小调

乌黑的斗篷离我的头颅已近

当紫罗兰全部开放时

燃烧我，请别放走永恒之夜

将南风吹拂的长袍撕碎

你那沉重的乌云的痛苦都交出来

溺死在摇篮之上的凄美的颂歌

溺死在漂泊的漩涡中乳白色的贝壳

都交给上帝的天空，构造那大理石的房屋

万物都有终结的每一天

我们的洞穴在坍塌

冰霜中孤零零的窗帘会失去她主人的旱祷

风和水都会重新流

现在我犹如你早潮时的名字

百合花的手臂有风雷击不碎的白雪

当你的燃烧点化成那些落山的花瓣

这个女子，这个虚幻中的女子

宛如在你额前炸开的石头

我爱你。古典的血液可以自由流淌

水银的天空，我把你当做窗口

你被我钉入了十二夜下世界宽广的广场

我爱你。喝完最后一杯，我醉入大桥

除了走，仍然是走

除了逃离，仍然是逃离

　　　　1988 年

　　　　选自海男著《是什么在背后》，春风文艺出版社 1997 年 10 月版

九月

多多

九月，盲人抚摸麦浪前行，荞麦

发出寓言中的清香

——二十年前的天空

滑过读书少年的侧影

开窗我就望见，树木伫立

背诵记忆：林中有一块空地

揉碎的花瓣纷纷散落

在主人的脸上找到了永恒的安息地

一阵催我鞠躬的旧风

九月的云朵，已变为肥堆

暴风雨到来前的阴暗，在处理天空

用擦泪的手巾遮着

母亲低首割草，众裁缝埋头工作

我在傍晚读过的书

再次化为黑沉沉的土地……

1988 年

选自多多著《阿姆斯特丹的河流》，北岳文艺出版社 2000 年 5 月版

有所赠

赵野

难得一次相逢，落叶时节

庭院里野草深深

扇子搁在一旁，椅子们

促膝交谈，直到风有凉意

我割开水果，想到了诗的生成

无数黄叶在空中翻飞

酒杯玲珑，互相说着平安

和即将到来的节日

你瘦削、挺拔，衣袖飘飘

我知道了风波的险恶

白马越过冰河，你还要走

你还回不回来，再论英雄

月光清澈，星辰隐去

风暴从北方来，鸟儿飞向南方

你抬起左手，清风阵阵激荡

多年的心事一泻无遗

唉，长剑，长剑，锈蚀了墙壁

甚至斩不断一根稻草

好朋友，我为你放歌一曲

我为你宽怀而激越

明月皎皎，言辞上了路

我知道你的胸怀，铁马金戈

明月朗朗，言辞上了山

你知道我的一生，悄然将虚度

1988 年

选自赵野著《逝者如斯》，作家出版社 2003 年 1 月版

车过黄河

伊沙

列车正经过黄河

我正在厕所小便

我深知这不该

我应该坐在窗前

或站在车门旁边

左手叉腰

右手作眉檐

眺望　像个伟人

至少像个诗人

想点河上的事情

或历史的陈账

那时人们都在眺望

我在厕所里

时间很长

现在这时间属于我

我等了一天一夜

只一泡尿工夫

黄河已经流远

1988 年

选自伊沙著《伊沙诗选》，青海人民出版社 2003 年 9 月版

我策马扬鞭

翟永明

我策马扬鞭，在有劲的黑夜里
雕花马鞍，在我坐骑下
四只滚滚而来的白蹄

踏上羊肠小道，落英缤纷
我是在走在哪一个世纪？
哪一种生命在斗争？
宽阔邸宅，我曾梦见；
真正的门敞开
里面刀戟排列，甲胄全身
寻找着，寻找着死去的将军

我策马扬鞭，在痉挛的冻原上
牛皮缰绳，松开昼与黄昏
我要纵横驰骋

穿过瘦削森林
近处雷电交加
远处儿童哀鸣
什么锻炼出的大斧
在我眼前挥动？
何来的鲜血染红绿色军衣？
憧憬呵，憧憬一生的战绩

号角清朗，来了他们的将士
　　　来了黑色的统领

我策马扬鞭，在揪心的月光里
形销骨锁，我的凛凛坐骑
不改谵狂的禀性

跑过白色营帐，树影憧憧
瘦弱的男子在灯下弈棋
门帘飞起，进来了他的麾下：
敌人！敌人就在附近
哪一位垂死者年轻气盛？
今晚是多少年前的夜晚？
巨鸟的黑影，还有头盔的黑影
使我胆战心惊
拂面而来的是灵魂的黑影
等待呵，等待盘中的输赢
一局未了，我的梦幻成真

一本书，一本过去时代的书
记载着这样的诗句
在静静的河面上
看呵，来了他们的长腿蚊

1988 年

选自翟永明著《潜水艇的悲伤——翟永明集 1983～2014》，作家出版社 2015 年 3 月版

1989年

面朝大海，春暖花开

海子

从明天起，做一个幸福的人

喂马，劈柴，周游世界

从明天起，关心粮食和蔬菜

我有一所房子，面朝大海，春暖花开

从明天起，和每一个亲人通信

告诉他们我的幸福

那幸福的闪电告诉我的

我将告诉每一个人

给每一条河每一座山取一个温暖的名字

陌生人，我也为你祝福

愿你有一个灿烂的前程

愿你有情人终成眷属

愿你在尘世获得幸福

我只愿面朝大海，春暖花开

　　1989 年 1 月 13 日

　　选自《花城》1990 年第 4 期

有什么东西在拉我

孟浪

我在把手拉回自己身边
用更有力的东西拉。

我在把自己的身子拉回屋里
用比我更有力的东西拉。

我在把屋子拉走
我在屋里沉沉睡去。

有什么东西在拉我
我在把屋子拉回我的土地。

我的土地把我拉向它的深处
有什么东西在拉我的土地。

我悬在空中，像一个神
比任何时候更用力。

1989 年 1 月 13 日　深圳

选自《作家》1989 年第 7 期

黑夜的献诗

　　——献给黑夜的女儿

海子

黑夜从大地上升起
遮住了光明的天空
丰收后荒凉的大地
黑夜从你内部上升

你从远方来，我到远方去
遥远的路程经过这里
天空一无所有
为何给我安慰

丰收之后荒凉的大地
人们取走了一年的收成
取走了粮食骑走了马
留在地里的人，埋得很深

草杈闪闪发亮，稻草堆在火上
稻谷堆在黑暗的谷仓
谷仓中太黑暗，太寂静，太丰收
也太荒凉，我在丰收中看到了阎王的眼睛

黑雨滴一样的鸟群

从黄昏飞入黑夜

黑夜一无所有

为何给我安慰

走在路上

放声歌唱

大风刮过山岗

上面是无边的天空

1989 年 2 月 2 日

选自西渡编《太阳日记》，南海出版公司 1991 年 5 月版

阳光下的棕榈树

于坚

我看见那些绿色的手指

为春天之水洗净的手指

在抚摩大理石一样光滑的阳光

白色的阳光　像高大的圆柱在它们之间挺立

并从那儿向高处上升

直到整个蓝色的圆顶　都被撑开

它们像朝圣者那样环绕它　靠近它

像是触到竖琴　我看见那些手指在颤抖

那时我看不见棕榈树　我只看见一群手指

修长的手指　希腊式的手指

抚摩我

使我的灵魂像阳光一样上升

1989 年 2 月 19 日

选自《诗刊》1992 年第 4 期

四姐妹

海子

荒凉的山岗上站着四姐妹

所有的风只向她们吹

所有的日子都为她们破碎

空气中的一棵麦子

高举到我的头顶

我身在这荒芜的山岗

怀念我空空的房间，落满灰尘

我爱过的这糊涂的四姐妹啊

光芒四射的四姐妹

夜里我头枕卷册和神州

想起蓝色远方的四姐妹

我爱过的这糊涂的四姐妹啊

像爱着我亲手写下的四首诗

我的美丽的结伴而行的四姐妹

比命运女神还要多出一个

赶着美丽苍白的奶牛　走向月亮形的山峰

到了二月，你是从哪里来的

天上滚过春天的雷，你是从哪里来的

不和陌生人一起来

不和运货马车一起来

不和鸟群一起来

四姐妹抱着这一棵

一棵空气中的麦子

抱着昨天的大雪，今天的雨水

明天的粮食与灰烬

这是绝望的麦子

请告诉四姐妹：这是绝望的麦子

永远是这样

风后面是风

天空上面是天空

道路前面还是道路

1989 年 2 月 23 日

选自西川编《海子诗全编》，上海三联书店 1997 年 12 月版

房间

钟鸣

她把成套的房间挂在皮肤上
使我因她的摆设看到一道缓冲
在屋里形成，她并没有倾注什么
天堂的梁子就在降低

一个卜吉凶的人看到燔祭之火
在屋宇下成了穿墙鸟
当我进去时发出光明
并把一柱蜡放进她内部的光线
由我碰到貌似的黎明和果实

她虽然有着家庭事故般的脆弱
但她能在黑暗里判若另一个人
我总是小心翼翼，扑空或守清规
倏忽之间由于看她的一半而害怕

由于人体在房间和家具中
局部与局部地休息
我不知该怎样成全她们
尤其对她们不同的情调、分离
我只能在角落任她存心安排

我开始想这间屋或那间屋

是不是为了彼此的挑起而设下

它褪尽的衣服、灰尘

她的修饰和出入

选自《上海文学》1989 年第 3 期

春天，十个海子

海子

春天，十个海子全都复活

在光明的景色中

嘲笑这一个野蛮而悲伤的海子

你这么长久地沉睡究竟为了什么？

春天，十个海子低低的怒吼

围着你和我跳舞，唱歌

扯乱你的黑头发，骑上你飞奔而去，尘土飞扬

你被劈开的疼痛在大地弥漫

在春天，野蛮而悲伤的海子

就剩下这一个，最后一个

这是一个黑夜的孩子，沉浸于冬天，倾心死亡

不能自拔，热爱着空虚而寒冷的乡村

那里的谷物高高堆起，遮住了窗户

他们把一半用于一家六口人的嘴，吃和胃

一半用于农业，他们自己的繁殖

大风从东刮到西，从北刮向南，无视黑夜和黎明

你所说的曙光究竟是什么意思

1989 年 3 月 14 日凌晨 3 点至 4 点

选自《花城》1991 年第 2 期

快餐馆

欧阳江河

（一）

货币如阶梯，人群悬而未决。

远景，空中的家园，知识在最底层。

爱抚或操劳被推迟到尔后，这世俗的

冒充的美学，怀里的钟声一如破绽。

扑鼻而来的饥饿像纸脸一样飘移，

滑下。如此多的现象和盘算，

公共关系、手或裙子，环绕着

中间以下的带花边的晕眩。

四颗并列的头颅使交易变得昂贵，

以此酬答小人物的一生。增长的纸，

虚幻的高度，将财富和统辖
限定在晕眩中心。对这一切的询问，仅有
松懈的词形，难以抵达诗章。

（二）

受针砭的真实，倾斜向街道。
风中的快餐馆没有头绪被吹起。
炉膛的火焰以风的速度接近熄灭，
正如内心的阴影以过肩的长发，天鹅
以绿色的绒面展开午餐。
微弱的火，无以命名的事物，
整座城市燃烧到嘴唇。
我们的一生只是从牙齿到牙齿的
一种叩碰。火没有重点，它到处
触及食物。餐具却是冰冷的，
闪耀着毫不动心的传统的质地。
生食或熟食，快餐或盛宴，
以及两者之间的现实。

（三）

一群食客提着鸟笼似的家庭沿街走来，
餐馆孤悬在与口语平行的高度上。
双亲附体的一代，两个身体平分的
嘴唇。流言和物价此起彼伏，

进入天低风凉的琐事和渺茫。

营养多得像雾，像牵涉阴影的光线。

年龄透过裙子，轻轻提到腰际，

徐行或静坐时下垂，礼貌起了皱褶。

风把中年的心境呈现在个别事物里，

显露突然塌下的动作和齿痕。

这是正午，阳光垂直站立，

食客成群，围住躲在性别里的主妇，

裙子像火焰回旋。

（四）

饥饿疗法，以及由此形成的紧身之美。

一座细腰身城市在马蹄形客厅里

来回晃悠，最美的人以厌食为生。

早晨的手缩回喉咙，迟滞的热量，

切片的或夹心的面包，面包里

萦绕脖子、散漫如在浴中的女人味，

以及天气变化时洒了一地的牛奶。

鱼刺和牛排陷入肉中，携带各自的

影射。粉碎瓷器，铸造武装。

瞧那些代用品，那些进餐时闪闪发光的

假牙和餐刀，我们时代的局部骄傲。

（五）

文明的全部含义在于预制和搭配。
我们被告知饮食的死亡是预先的，
不可逆的，它支撑了生存
和时间。动词的时态掺和到食谱当中。
动物的内脏，悄悄的血，刀捅进心脏时
身体的尖叫，蛋白和脂肪，所有这些
搭配在一起。遗忘和消化混而不分。
遗忘即阅读，消化则染上了目光。
我无法区分说出的和书写的，它们
并非玻璃，却以玻璃的方式
在阻挡空间时宽容了视野。
词汇如窗帘下垂，室内的气氛
散布在脸上，幽暗而动人，但并不照耀。
让我撩开那些预先的、任意搭配的
词的复义，看见写作和饮食的真实环境，
读物，建筑物，往返其间的文明人。

（六）

苦闷的列车从宴会驶出，穿过
下坠的胃。宴会被旅行打断三次，
这软包装的人生，颠簸的急迫的空间。
胃下坠了三公分。其位置和形状

使我想起尤利西斯，那个横布天空的

豪饮者。他是否从恐龙的脊椎

一直望到文明的鸡尾？

文明就是盲人睁着眼睛，就是

把拿破仑和人头马搅混在杯中，

给乏味的午餐增添一点死亡的加速。

午餐最终将减少到一个词，与落日的印象

重叠在一起。这些都与鸡尾无关。

从鸡尾宴会到恐龙的椎骨，其间的路途

仅有半小时。半小时改变不了什么。

（七）

我们称之为时间、海和权力的，

经由盐缩小，为躯体所摄取。统治

从盐开始，遇到了水和书籍。

盐，修辞的雪，以寒冷为品质，

立即就融解了。人所承诺的时间的悲愁，

泪水或凝聚，盐或雪，最终

被描绘为视境，大地纯洁的表面。

盐立即就融解了。如果寒冷是一切，

它能在我们每天五千卡的热量中

存留多久？我们能从花椒、芥末和甜酱

混为一谈的杂色中，看到正在消失的

盐的事实吗？就像我们

从临盆的普遍痛苦看到许多年前的

寂静，幽会，白骨起伏的旷野和山峦一样？
所有这些调味品中，盐是最寒冷的，
如果阳光正好为一对情人照射，而他们
刚刚还在哭泣，好像从来没哭过。

（八）

那么给人们的四肢接通电流，让他们
体验速度、起源、热力和麻木。
给他们的啤酒加点冰块。一个
人造的、现代的冬天，
不过是一小时的高压电流。
多少个这样的冬天加在一起，才能
阻止夏天的老人像泡沫一样溢出？
一列火车正穿越杯中的冰块和面孔，
那么多不寒而栗的并置物，真实
被一把餐刀从中切开，或镶上了假牙。
夏天是旅行的季节，冬天却意味着
只剩下老年还没有抵达。我们这一代
真的能抵达老年吗？真的那些抗生素
能缓解时间，把高消费的夏季
变成慢动作的青春？世界能冻结吗？
当衰老和生长交替出现在饮食内部，
冰块，一小时的高电压的冬天，太疯狂了。
我们被告知肉体的死亡是预先的。
一个每天都在死去的人，还剩下什么

能够真正去死？死从来是一种高傲，

正如我们无力抵达的老年。

（九）

还是回到与童年邻接的怀旧的柔板。

尽管童年是一只刚刚削过的梨子，

落日般的容貌，并不惹人怜惜。

我们已经玷污了太多的忧伤。多年来

我们散步，从餐桌一直走到田野尽头。

饮食也是忧伤，一种收获日的

谢恩。那持续到午后的是寂静，

没有交谈者的耳语的秋天。

面对凉风习习的亲人和旧日，

家畜像过节的盛装，我已将它脱掉。

心情在垂老和童年的幻想中转换不已。

（十）

简单的快餐，满街都在叫卖。

一组短促的陈述句构成了中午

和一生，人性的定量表达。

人近乎一个假设。双重的人。

食肉的或素食的人。徒有语象的人。

那些清教徒，道德上的禁欲者，

把肉体看作伏罪，看作对清澈的

恐惧。而我们在多肉的本质里生长，

并不拥有比兽类更多的大地和风暴。

我在干旱的季节吃鱼，沙漠朝我涌起。

我读过圣经，鱼刺在肉中影射饥饿。

1989 年 3 月 20 日完稿于成都

选自《上海文学》1990 年第 1 期，后收入欧阳江河著《如此博学的饥饿
——欧阳江河集 1983～2012》，作家出版社 2013 年 10 月版，作者对诗有改动

水意

石光华

水意沉浸以后

源头的渴望被陶罐固定

鱼纹悠然荡开，月色空蒙

每一个日子都陷落于那一声叹息

河岸上，老人的背影被黑夜镂空

而山高水远

我听见埙鼓如叩，墨痕如泣

长长的丧歌从死亡中传来，雪在那里静静落下

荒墟之外，梅花暗示一次孕期

只是水已经流至自身

流至血与血淤积的深处

一片枯黄的树叶

便覆盖了一泓宁静的泉音——

因此而悬首为月

悠悠魂魄被故人相招

至清明为雨、重阳为菊

至除夕竹声温馨

为点点梅花，并在想起河流的冬季

说逝者如斯……

然后濯身于自己的源头，以天籁为长歌

以一节白麻垂挂于身后

因此生者是一句安详的遗嘱

并且在第七次焚纸之期

听见水声如至

1989 年 4 月 6 日

选自万夏、潇潇主编《后朦胧诗全集》，四川教育出版社 1993 年 8 月版

三月的书

韩东

整个三月我都在读一本书

窗外的吊塔竖起来了，并开始工作

在夜里，我赶回我的住所

其他的人和事，以被经过的耐心

留在原地。夜晚我读书。工地日夜不停

白天我读书，夹着书本来到

三月即将结束的地方

一块即将或已经泛绿的新生的草坪

我以书中的一个章节结束一天

打开的书以正在阅读的一页向阳

整个三月，工地日夜不停

让我们向往四月的大厦

而书中已预言了它十六种方式的倒塌

我怎样焦急而满怀希望地带着一本书

从一个地方到另一些地方

我在岩石上、山坡上、大厦的台阶上

大部分时间在我的住所

读过了最后的死亡的篇章

蒸汽锤自上而下，随后到来的是春天的雷声

1989 年 4 月 21 日

选自韩东著《白色的石头》，上海文艺出版社 1992 年 5 月版

停电之夜

陈超

透过阳台打开的窗子

星星的蔚蓝水泡在平原上空飘荡

爽风送来石津灌渠木樨草的淡香

市声与欲望的炙烤暂得消歇

你的心似乎没变，老派如既往模样

陌生的烛光招引你退回时间的深处
写下被年代放逐了的昔日怀想
插队时的伙伴，夜浇冻水时慌乱的初恋
终夜啮草的牲口，雪霰凄迷的山岗
哦，尽管你知道今天没有人读这类陈旧的诗行

蓝格稿纸如青花瓷的盘子
往事撒下词的籽粒冷冷作响
在蜡烛剥开的旧日子徜徉
再归置好桌面，让大钢笔搭出绿荫
你老式的措辞，或许会抚慰另一个怀旧的心房？

而萧萧不已的烛火，带你和时光继续后退
俄罗斯叶梅茨克镇一位背时的小抒情诗人
曾在同一支蜡烛下吟述过往，这情景多让你宽怀
当一首新诗落成，火蝶刚好熄灭
白桦林的边缘，天光蚕丝般闪亮……

1989 年 4 月

选自陈超著《热爱，是的》，远方出版社 2003 年 12 月版

壮烈风景

骆一禾

星座闪闪发光

棋局和长空在苍天底下放慢

只见心脏，只见青花

稻麦。这是使我们消失的事物

书在北方写满事物

写满旋风内外

从北极星辰的台阶而下

到天文馆，直下人间

这壮烈风景的四周是天体

图本和阴暗的人皮

而太阳上升

太阳作巨大的搬运

最后来临的晨曦让我们看不见了

让我们进入滚滚的火海

1989 年 5 月 11 日

选自西渡编《太阳日记》，南海出版公司 1991 年 5 月版

记忆之臂

叶延滨

时间之风把记忆

吹成一树迎风的枝丫

挂着枯枝和雪花

飘落的被珍藏

夹入情书日记

溶化的已经遗忘

只有时间之风把它们招摇

时间之风把记忆

吹成一根迎风的桅杆

挂着帆篷和残星

星斗闪烁往昔的诱惑

让眼睛忘记黑暗

那帆篷带我们走了很远

只有时间之风把它们鼓涨……

（选自《山西文学》1989 年第 6 期）

原则

肖开愚

绝不让白天的光辉在诗歌中消失
或减弱。诗歌中的黑暗。
是黎明前的黑暗，是黑暗的一刹那。
它严密，窒息人，接着就是黎明。

读者要将黑暗的印象长久地
保留下去，不是诗歌的过错。
读者太容易感动，联想到他们的生活。
至于老年人的热情，并不是看见了光明。

他们看见死亡，死亡带来恐惧。
这种求生的激情使人博爱，
使人抓住友谊、旧事物、一切。
一切都挽救不了他，岁月不听使唤。

他仇恨！他杀气腾腾！这样的老年读者
诗歌无力带去光明。比起神
诗歌要冷僻，它智慧的脸庞看上去苍白
无色，和乡村里石砌的电站一样简朴。

更多的老人心里面安静，

回想经历过的风暴，他们深深地骄傲。

孩子像树苗一样成长，在森林里面

毫不逊色，他知道，他可以死去了。

另一些老人，埃兹拉·庞德那样的智者

心里面只剩下光明。奥登、但丁

都是这样，后者拥有太阳的辉煌。

他们的一生是诗歌的泉源，我们取之不尽。

对于壮年，特别是青少年，

诗歌无疑要带去飓风的打击。

这是残酷的事情，可能否定一条道路

一个人的前半生，甚至一个人的光荣。

诗歌偏爱青春，它是青年人贡献的主题。

诗歌热爱革命性的主题。

借此，诗歌才发生了几十次蜕变，

变得活跃了，也变成了另外的东西。

这意味着诗歌在斗争中散失了光明。

诗歌以外的，就是黑暗的。

黑暗的东西不能进入诗歌，

比如人的糟粕，动物和品德的糟粕。

一架机器，一块瓦砾，一座荒山，

它们不是黑暗的，诗歌成为了它们

就是黑暗的。诗歌喷射的光
要照彻它们，使它们成为早晨的风景。

诗歌的光明至今没有黯淡过。
给委屈者勇气，给正义者子弹，
给牺牲在真理怀抱里的人永久的安魂曲。
这样的诗歌广为传诵，因为适合人们的境遇。

不能轻视这些诗歌，这些诗歌后面
是更高贵的人，怀有一个悲悯的心灵。
他把全人类的伤口集中到自己身上，
他是勇敢者。当然，他必须研究音韵。

诗歌中的一切原料，元素，火，
技术和历险，都是为一种诗歌准备的，
它叙述积累的苦难、死亡和时间。
它叙述一位英雄，穿越了可怕的空间。

他是思想上的君王，所有宝石
都是他闪亮的骨架。经过血拼，
经过酷刑，经过深思的全部毒具，
他就剩下这副骨架，闪耀在贯通的穹窿中。

全部天空都是他的形体，
通过雷电、雨雪、灾变，才能理解他的诗意。
这种史诗的光明，和大海的咆哮一样

是绝对的，不会增多，也不会减少。

对于地球上的人类来说，它已是全部。
严格拒绝了自我的诗歌，总是在
接近绝对。那里的寒冷和光
是必然，歌唱和抑止，都出于必然。

在必然中，石头透明，
石头在飞翔，石头像小鸟一样歌唱。
无疑石头还是它自己，是重量，
是牢固的不可知，但诗使它有了魔法和解释。

这是原则的力量，是白昼的光芒
改变了事物的形状。事物性质中的恶
也到了方向中。阅读的速度
就是黎明降临的速度，倾斜、热烈。

　　　　1989 年 6 月 23　成都

　　　　选自《花城》1990 年第 6 期

一首与弥尔顿有关的谣曲

孙文波

一片溶金的落日在树林的上方
我看见一个盲人行走在树下

这是一位行吟的诗人。他
正唱着一首曲调悲凉的谣曲
述说美好事物的丧失
这美好事物是一座城市，幸福的城市

城市的毁灭来自一场大火，熊熊的火焰
燃烧了三天三夜，房屋坍塌了
人们死亡了，到处一片狼藉
那些曾经精美的银器
那些曾经典雅的玻璃灯饰
统统熔化了，再也无法找到

能够看到的是灰烬。太阳的光
照耀在上面也一派苍白
漆黑的夜晚，更是凄凉阴森
见到的真是黑，比马的眼睛还黑
破败的门就像狮子的大口
什么都像鬼影幢幢，让人心惊胆裂

但谁也不知道大火怎么烧了起来
是雷电还是敌人
这已经成了谜。知道它的
除了土地和时间还有谁
没有了。没有了。行吟的诗人唱道
美好事物的丧失没有原因

我想到了特洛伊城的毁灭

它毁于一个女人的美

我说：行吟的诗人哪，我如果是你

我就要唱道：美好事物的毁灭

不是为了别的只是因为美

一座幸福城市的毁灭只能因为幸福

一片溶金的落日在树林的上方

我看见一个盲人行走在树下

我不知你是否听到了这首曲调悲凉的谣曲

你听到了，会不会流下眼泪

告诉你吧我的爱人

我流了，泪水从眼睛流向心底

　　1989 年 8 月

　　选自谢冕、唐晓渡主编《以梦为马——新生代诗卷》，北京师范大学出版社

1993 年 10 月版，作者后来有改动

叶芝

石光华

我无法比叶芝更老

无论是花朵，这年轻人的光辉

还是大海，他比我的一生

更先达到。威廉·叶芝

辽阔的风雪中，他的肉体
成为诗歌中的火焰，或者冷如石头
深藏天神面貌的声音
甚至是一枚精美的天鹅羽毛
也同样满怀老人的激情

只能说：我们的叶芝
这个现在仍然成长的名字
他铭心热爱的我必须记住
他仇恨的事物直到今天
还在玷污黄金、舞蹈和我们的灵魂
就像身边的、树木上的灰尘

这就是圣徒，语言中光明的一面
有时我说：我有美丽的柳树
默默怀旧中古老的精神
诸如沉香、祖先泉水里的鱼
但是叶芝在照耀全世界
我听到许多人为他流泪和贫穷终生

他注定要到达每一个生活的人
无论多久，他要拿出最后的食物
让他们幸福，然后让他们的死去
明亮，宁静，像夕阳中的落叶
对于我们的软弱，对于流浪者

他始终在冬天的火炉旁讲述真理

那些血液般流过他全身的

古老的拜占庭。神，窗外的土地

他说：过去的、现在的和永远的

就是在激励我们

像我清晨的时候，在乡下

看见一个蹚过河水的女孩

唱着春天的歌谣，她的前面

是一大片苍老的玉米

1989 年 9 月 10 日

选自万夏、潇潇主编《后朦胧诗全集（上）》，四川教育出版社 1993 年 8

月版

农事

万夏

一年中坐在树下望风的日子

栗子落进怀里

二月的风景与她无关

仍旧织麻，观看到自己的双乳

种子浸在井里

花朵开在季节之外

骡子走在前面

四合院围住她，磨着草镰

一钵栗果全是种子，挂在树上招风

或落在房顶上

让花叶长过一段腰肢

她选着一粒粒小麦

辨认出它们的模样

等青苗长出来，就成了别的麦子

她跟在种子后面

骡子在前，肩着木犁

回过头，见她在麦子中豁然生长

她清扫麦麸，骡子在石磨边嚼另一部分

花朵此时开成了樱桃

麦子在播种前仍旧是种子

在种子前，麦子可以是任何东西

而她在四月里和种子无关

只担心收获

花朵开成了栗果

拿着镰刀，用衣裳兜住小麦

乳房和果实都裹在布帛两面，都成种子

她居住中间

织布，怀旧，将两乳孕成果实

将周围的日子变得远离岁月

迫使自己重返树下

守住空空庭院

感受着枝叶和花朵

成为农事自身

农事是季节中树下拣栗果的姿态

雨中果实飘落手上

赤脚在风中浮动

果实高于季节和种子

堆在地里只成为小麦

放在她身边才成为粮食

更纯粹地感受了农事正匆忙于自身

或在香气里听见花开成果实的声音

阴历中水土的节气接近了空气与火

风水便造就一个人

麦子长得更像自己

但她在五月和麦子无关

她磨着镰刀

又在木盆中漂麻，面临了收获

种子一旦收割

握在手中，才成为事实

她同陶瓷、地主、石磨一起混杂在收获中

农事变成了树下拣栗子的幻象

或将收获的盛景酿在酒中

从她如嫣的微醉中开放出来

并享受她

农事此时远离节气

放弃了空气和水

麦子掺和栗果

栗子又和樱桃开成一朵花

而她依旧织布在三月

九月，河水流过腰身

选自《上海文学》1989 年第 9 期

生活的地方

丁当

那里已长出青草和墓碑

散发出历史的呆板气味

黄昏你打开任何一堵墙

就会看见各种形状的遗址

它们像赝品一样真实——

你的悲哀留下的伤疤

它像时间之蛇爬过你的生命

留下几片灰烬在九月的田野上空

蛇爬过之后甚至连蛇也没有

甚至连灰烬也不曾出现

最后的诗篇你这样结尾

"目击者仅仅是一块小小的石头……"

1989 年 9 月

选自丁当著《房子》，河北教育出版社 2002 年 8 月版

自白

唐亚平

我有我的家私

我有我的乐趣

有一间书房兼卧室

我每天在书中起居

和一张白纸悄声细语

我聆听笔的诉泣纸的咆哮

在一个字上呕心沥血

我观看纸的笑容

苍老的笑声一片空寂

一张纸漂进河流

一张纸飘上云空

此时我亮出双掌

十个指头十个景致

唯我独有的符号泄漏天机

十只透明的指甲在门上舞蹈

我生来就不同凡响

我的皮肤是纸的皮肤

被山水书写

我的脸纸一样苍白

我的表情漫不经心

随手抛撒纸屑

一只赤脚踏进草地

挥霍梦中的仙境

纸糊的面具狂笑不已

它已猜出纸上的谜语

我有一间书房兼卧室

窗上的月亮是我的家私

我天生一张白纸

期待神来之笔

把我书写

我有我的乐趣

我的天堂在一张纸上

我寻求神的声音铺设阶梯

铺平一张又一张白纸

抹去汉字的皱纹

在语言的荆棘中匍伏前行

1989 年 10 月 8 日

选自《山花》1989 年第 12 期

杜甫

西川

> 星垂平野阔
> 月涌大江流
> ——杜甫

你的深仁大爱容纳下了
那么多的太阳和雨水；那么多的悲苦
被你最终转化为歌吟
无数个秋天指向今夜
我终于爱上了眼前褪色的
街道和松林

在两条大河之间，在你曾经歇息的
乡村客栈，我终于听到了
一种声音：磅礴，结实又平稳
有如茁壮的牡丹迟开于长安
在一个晦暗的时代
你是唯一的灵魂

美丽的山河必须信赖
你的清瘦，这易于毁灭的文明
必须经过你的触摸然后得以保存

你有近乎愚蠢的勇气

倾听内心倾斜的烛火

你甚至从未听说过济慈和叶芝

秋风，吹亮了山巅的明月

乌鸦，撞开你的门扉

皇帝的车马隆隆驰过

继之而来的是饥饿和土匪

但伟大的艺术不是刀枪

它出于善，趋向于纯粹

千万间广厦遮住了地平线

是你建造了它们，以便怀念那些

流浪中途的妇女和男人

而拯救是徒劳，你比我们更清楚

所谓未来，不过是往昔

所谓希望，不过是命运

1989 年 10 月

选自《花城》1990 年第 4 期

玻璃

梁晓明

我把手掌放在玻璃的边刃上

我按下手掌

我把我的手掌顺着这条边刃

深深前推

刺骨锥心的疼痛，我咬紧牙关

血，鲜红鲜红的血流下来

顺着破玻璃的边刃

我一直往前推我的手掌

我看着我的手掌在玻璃边刃上

缓缓不停地向前进

我把手掌一推到底！

肉分开了

白色的肉和白色的骨头

纯洁开始展开

1989 年 11 月 2 日

选自《人民文学》1993 年第 3 期

想象大鸟

周伦佑

鸟是一种会飞的东西
不是青鸟和蓝鸟。是大鸟
重如泰山的羽毛
在想象中清晰地逼近
这是我虚构出来的
另一种性质的翅膀
另一种性质的水和天空

大鸟就这样想起来了
很温柔的行动使人一阵心跳
大鸟根深蒂固，还让我想到莲花
想到更古老的什么水银
在众多物象之外尖锐的存在
三百年过了，大鸟依然不鸣不飞

大鸟有时是鸟，有时是鱼
有时是庄周式的蝴蝶和处子
有时什么也不是
只知道大鸟以火焰为食
所以很美，很灿烂
其实所谓的火焰也是想象的

大鸟无翅，根本没有鸟的影子

鸟是一种比喻。大鸟是大的比喻
飞与不飞都同样占据着天空
从鸟到大鸟是一种变化
从语言到语言只是一种声音
大鸟铺天盖地，但不能把握
突如其来的光芒使意识空虚
用手指敲击天空，很蓝的宁静
任无中生有的琴键落满蜻蜓
直截了当的深入或者退出

想象大鸟就是呼吸大鸟
使事物远大的有时只是一种气息
生命被某种晶体所充满和壮大
推动青铜与时间背道而驰
大鸟硕大如同海天之间包孕的珍珠
我们包含于其中
成为光明的核心部分
跃跃之心先于肉体鼓动起来

现在大鸟已在我的想象之外了
我触摸不到，不知它的去向
但我确实被击中过。那种扫荡的意义
使我铭心刻骨的疼痛，并且冥想
大鸟翱翔或静止在别一个天空里

那是与我们息息相关的天空

只要我们偶尔想到它

便有某种感觉使我们广大无边

1989 年 12 月 17 日

选自《人民文学》1993 年第 7 期，后收入周伦佑著《周伦佑诗选》，花城出
版社 2006 年 12 月版，作者后来有改动

瓦雷金诺叙事曲
——给帕斯捷尔纳克

王家新

蜡烛在燃烧

冬天里的诗人在写作：

整个俄罗斯疲倦了，

又一场暴风雪

止息于他的笔尖下；

静静的夜，

谁在此时醒着，

谁都会惊讶于这苦难世界的美丽

和它片刻的安宁，

也许，你是幸福的——

命运夺去一切，却把一张

松木桌子留了下来，

这就够了。

作为这个时代的诗人已别无他求。

何况还有一份沉重的生活，

熟睡的妻子

这个宁静冬夜的忧伤，

写吧，诗人，就像不朽的普希金

让金子一样的诗句出现

把苦难转变为音乐……

蜡烛在燃烧，

蜡烛在松木桌子上燃烧，

突然，就在笔尖的沙沙声中

出现了死一样的寂静

——有什么正从雪地上传来，

那样凄厉

不祥……

诗人不安起来。欢快的语言

收缩着它的节奏。

但是，他怎忍心在这首诗中

混入狼群的粗重鼻息？

他怎能让死亡

冒犯这晶莹发蓝的一切？

笔在抵抗，

而诗人是对的。

我们为什么不能在这严酷的年代

享有一个美好的夜晚？

为什么不能变得安然一点，

以我们的写作，把这逼近的死

再一次地推迟下去？

闪闪运转的星空

一个相信艺术高于一切的诗人，

请让他抹去悲剧的乐音！

当他睡去的时候

松木桌子上，应有一首诗落成

精美如一件素洁绣品……

蜡烛在燃烧，

诗人的笔重又在纸上疾驰，

诗句跳跃，

忽略着命运的提醒。

然而，狼群在长啸，

狼群在逼近，

诗人！为什么这凄厉的声音

就不能加入你诗歌的乐章？

为什么要把人与兽的殊死搏斗

留在一个睡不稳的梦中？

纯洁的诗人！你在诗中省略的

会在生存中

更为狰狞地显露，

那是一排闪光的狼牙，它将切断

一个人的生活，

它已经为你在近处张开。

不祥的恶兆！

一首孱弱的诗，又怎能减缓

这巨大的恐惧？

诗人放下了笔。

从雪夜的深处，从一个词

到另一个词的间歇中

狼的嗥叫传来，无可阻止地

传来……

蜡烛在燃烧

我们怎能写作？

当语言无法分担事物的沉重，

当我们永远也说不清

那一声凄厉的哀鸣

是来自屋外的雪野，还是

来自我们的内心……

　　1989 年冬

　　选自《花城》1992 年第 6 期，后收入王家新著《游动悬崖》，湖南文艺出版
社 1997 年 8 月版，部分标点改动

誓言

戈麦

好了。我现在接受全部的失败

全部的空酒瓶子和漏着小眼儿的鸡蛋

好了。我已经可以完成一次重要的分裂

仅仅一次，就可以干得异常完美

对于我们身上的补品，抽干的校样

爱情、行为、唾液和远大理想

我完全可以把它们全部煮进锅里

送给你，渴望我完全垮掉的人

但我对于我肢解后的那些零件

是给予优厚的希冀，还是颓丧的废弃

我送给你一颗米粒，好似忠告

是作为美好形成的句点还是丑恶的证明

所以，还要进行第二次分裂

瞄准遗物中我堆砌的最软弱的部分

判决——我不需要剩下的一切

哪怕第三、第四，加法和乘法

全部扔给你。还有死鸟留下的衣裳

我同样不需要减法，以及除法

这些权利的姐妹，也同样送给你

用它们继续把我的零也给废除掉

1989 年

选自西渡编《太阳日记》，南海出版公司 1991 年 5 月版

当我在晚秋时节归来

黑大春

当我在晚秋时节归来
纷纷落叶已掩埋了家乡的小径
山峰像一群迷途难返的骆驼
胸前佩着那只落日的铜铃

背着空囊，心却异常沉重
不过趁暮色回来要感到点轻松
这样，路上的熟人就不会认出
我垂入晚霞中的羞愧的面容

目送一辆载满石头的马车
吱吱哑哑地拐进一片灌木丛
那印在泥泞中的车辙使我想起
我所走过的暴风雨中的路程

在那些闯荡江湖的岁月
我荒废了田园诗而一事无成
从挥霍青春的东方式的华宴中
我只带回贴在酒瓶上的空名

所以，我不敢轻易靠近家门

仿佛那是一块带着裂缝的薄冰
茅屋似的母亲哟！我叹息
我就是你那盏最不省油的灯

已不再是无所顾忌的孩提时代
贪耍归来，随意抓起灶中大饼
现在，不管我是多么疲乏
也不能钻进羊皮袄的睡梦
于是，像怕弄出一点声音的贼
我弓身溜出了篱笆的阴影
那只孤单的压水机，鹤一般
沉湎在昔日的庭院之中

只有夜这翻着盲眼的占卜老人
在朝我低语：流浪已命中注定
因为，当你在晚秋时节归来
纷纷落叶已掩埋了家乡的小径

1989 年

选自《中国作家》1991 年第 5 期

废园

陈东东

风暴到来以前，店铺关门的黄昏

追悔的心情像这座废园

寂寞的女子临窗远眺

她知道那个人

已骑驴进入雨中的剑门

每个夜晚有一次期待。鹰的栖息

瘦小的街景和雷霆之怒

春天的女子在暗影深处

她手边一封信

泛黄了灯光

这时候一匹马突围又突围，有如

羽箭，从驿站向下一个驿站

飞射——它想要击中那

缟素的心——在风暴之前

被传递的词章已扩散开来

她甚至分辨了最弱的音节，这

废园的耳朵，这废园的相思

她唱和的笔端伴以残酒

她知道那个人在同样的灯下

在倾听同样的风暴灌满

1989 年

选自陈东东著《海神的一夜：陈东东诗选》，改革出版社 1997 年 3 月版

忧郁的灯盏

苏历铭

唯有你在黑夜里闪亮，而散发的微光
却忧郁无比
仿佛黑夜就是最后的归宿
而你，这悬在我们头顶的光明之源
将失血后的苍白
洒满空室

我用一颗年轻的心击碎你
没有光亮，就不再有
目睹的悲剧
在一片漆黑中
可以一次次地谋杀自己

1989 年

选自《山花》1999 年第 11 期

阿姆斯特丹的河流

多多

十一月入夜的城市

唯有阿姆斯特丹的河流

突然

我家树上的橘子
在秋风中晃动

我关上窗户，也没有用
河流倒流，也没有用
那镶满珍珠的太阳，升起来了

也没有用
鸽群像铁屑散落
没有男孩子的街道突然显得空阔

秋雨过后
那爬满蜗牛的屋顶
——我的祖国

从阿姆斯特丹的河上，缓缓驶过……

1989 年

选自多多著《阿姆斯特丹的河流》，北岳文艺出版社 2000 年 5 月版

悬瞳

李轻松

如果我能够追想　这一次的知遇
像冬日的月儿一样薄而脆弱
像冬日的月儿一样白而易碎
那么我呼吸的风已袅袅飞散

这印花的被子与我的皮肤这么相称
一种恋旧的结　类似一条藤蔓
你环绕的双手一样缠紧我　并在我心的
背面　在灵魂最阴暗的一隅
翻拣我陈年的旧物

这时你宽衣的声音簌簌响起
一声喘息都能使我瘫软　请望定我！
让我看看你瞳仁里闪亮的火苗
看看火苗中游移的阴影　请望定我！
这比水还清白的身体
最初怎样给你？如果你要
现在怎样给你？只要你要

在你墙上的壁画中看到死鱼的眼睛
一种空洞　一种悬浮的恫

无着且无落。以及被打碎的陶片

如此尖锐　流血的快感

你用身体做炭

在燃烧的火与仇视中

把女人焚毁的同时先把自己焚毁

这本身充满了意义

你最初的情人　最后的母亲

都必将是我。在这临时的天堂中

穿行　像穿行在你的指缝和牢房中

无法呼救。一个因爱而被囚的女兽

类似于谁？你此生再也不会遭遇

1989 年

选自李轻松著《垂落之姿》，中国文联出版社 2000 年 12 月版

墓志铭

余心樵

在我的祖国

只有你还没有读过我的诗

只有你未曾爱过我

当你知道我葬身何处

请选择最美丽的春天

走最光明的道路

来向我认错

这一天要下的雨

请改日再下

这一天还未开放的紫云英

请它们提前开放

在我阳光万丈的祖国

月亮千里的祖国

灯火家家户户的祖国

只有你还没有读过我的诗

只有你未曾爱过我

你是我光明祖国唯一的阴影

你要向蓝天认错

向白云认错

向青山绿水认错

最后向我认错

最后说，要是余心樵还活着

该有多好

1989 年

选自余心樵著《余心樵诗选》，长江文艺出版社 2013 年 8 月版

1990 年

少女的光荣

蓝马

被带进湛蓝澄澈的海水当中
水面上偶尔勾勒着白色斑纹
喧嚣停止了

怒吼吧，嘴唇

共同奔腾，眼光朗照
大树排列

但愿声音更远一些，
但愿快些
在我的周围
像在一切黄金的周围。

如果被集合起来，旗帜就猎猎作响
如果像伙伴一样，就开始
熟悉

我使用噼噼啪啪的声音。管教你
爱你——带你到

湛蓝澄澈的无边海洋。

1990 年 1 月 15 日

选自阎月君、周宏坤编《后朦胧诗选》，春风文艺出版社 1994 年 9 月版

0 档案

于坚

档案室

建筑物的五楼　锁和锁的后面　密室里　他的那一份

装在文件袋里　它作为一个人的证据　隔着他本人两层楼

他在二楼上班　那一袋　距离他 50 米过道　30 级台阶

与众不同的房间　6 面钢筋水泥灌注　3 道门　没有窗子

一盏日光灯　四个红色消防瓶　200 平方米　一千多把锁

明锁　暗锁　抽屉锁　最大的一把是"永固牌"　挂在外面

上楼　往左　上楼　往右　再往左　再向右　开锁　开锁

通过一个密码　最终打入内部　档案柜靠着档案柜　这个在那个
　　旁边

那个在这个上面　这个在那个底下　那个在这个前面　这个在那个
　　后面

8 排 64 行　分装着一吨多道林纸　黑字　曲别针和胶水

他那 30 年　1800 个抽屉中的一袋　被一把钥匙掌握着

并不算太厚　此人正年轻　只有 50 多页　4 万余字

外加　十多个公章　七八张相片　一些手印　净重 1000 克

不同的笔迹　一律从左向右排列　首行空出两格　分段另起一行
从一个部首到另一个部首　都是关于他的名词　定义和状语
他一生的三分之一　他的时间　地点　事件　人物和活动规律
没有动词的一堆　可靠地呆在黑暗里　不会移动　不会曝光
不会受潮　不会起火　　没有老鼠　没有病菌　没有任何微生物
抄写得整整齐齐　清清楚楚　干干净净　被信任着
人家据此视他为同志　发给他证件　工资　承认他的性别
据此　他每天八点钟来上班　使用各种纸张　墨水和涂改液
构思　开篇　布局　修改　校对　使一切循着规范的语法
从写到写　一只手的移动　钢笔从左向右　从一个部首
到另一个部首　从动词到名词　从直白到暗喻　从·到·
一个墨水渐尽的过程　一种好人的动作　有人道"0"
他的肉体负载着他　像0那样转身回应　另一位请他递纸
他的大楼纹丝未动　他的位置纹丝未动　那些光线纹丝未动
那些锁纹丝未动　那些大铁柜纹丝未动　他的那一袋纹丝未动

卷一　出生史

他的起源和书写无关　他来自一位妇女在28岁的阵痛
老牌医院　三楼　炎症　药物　医生和停尸房的载体
每年都要略事粉刷　消耗很多纱布　棉球　玻璃　和酒精
墙壁露出砖块　地板上木纹已消失　来自人体的东西
代替了油漆　不光滑　略有弹性　与人性无关
手术刀脱铬了　医生48岁　护士们全是处女
嚎叫　挣扎　输液　注射　传递　呻吟　涂抹
扭曲　抓住　拉扯　割开　撕裂　奔跑　松开　滴　淌　流

这些动词　全在现场　现场全是动词　浸在血泊中的动词
"头出来了"医生娴熟的发音　证词：手上全是血
白大褂上全是血　被罩上全是血　地板上全是血　金属上全是血
证词："妇产科""请勿随地吐痰""只生一个好"
调查材料：患感冒的往右去　得喉炎的朝前走　　"男厕"
X 光在三楼　住院部出了门向西走 100 米　外科在 305
打针的在一楼排队　缴费的在左窗口排队　取药的排队在右窗口
挤满各种疼痛的一日　神经绷紧的一日　切割与缝合的一日
初诊与复发的一日　腐烂与痊愈的一日　死亡与诞生的一日
到处是治病的话与患病的话　求生的话与垂死的话　到处是
治病的行为与患病的行为　送终的行为与接生的行为
这老掉牙的一切　黏附着　那个头胎　那最初的　那第一次的
那条新的舌头　那条新的声带　那个新的脑瓜　那对新的睾丸
这些来自无数动词中的活动物　被命名为一个实词0

　　卷二　成长史

他的听也开始了　他的看也开始了　他的动也开始了
大人把听见给他　大人把看见给他　大人把动作给他
妈妈用"母亲"　爸爸用"父亲"　外婆用"外祖母"
那黑暗的　那混沌的　那朦胧的　那血肉模糊的一团
清晰起来　明白起来　懂得了　进入一个个方格　一页页稿纸
成为名词　虚词　音节　过去式　词组　被动语态
词缀　成为意思　意义　定义　本义　引义　歧义
成为疑问句　陈述句　并列复合句　语言修辞学　语义标记
词的寄生者　再也无法不听到词　不看到词　不碰到词

一些词将他公开 一些词为他掩饰 跟着词从简到繁 从

肤浅到深奥 从幼稚到成熟 从生涩到练达 这个小人

一岁断奶 二岁进托儿所 四岁上幼儿园 六岁成了文化人

一到六年级 证明人 张老师 初一初二初三证明人

王老师 高一高二 证明人 李老师 最后他大学毕业

一篇论文 主题清楚 布局得当 层次分明 平仄工整

对仗讲究 言此意彼 空谷足音 文采飞扬 言志抒情

鉴定：尊敬老师 关心同学 反对个人主义 不迟到

遵守纪律 热爱劳动 不早退 不讲脏话 不调戏妇女

不说谎 灭四害 讲卫生 不拿群众一针一线 积极肯干

讲文明 心灵美 仪表美 修指甲 喊叔叔 叫阿姨

扶爷爷 挽奶奶 上课把手背在后面 积极要求上进

专心听讲 认真做笔记 生动活泼 谦虚谨慎 任劳任怨

不足之处：不喜欢体育课 有时上课讲小话 不经常刷牙

小字条：报告老师 他在路上拾到一分钱 没交民警叔叔

评语：这个同学思想好 只是不爱讲话 不知道他想什么

希望家长 检查他的日记 随时向我们汇报 配合培养

一份检查：1968 年 11 月 2 日这一天 做了一件坏事

我在墙上画了一辆坦克洁白的墙公共的墙大家的墙集体的墙被我画

　　了大坦克我犯了自由主义一定要坚决改过

药物过敏史：症状来自医生 母亲等家长的报告

"宝贝"日服 3 回 每次 4 – 6 片 用药后面部有红斑

"好孩子"日服 3 回 每次 1 片 症状同上 红斑较轻

"乖"（外用 涂患处）涂抹后患者易发生嗜睡现象

"大灰狼来啦 妈妈不要你啦"（兴奋剂）服后患者易晕眩

微量元素配合表：（又名施尔庚）爱护 关心 花朵 草

芽　苗苗　小的　嫩的　甜蜜的　金色的　（每片含 25 微克）

天真的　纯洁的　稚气的　淘气的　（每片含 25 微克）牵着　领

　着　抱着　带着　慈祥地看着　温柔地抚摸着

轻拍　摇晃　叮咛　嘱咐　循循善诱　锤炼嫁接

陶冶　矫治　校正　清除　培养　关怀　误伤（各 50 微克）

名牌催眠灵：明天或等你长大了（终身服用）

填料：牛奶　语文　水果糖　历史　巧克力　鸡蛋炒饭

三光日月星　四诗风雅颂　钙片　义务劳动　鱼肝油

果珍　报告会　故事会　大会　五千年　半个世纪　十年来

连续三年　左中右　初叶　中叶　最近　红烧　冰镇　黄焖

油爆　叉烧　腌　卤　熬　味精　胡椒粉　生抽王　的成就

的耻辱　的光荣　的继续　的必然　的胜利　的伟大　的信心

成绩单：优　合格　甲　三好　95　一等　评比第一名

产品鉴定书：身高一米七以上　净重 63 公斤　腰 8 寸

有头发　有酒窝　有胡须　有睾丸　有眼珠　有肱二头肌

有三室一厅　有音响　有工资　有爱好　有风度　有爱心

会体贴　会跳舞　会唱歌　会写作　会说话　会睡觉

耳朵是耳朵　鼻子是鼻子　腿是腿　手是手　肛门是肛门

左右耳听力 1.5 公尺　肝未触及　心肺膈无异常　（医师签字）

卷三　恋爱史（青春期）

在那悬浮于阳光中的一日　世界的温度正适于一切活物

四月的正午　一种骚动的温度　一种乱伦的温度

一种

盛开勃起的温度　凡是活着的东西都想动　动引诱着

那么多肌体　那么多关节　那么多手　那么多腿

到处

都是无以命名的行为　不能言说的动作　没有呐喊　没有

喧嚣　没有宣言　没有口号　平庸的一日　历史从未记载

只是动作的各种细节　行为的各种局部　只是和肉体有关

和皮肤有关　和四肢有关　和茎有关　和根有关

和圆的有关

和长的有关　和弹性的有关　和柔软的有关　和坚硬的有关

和汁液有关　和摩擦有关　和交流有关　和透气有关

和开放有关　和进攻有关　和蹦跶　喷射　冲刺有关

（回忆）那一日　他们　同班男生　全是13岁　涌进来

学校的男厕　墙上画着禁止的一切　好多动作　手淫这个动作

手淫是最初的动词　男人的入场券　手黏乎乎　立刻完事

温度正好　尝到了那种小甜头　亚当们　找不着词儿宽恕自己

他们要的词外面没有　外头是母校这个名词　教室这个名词

外头是花园　水池　黑板　大操场　阅览室　书这些名词

和他手上的活毫不相干　男孩们憋得慌　只好做些暧昧的手势

编了些暗语来咕噜　互相逗着　交谈那种体验　走出公厕

去上课　听讲　记录　背诵　测验　答问　考试　温习

批复：把以上23行全部删去　不得复印　发表　出版

卷三　正文（恋爱期）

法定的年纪　18岁可以谈论结婚　谈出恋爱　再把证件领取

恋与爱　个人问题　这是一个谈的过程　一个一群人递减为几个人

递减为三个人　递减为两个人的过程　一个舌背接触硬腭的过程

一个软腭下垂　气流从鼻腔通过的过程　一个下唇与上齿

接近或靠拢的过程　一个嘴唇前伸　两唇构成圆形的过程

一个聚音对分散音　糙音对润音　浊音对清音　受阻对不受阻

突发音对延续音　紧张对松弛　降调对升调　舌头对撮口的过程

当然要洗头　洗脸　换衬衣　漱口　换袜子　擦皮鞋　洒香水

当然是最好的那一套　最好的那一条　最好的那一种

当然是七点到　当然是公园门口　当然是眺望与姗姗来迟

当然是杨柳岸晓风残月　当然是两张纸垫着　两瓶汽水

当然是相对无言欲言又止掩口一笑欲说还休却道天凉好个秋

当然是志同道合心心相印　当然是深深地　痴痴地　长长地

当然是摸底　你猜猜　“真的　不骗你”　当然是娇嗔　亲昵

当然是含着　噙着　荡漾着　当然是泪眼问花花不语

当然是多么多么　非常非常　当然是忧伤　悲哀　绝望

当然是转怒为喜　破涕为笑　当然是迟疑　踌躇　试探

当然是摸不透　推测　谜一样的笑容　当然是一块小手绢

一群蚊子　一只毛毛虫　一株蒲公英　一朵白玫瑰

当然是最最最好　刻骨铭心　难忘的　只有一次的

永恒啊月光　永恒啊小路　永恒啊起风了　永恒啊夜幕

永恒啊 11 点　永恒啊公园关大门　永恒啊路灯　永恒啊长街

永恒啊依依　永恒啊回眸　永恒啊背影　永恒啊秋波

时间到了　请赶紧　时间到了　请赶紧　再见　比尔

再见　露　下次　梅　下次　华　再见　桂珍　下次　兰

总结：狂草　不及物动词　形容词　名词　情态状语

赋　比　兴　寓言　神话　拟人法　反讽　黑色幽默

自白派　通感　新古典主义　口语诗　头韵　腹韵　尾韵

矛盾修辞　功能性含混　玉台体　天籁　象征　抑扬格

言此意彼词近旨远敌进我退敌退我扰道高一尺魔高一丈

表态：（大会　小会　居委会　登记的　同志们　亲人们

朋友们　守门的　负责的　签字的　盖章的）

安全　要得　随便　没说的　真棒　放心　般配

同意　点头　赞成　举手　鼓掌　签字

可以　不错　好咧　真棒　行嘛　一致通过

卷四　日常生活

1　住址

他睡觉的地址在尚义街6号　公共地皮

一直用来建造寓所　以前用锄头　板车　木锯　钉子　瓦

现在用搅拌机　打桩机　冲击电钻　焊枪　大卡车　水泥

大理石　钢筋　浇灌　冲压　垒　砌　铆　封

钢窗　钢门　钢锁　防十级地震　防火　防水灾

A—B—C—503室　是他户口册的编码　A代表

他所在的区　B代表他那一幢　C代表他那个单元

5指的是他的那一层　03　才是他的房间号

2　睡眠情况

他的床据地面1.3米　最接近顶盖的位置　一个睡眠的高度

噪音小　干燥通风　很适于储藏　存集　搁置　堆放

晚上10点　他拉上窗帘　锁好门　熄灯　这是正式的睡眠

中午　他睡长沙发　不脱衣裤　只脱鞋　盖上一床毯子

睡觉的好日子　是春天　睡得长　睡得好　睡得不想醒

睡觉的坏日子　是 6 月至 9 月　热　闷　一次睡眠要分几回
多次小觉　才能完事　秋天睡得最长　蚊子苍蝇来打扰
不用搔抓　放心睡　大觉　冬天他 9 点上床　有电热毯

3　起床

穿短裤　穿汗衣　穿长裤　穿拖鞋　解手　挤牙膏　含水
喷水　洗脸　看镜子　抹润肤霜　梳头　换皮鞋
吃早点　两根油条一碗豆浆　一杯牛奶一个面包　轮着来
穿羊毛外套　穿外衣　拿提包　再看一回镜子　锁门
用手判断门已锁死　下楼　看天空　看手表　推单车　出大门

4　工作情况

进去　点头　嘴开　嘴闭　面部动　手动　脚动
头部动　眼球和眼皮动　站着　坐着　面部不动　走四步
走 10 米　递　接过来　打开　拿着　浏览　拍　推　拉　领取
点数　蹲下　出来　关上　喝　嚼　吐　量　刷　抄　弯着
东经 35°　北纬 20° 之间　半径 200 公尺　海拔 500 公尺　气温
22°　东南风三级　时间 8 点到 12 点　2 点到 6 点

5　思想汇报

（根据掌握底细的同志推测　怀疑　揭发整理）
他想喊反动口号　他想违法乱纪　他想丧心病狂　他想堕落
他想强奸　他想裸体　他想杀掉一批人　他想抢银行
他想当大富翁　大地主　大资本家　想当国王　总统
他想花天酒地　荒淫无度　独霸一方　作威作福　骑在人民头上

他想投降　他想叛变　他想自首　他想变节　他想反戈一击

他想暴乱　频繁活动　骚乱　造反　推翻一个阶级

　　6　一组隐藏在阴暗思想中的动词

砸烂　勃起　插入　收拾　陷害　诬告　落井下石

干　搞　整　声嘶力竭　捣毁　揭发

打倒　枪决　踏上一只铁脚　冲啊　上啊

批示：此人应内部控制使用　注意观察动向　抄送　绝密

内参　注意保存　不得外传　"你知道就行了不要告诉他"

　　7　业余活动

一直关心着郊外的风景（下马村以远）

锤炼出不少佳句　故乡 10 公里处的麦芒　有幸被他提及

（见《雨中》）　偶尔　雅正《志摩的诗》　（志摩　现代诗人

留学英国　毕业于剑桥　著有《沙扬娜拉》曾译成日文

英文　法文　意大利文　塞尔维亚和非洲 16 国文字）

常常　沿着一条 19 世纪的长街散步　（尚义街属五华区

计有两处公测　3 家川味火锅店　12 根电线杆　1 个邮局

1 家发廊　6 个垃圾桶　3 条胡同　14 道大门　3 条大标语

两个广告牌　10 张治病海报　寻人启事　铺面出租）

每周　洗一回衣服　看两场电影　买 7 次小报（晚报　文摘周刊）

做 80 个仰卧起坐　逛商店 6 小时　（分三回　每回两个钟头）

每天　零食 20 克蛋糕　20 克葵花子　3 条口香糖　1 包花生米

3 克水果糖　看一次日历　看 8 回手表　坐下去 9 次　蹲 20 分钟

躺下去 11 回　靠着 4 个小时　背着手　枕着手

手在

裤袋里　手在杯子上　手垂着　手松开　脚跷着　脚点着地板

脚弯曲着　脚套着拖鞋　脚在盆里　脚在布上面　脚赤着

每晚　拿掉布罩　按下 ON　看广告　看新闻联播　看天气预报

看动物世界　看唱歌　看跳舞　看 30 集电视连续剧

看广告　看外国人　看广告　看大好河山　看广告　看

球　花　衣服　水　看广告　看明天节目预告　看今天节目到此

结束　祝各位晚安　看屏幕一片雪花　按下 OFF

8　日记

×年×月×日　晴　心情不好　苦闷　×年×月×日

晴　心情好　坐了一个上午　×年×月×日　天又阴掉了

孤独　下雨　下午继续睡　×年×月×日　睡了一天

×年某月某日感冒　某日刮风　某日热　某日冷

某日等待某某

某年某月某日　新年　某日　生日　某日　节日

卷五　表格

1　履历表　登记表　会员表　录取通知书　申请表

照片　半寸免冠黑白照　姓名　横竖撇捺　笔名　11 个（略）

性别　在南为阳　在北为阴　出生年月　甲子秋　风雨大作

籍贯　有一个美丽的地方　年龄　三十功名尘与土

家庭出身　老子英雄儿好汉　老子反动儿混蛋

职业　天生我才必有用　工资　小菜一碟　何足挂齿

文化程度　少壮不努力　老大徒伤悲　本人成分　肌肉 30 公斤

血 5000CC　脂肪 20 公斤　骨头 10 公斤

毛 200 克眼球 1 对肝 2 叶手 2 只脚 2 只鼻子 1 个

婚否　说结婚也可以　说没结婚也可以　信不信由你

政治面目　横看成岭侧成峰　远近高低各不同

　　民族

遥远的东方有一条龙　星座　八字　属相　手相　胎记

遗传　绰号　面部特征　口音　指纹　脚印　血型

家庭成员及社会关系　父亲　档案重 3000 克　前半生

尚缺 500 克　待补　母亲　档案重 2500 克　兄弟姊妹

档案各重 1000 克　侄儿侄女　档案各重 10 克　爷爷　祖母

大伯　二外公　大舅妈　档案重 5000 克　均已故去

资历　某年至某年　在第一卷　某年至某年　在第二卷

某年某年　在 B 卷　（距单位 500 米　本区医院内科）

某年至某年　在第三卷　某年至某年　在第四卷

　　2. 物品清单

单人床 1 张　　（已加宽两块木板　床头贴格言两条

贝尔蒙多照片 1 张　女明星全身照 1 张）

写字台 1 张　　（五抽桌　半旧）　　内有：信笺　信封

日记本　粮票　饭菜票　洗澡票　购物票

工作证　身份证　病历本　圆珠笔　钢笔

狼毫　羊毫　梳子 7 把　钥匙 27 把

（单车钥匙　暗锁钥匙　挂锁钥匙　软锁钥匙　铜钥匙　铝钥匙

　铁皮钥匙各多少不等）

坏的国产海鸥表 1 只　电子表两个（坏的）　胃舒平 1 瓶半

去痛粉 20 包　感冒清 1 瓶　利眠灵半瓶　甘油 1 瓶　肤轻松

零散的丸药　针剂　粉　膏　糖衣片　若干

方格稿纸 3 本　黑墨水 1 瓶　蓝墨水 1 瓶　红黑水 1 瓶

风景名胜纪念章 7 枚

书架 1 个（高 1.5 米　长 1.2 米　共五层）计有：选集 3 种

全集 1 种　辞海 1 套　《现代汉语》1 套　《中文自修辅导手册》

《自学》杂志　《性知识手册》　《金瓶梅评论集》　《大全》

《博览》　《世界地图》　《中国长联三百三》　《健康与食物》

《摄影小经验两百条》　《作为意志和表象的世界》　《日语入门》

旧杂志 15 公斤　旧挂历 5 公斤　废纸 20 公斤

单价　旧杂志　每公斤 0.20 元（挂历废纸同价）

书　每公斤　0.40 元

工艺品六种：维纳斯半身石膏像　大卫石膏像　瓷奔马 1 匹

陶制狮子 1 尊　雄鹰 1 只　美洲豹 1 头

皮箱 1 个　（全新　有卫生球味　号码锁）内有全新西装两套

金利来领带 1 条（红色）　猩红色麦尔登呢 1 块（长 4 米　幅宽

1.5 米）　丝绸被面两块　全新大相册 1 本　（无照片）

木箱 1 只（系旧肥皂箱）　内有　棉衣 1 件（压底）　旧军装
　两件

旧中山装两套　旧拉链夹克 3 件　喇叭裤 1 条（裤脚边已磨破）

牛裤两条（五成新）　旧袜子（7 双）　短裤　汗衫　毛巾若干

吉他 1 把（九成新　弦已断　红棉牌）

玻璃压板 1 块（压着明信片两张　照片 3 张　一张他本人柔光照

大 8 寸　秋天　前景为落叶　之二为集体照　公园门口合影

他　前排左起第 9 人　之三为一女性照片　该人

姓名　年龄　工作单位　出身　政治面貌　行踪均不详）

黑白电视机 1 台　军用水壶 1 个　汽车轮子内胎 1 个　痰盂缸 1 个

空瓶 13 个　手电筒 1 个　拖鞋 8 双（5 双已不能使用）

旅游鞋 1 只（另一只去向不明，幸存的九成新）

三接头皮鞋两双（半高跟有掌）　一双是棕红色

信一扎　35 封　（寄信人地址有　本市　内详

某电视台观众信箱　卫生知识专题竞赛筹委会

×市×胡同×号××街 246 号甲 707 室）

红梅牌小收音机 1 架　大搪瓷碗 1 个　靠背椅 1 把

（藤皮多处断裂）　长沙发一个　（长 1.8 米　面料已发亮弹簧露

　　出两个）

方便面 7 包　咖啡半瓶（雀巢牌）　电炉 1 只（1000 瓦）

垫单 3 床　（均已旧　有斑块和破损）　羽毛球两个　乒乓球拍

　　一只

扑克牌 3 副　（一副九成新　另外两副已缺失混而为一）

围棋子 7 粒　（白 3 黑 4）　分币　71 枚　（地上　抽屉共有伍分

　　币 18 枚　贰分币 30 枚　其余为壹分币　小纸币）

卷末　（此页无正文）

　　附一　档案制作与存放

书写　誊抄　打印　编撰　一律使用钢笔　不褪色墨水

字迹清楚　涂改无效　严禁伪造　不得转让　由专人填写

每 300 字　简体　阿拉伯数字大写　分类　鉴别　归档

类目和条目编上号　按时间顺序排列　按性质内容分为

A 类 B 类 C 类　编好页码　最后装订之前　取下订书针

曲别针　大头针等金属　用线装订　注意不要钉压卷内文字

卷页要截齐　压平　钉紧　最后移交档案室　清点校对无误

由移交人和接收人签名　按编号找到他的那一间　那一排

那一类　那一层　那一行　那一格　那一空　放进去　锁好

关上柜子　钥匙　旋转 360 度　熄灯　关上第一道门

钥匙　旋转 360 度　关上第二道门　钥匙

旋转 360 度　关上第三道门　钥匙　旋转 360 度

关上钢铁防盗门　钥匙　旋转 360 度

拔出

1990 年

选自《大家》1994 年第 1 期

被埋葬的词

吉狄马加

我要寻找

被埋葬的词

你们知道

它是母腹的水

黑暗中闪光的鱼类

我要寻找的词

是夜空宝石般的星星

在它的身后

占卜者的双眸

含有飞鸟的影子

我要寻找的词
是祭师梦幻的火
它能召唤逝去的先辈
它能感应万物的灵魂

我要寻找
被埋葬的词
它是一个山地民族
通过母语,传授给子孙的
那些最隐秘的符号

选自《青年作家》1990 年第 1 期

对一只乌鸦的命名

于坚

从看不见的某处
乌鸦用脚趾踢开秋天的云块
潜入我的眼睛上垂着风和光的天空
乌鸦的符号　黑夜修女熬制的硫酸
咝咝地洞穿鸟群的床垫
堕落在我内心的树枝
像少年时期在故乡的树顶征服鸦巢

我的手再也不能触摸秋天的风景

它爬上另一棵大树　要把另一只乌鸦

从它的黑暗中掏出

乌鸦　在往昔是一种鸟肉　一堆毛和肠子

现在　是叙述的愿望　说的冲动

也许　是厄运当头的自我安慰

是对一片不祥阴影的逃脱

这种活计是看不见的　比童年

用最大胆的手　伸进长满尖喙的黑穴　更难

当一只乌鸦　栖留在我内心的旷野

我要说的　不是它的象征　它的隐喻或神话

我要说的　只是一只乌鸦　正像当年

我从未在一个鸦巢中抓出过一只鸽子

从童年到今天　我的双手已长满语言的老茧

但作为诗人　我还没有说出过　一只乌鸦

深谋远虑的年纪　精通各种灵感　辞格和韵脚

像写作之初　把笔整枝地浸入墨水瓶

我想　对付这只乌鸦　词素　一开始就得黑透

皮　骨头和肉　血的走向以及

披露在天空中的飞行　都要黑透

乌鸦　就是从黑透的开始　飞向黑透的结局

黑透　就是从诞生就进入永远的孤独和偏见

进入无所不在的迫害和追捕

它不是鸟　它是乌鸦

充满恶意的世界　每一秒钟

都有一万个借口　以光明或美的名义

朝这个代表黑暗势力的活靶　开枪

它不会因此逃到乌鸦以外

飞得高些　僭越鹰的座位

或者降得矮些　混迹于蚂蚁的海拔

天空的打洞者　它是它的黑洞穴　它的黑钻头

它只在它的高度　乌鸦的高度

驾驶着它的方位　它的时间　它的乘客

它只是一只快乐的　大嘴巴的乌鸦

在它的外面　世界只是臆造

只是一只乌鸦无边无际的灵感

你们　辽阔的天空和大地　辽阔之外的辽阔

你们　于坚以及一代又一代的读者

都是一只乌鸦巢中的食物

我断定这只乌鸦　只消几十个单词　就能说出

形容的结果　它被说成是一只黑箱

可是我不知道谁拿着箱子的钥匙

我不知道是谁在构思一只乌鸦藏在黑暗中的密码

在第二次形容中它作为一位裹着绑腿的牧师出现

这位圣子正在天堂的大墙下面　寻找入口

可我明白　乌鸦的居所　比牧师　更挨近上帝

或许某一天它在教堂的尖顶上

已窥见过那位拿撒勒人的玉体

当我形容乌鸦是永恒黑夜饲养的天鹅

一群具体的鸟　闪着天鹅之光　正焕然飞过我身旁

　那片明亮的沼泽

这事实立即让我丧失了对这个比喻的全部信心

我把"落下"这个动词安放在它的翅膀之上

它却以一架飞机的风度"抚摇九天"

我对它说出"沉默"   它却伫立于"无言"

我看见这只无法无天的巫鸟

在我头上的天空牵引着一大群动词   乌鸦的动词

我说不出它们   我的舌头被这些铆钉卡住

我看着它们在天空疾速上升   跳跃

下沉到阳光中   又聚拢在云之上

自由自在   变化组合着乌鸦的各种图案

那日我像个空心的稻草人   站在空地

所有心思   都浸淫在一只乌鸦之中

我清楚地感觉到乌鸦   感觉到它黑暗的肉

黑暗的心   可我逃不出这个没有阳光的城堡

当它在飞翔   就是我在飞翔

我又如何能抵达乌鸦之外   把它捉住

那日   当我仰望苍天   所有的乌鸦都已黑透

餐尸的族   我早该视而不见   在故乡的天空

我曾经一度捉住过它们   那时我多么天真

一嗅着那股死亡的臭味   我就惊惶地把手松开

对于天空   我早就该只瞩目于云雀   白鸽

我生来就了解并热爱这些美丽的天使

可是当那一日   我看见一只鸟

一只丑陋的   有乌鸦那种颜色的鸟

被天空灰色的绳子吊着

受难的双腿　　像木偶那样绷直

斜搭在空气的坡上

围绕着某一中心　　旋转着

巨大而虚无的圆圈

当那日　　我听见一串串不祥的叫喊

挂在看不见的某处

我就想　　说点什么

以向世界表白　　我并不害怕

那些看不见的声音

　　　　1990 年 2 月

　　　　选自于坚著《于坚诗集：对一只乌鸦的命名》，国际文化出版公司 1993 年
12 月版

困兽

杨牧

卧在雪中成一摊淤泥

血腥四散

山口的残阳栖息在褐黑

的背斑上，如海鲸锦缎

般的肌理

波光凝固

鼻息若有若无

唯闻谷底沉钟的余韵

疲惫拖得幽径般漫长

漫进血管，好稠，好浓

浓得松脂

渗不出树干

所有的骚动未待再生就屏凝着

打从撕碎最后一只驯鹿

打碎最后一扇山岩

打从沿那道断崖之畔

簌簌而归

就再也懒得动弹了

过去的威风都撂在谷底

那些鼠行蛇蹿的地方

它匪寇般地横扫着

肌腱紧扣

全身拱成一张盘弓

用卑琐的灵肉祭它的牙齿

牙被磨得雪亮雪亮

齿缝还嵌着几根狼毫

现在也懒得用爪子去剔它

真的倦了，神思慵散

唯安适可作小憩的宽松

彻底的空白也是一种自信

山一般寂寥，林海肃穆

任野风梳理粗粝发髭

有锦鸡在树冠调戏交尾

什么东西

湿漉漉落在高贵的头上

它斜斜地微微地眨了眨眼

这个世界没有它了

白茫茫一片好干净

它卧在那里世界就卧着

暖大坂苍崖在松弛的腹下

冷雪和松风一丝丝袭来

血在整座山中流动

做一个梦，明天站起

是这家伙看家的本事

明天，将是沉　沉　一　啸

选自《岁月》1990 年第 2 期

最后的抒情

俞心樵

我就要离开你

就要转移到一个更安全的地方去爱你

在那里我会健康如初，淡泊，透明

我会参加劳动，对生活怀着一种感恩的心情

如果阳光很好，我会展露微笑

会对自己说，除了你，我什么都没有

除了美丽，我什么都不知道

我还会说，一遍又一遍，我说

你是春天的心肝，天空的祈祷

海洋潮涨潮落毕生的追求

现在我就要丧失说话的任何技巧了

不惜一切代价

仅仅赞美你的一根头发

我就要用去一千种沉默的声音

一万只宁静的歌

现在我是一万零一次看到

在三月的桃林前面

你满头飘飘扬扬的黑色的光芒

你是在爱情比金子更少，比昙花更短暂

比铁树开花更艰难的日子来到我的身旁的

你是冰天雪地里仅有的一点火种

仅有的一点心意，一点爱情的标志

你是蓝天下的大雪，阳光中的暴风雨

火山深处的一汪清泉

是秀丽甲天下的神女峰

是下一代少女的方向

我的病根和诗歌的源头

当土地要粮，天空要翅膀

百姓要当家做主，我，只要你

你是唐诗宋词的独生女

住在桃花和阳光的五好家庭，行云流水的优秀寝室

你是真善美大学的校歌

校史上最珍爱的一页

我还要再说，再说一遍

除了你的名字，没有什么汉字不是糟粕

除了我为你写下的诗

没有什么诗句能够让我再唱一遍

正是你今天的芳龄，我的母亲从水上回到桃林

她是为了让她的孩子能够爱上你她才回到桃林

她要让我在桃林生，在桃林死，在桃林爱上你

在我没有出生之前，我的母亲就先替她的孩子爱上你了

在你没有出生之前，你，就已经存在

爱你的水上的外祖母，外祖父

爱你的云朵里的父亲、爷爷、仗剑江湖的列祖列宗

为了让我爱上你

他们在水上生，在云朵里死

他们一生斗争，风雨无阻，却从来没有拥有过你

他们是有妻子的单身汉，有丈夫的处女

只要拥有你，他们可以放弃爱情和命

可以不生下我

但，但是，但是啊，我不生谁生

那么多人都死去了，只有我不怕活着

不怕苦难，不怕诗歌和光荣

我只是怕死，我是个死后仍然怕死的人

我要活着，做永生的人，做一个好人

我是天才，正冒险来到人间

现在我就要离开你，很远很远

我对你的爱将更深更辽阔

我就要转移到一个更安全的地方去爱你

在那里道路通向我的血脉

在那里我和天空平等相处

1990 年春

选自俞心樵著《俞心樵诗选》，长江文艺出版社 2013 年 8 月版

如果种子不死

戈麦

如果种子不死，就会在土壤中留下

许多以往的果子未完成的东西

这些地层下活着的物件，像某种

亘古既有的仇恨，缓缓地向一处聚集

这些种子在地下活着，像一根根

炼金术士在房厅里埋下的满藏子弹的柱子

而我们生活在大厅的上面
从来没有留意过脚下即将移动的痕迹

种子在地下，像骨头摆满了坟地的边沿
它们各自系着一条白带，威严地凝视着
像一些巨蚁被外科大夫遗忘在一个巨人的脑子里
它们挥动着细小的爪子用力地挠着

而大地上的果实即使在成熟的时候
也不会感到来自下方轻微的振动
神在它们的体内日复一日培养的心机
终将在一场久久酝酿的危险中化为泡影

1990 年 4 月 29 日
选自西渡编《戈麦诗全编》，上海三联书店 1999 年 1 月版

我看见转世的桃花五种

陈超

一

桃花刚刚整理好衣冠，就面临了死亡。
四月的歌手，血液如此浅淡。
但桃花的骨骸比泥淖高一些，
它死过之后，就不会再死。

东方的隐喻。这是预料之中的事。
年轻，孤傲，无辜地倒下。
干净的青春，在死亡中铺成风暴。

二

如果桃花是美人，我愿意试试运气。
她掀起粉红的衣衫，一直袒裎到轻盈的骨骼。
我目光焚烧，震动，像榴霰弹般矜持——
在最后时刻爆炸！裸体的桃花重又升起，
挂在树梢。和我年轻的血液融为一体。
但这一切真正的快乐，是我去天国途中的事。

三

我离开桃林回家睡觉的时候，
园丁正将满地的落英收拾干净。
青春的我一腔抱负，意兴遄飞，
沉浸在虚构给予的快乐中。
我离开床榻重返桃林的时候，
泥土又被落英的血浸红。千年重叠的风景。
噢，我噙着古老的泪水，羞愧的，凛冽的。
看见喑哑的桃花在自己的失败中歌唱。

四

唉，我让你们转世，剔净他们的灰尘。

风中的少女，两个月像一生那么沧桑。

木头的吉兆，组成"桃"。一个汉字，或伤心。

铺天盖地的死亡，交给四月。

让四月骄傲，进入隐喻之疼。

难道红尘的塔楼上，不该供奉你的灵魂？

你的躯体如此细薄，可心儿却在砺石中奔跑

五

五月，大地收留了失败，

太阳在我发烧的额头打铁。

埋葬桃花的大地，

使我开始热爱一种斗争的生活！

乌托邦最后的守护者——

在离心中写作的老式人物，

你们来不及悔恨，来不及原谅自己；

锋利的爱情使你们又一次去捐躯。

而这是预料之中的事：

桃花刚刚整理好衣冠，就面临了死亡；

为了理想它乐于再次死去。

这同样是预料之中的事。

1990 年 4 月

选自陈超著《热爱，是的》，远方出版社 2003 年 12 月版

我已从悲伤中逃脱

郑单衣

现在，我要歌唱那新鲜的血液，振荡的心
当五月的槐树神起舞
在催促生长的大风中，撒完了
她的白花粉
现在，我要歌唱天真的白日梦

和那内心雪白的槐树神！
现在，我要满怀喜悦
歌唱那茂盛的起舞的槐树神

仿佛天使们又在树林中漫步
哦，振荡的心！她是
我的太阳，我的财富，我的性命！

当我在那清香的走廊里
遇见了寂寞的槐树神！

"这不是梦吧?" 振荡的心

"这不是梦吧?"

当成群的燕子起舞,翩翩地,领着我们
心跳急促,伴着那五月的槐树神!

看啦,风向偏南,天色转青
仿佛爱情又在树林中私语
"这怎么是梦呢?"
当新生的枝叶起舞
撒完了她那芬芳的白花粉

现在,我要来饮酒,做梦
书写那美丽的槐树神!
现在,我要让五月的大风吹拂得更起劲!

当我们累了
躺下,向着一颗遥远的星

1990 年 4 月

选自郑单衣著《夏天的翅膀——郑单衣诗集》,上海三联书店 2005 年 11
月版

重返童年

桑恒昌

沿着曲曲弯弯的小巷,

根，扎进乡情最深处。

淡月下，树上的鸦巢，
一如幽灵出没的古堡。

瓦砾中的蛐蛐，
讲的还是聊斋中的故事。

当年，爷爷抓紧咳嗽的间隙，
把烟锅吸得一闪一闪。

奶奶摇动祖传的蒲扇，
把星星扇得一亮一亮。

沧桑四十年，
什么不曾变？

唯见活着的星星，
狠狠咬住一束阳光。

1990 年 3 月 1 日

选自《诗刊》1990 年第 5 期

界限

戈麦

发现我的，是一本书；是不可能的。

飞是不可能的。

居住在一家核桃的内部，是不可能的。

三根弦的吉他是不可能的。

让田野装满痛苦，是不可能的。

双倍的激情是不可能的。

忘却词汇，是不可能的。

留，是不可能的。

和上帝一起消夜，是不可能的。

死是不可能的。

1990 年 5 月 2 日

选自西渡编《戈麦诗全编》，上海三联书店 1999 年 1 月版

散步

——给肖开愚

孙文波

1

黄昏的河滩上，走过来一个人，他

抖动的双脚就像长脚苍蝇的后肢。

他带来卵石密集的下游车正在装运的消息。

机器运动的声音在空气中传得更远，

到达河的对岸。对岸就是你的

城镇。它还要扩大建设。在打夯机的震动下，

那些在水底游动的灰色鲤鱼已经消失。

仇恨，焦虑。在夕阳的余晖中被

一再告诉给空气中的新成分。

不过它不是走过来的那一个人；

他，最像的一个人是传说中的布道者。

2

词语就是钟点。你已经做出证明。证明，

隐含着应该否定。我否定什么？

我只有依靠它们才能行为。

这是什么样的行为？越是靠近，

我越是不能回到事物的身边。城市的鬼脸，

越做越真实。就像巴别图书馆的

回旋楼梯。我走在这楼梯的第几级？

我看见了什么？当然我不可能

我怎能在一片黑暗中看见马的眼仁？

3

我被你一再邀请。我们登上一座山。

在正午有风但太阳依然强烈。风就是音乐，

回旋，飘逸。树木都在为它摇曳。

四周的景色呈现绵延的形势。

但我们永远不承认是它们的敌人。敌人

更应该这样：推动着钢铁前进。手持火焰。

火焰是权威。我们目睹过它的威力，

毁灭一个地区只要小小的一束。

是什么使我们看见绵延的山峦，坐下来

一个下午就这样度过？即使时间更多。

4

椅子上的油漆已经剥落，出现旧木纹理。

表明我们为了听到一个声音。

消耗了很多白天。我们犹如长途旅行的人。

谁能知道我们到底走得多远？

奥尔匹斯，还是双子星云？

我们的头颅已经被形容成巨大的容器。

多少座山峦河多少条河流在里面？

还有多少个亡灵？砒霜和蜂蜜搅和着。

5

数字是绝对。符合数字的也在趋近绝对。

于是你产生了均称法则下的圣哲和

军队。多少人在谈论圣哲和军队？

星宿的罗列。知识。人在其中寻找和平的隐秘。

最有胆略的人不惜走上几千里，

向南，或者向北，大海的深处寻找。

如果我们希望在心中聚集更多的神灵

就应该如此。我们必须承认血腥并不是

不可原谅。血腥使建筑加倍坚固；

最坚固的，体现了结晶的数字。

6

蚂蚁，蝴蝶，怎能同狮子与猎豹媲美。

它们不会一些消失，只有另一些疯狂繁殖。

有些瞬间我看见狮子与猎豹走进

院子，也在街道的中央踱行；

光滑柔软的爪子无声无息落地，

在我的心中声音是巨大的：回荡、

凝结。我所居住的家旁边，火车站，

来来往往的火车与他们一致。

而我们必须把它们都看成对我们的恩赐

7

老人和孩子是世界的两极，我们走在中间。

就像桥承受着来自两岸的压力；

双重侍奉的角色。从影子到影子，

在时间的周期表上，谁能说这是戏剧？

当我们在他们身边围绕着转圈，

他们的每一次开口都是节日。

犹如面对神圣祭祀中的神祇，我们，

不能拒绝这样的安排。

那位亡国的克洛伊索斯怎能拒绝神谕？

那我们必须唱道：花朵啊花朵，灿烂的黄金

8

我们还要站得多高才能看见那些在

县政府里走动的人？还要多少管墨水，

他们才会下达一个命令：搬出漏雨的屋子。

就此我们向他们讲述了一些寓言。

是否再讲一些？芬芳的花园在哪里？

向着早晨打开的窗户飞进来的雀鸟在哪里？

它们迫使我们一再出走，骑着想象的骏马，

飞驰，越过最高最险峻的山峰和星辰。

但我们不可能再向西走上一步了；

那里真空般的气氛会把仇恨培养成庞然大物。

而我们却必须在思想的针眼中穿行。

9

我们的确不能阻止事物的恶化。我们也

的确无法预料一切。特别当有人

向着他天性的反面发展，做了杀人者的爪牙。

我们能够想到什么：大海中迷失的船只？

走进狼穴的羊羔？面对着

这种熟悉了的死亡我们反而平静。

就像鸟类学家看见丛林中的啄木鸟，

他不会惊奇。在我们的词汇表上，

那些已经被搁置了的再次出现：

火中的冰，宫刑的人。警惕！

10

从实际生活中的每一个方面撤退。我们

需要彻底的寂静。智者在地球的

另一面写下：阿莱夫。至于物质中的特征，

牺牲了的肉体算什么？让我们的女人

安寝；在梦境中看见巨大的手指。

我们看见笔尖上的舞蹈者。

如果冥冥中有开口说话的声音；

他必然是来自宇宙深处的神祇。

我们说：接受他的声音。从一看到一。

对于我们的良心这是最安全的地方。

11

河流和山谷还在它们在的地方。我们离开。

在长途汽车的引擎声中马匹

相形见绌。大地将遗忘这些

它最古老的族类。我们，会越来越认定它

只是一个单纯的词！写下它，

那是为青草找到最必要的用途，找到

在我们的血液中已经丧失的精神。

也许它的确比我们更有先见之明，

消失在时间的深处，不再在我们中间寻找骑手。

1990 年 5 月

选自孙文波著《孙文波的诗》，人民文学出版社 2001 年 7 月版

蝴蝶

石光华

蝴蝶，如果你在夜晚飞翔

那是怎样残忍的光辉

先给予幸福，然后是至深的痛楚

这样的打击直接进入到死亡

使众多的容貌徒有你的美丽

多少人将茫然承受月亮的照耀

犹如你顾影自怜，短促的爱情

既不带来白昼也不带来黑暗

仅仅是满地花叶就让人伤心

其中还有你落下来

使彻夜哀歌无处响起

这是比死亡更痛苦的时候

谁也不能从你看见更高的飞翔

那些化身为蝶的亡灵是否能够看见？

如果余留于世的肉体

就是花朵，甚至比花朵更接近春天

你能否加快灿烂的一生

迅速到死亡来临之前？

你怎样避开这满目的热泪？

宽恕我们蒙尘的青春吧

像巨大的空虚中，孤独就是存在

被忘怀或者被诉说，直到衰老

没有什么能从你飞离的空地中

窥视到其中的高傲

因为纯洁的不只是美

我们早夭的歌唱之唇，怀想中的

玫瑰和落日，你就是为这片殷红

从墓地，从风的空幻中翩翩而来

但如此的倾心为时已晚

那么，谁在痛哭，谁就是情人

1990 年 6 月 11 日夜

选自阎月君、周宏坤编《后朦胧诗选》，春风文艺出版社 1994 年 9 月版

无题（二首）

洛洛

无题

救救高山上垂死的羔羊

它被阳光钉在那儿不堪摧残

在比羔羊还要苍白的四壁里面

囚禁着我们梦的全部

那是一种时刻都在逃逸的冒险

就像肋骨下藏着烈火

垂死的羔羊在梨子的香气中间

它的身旁有正直的桑丘①和驴

而四周则充满灰烬与遁词。

童年时代我记着羊红色的耳朵

在雪地中摇曳如同射向天空

正是我自己的存在妨碍了自己

过程已经消失无法生出新的品质

羊的品质就是注视双乳胀大

站在空旷的广场摸着自己的脸

它使我们深陷其中并享尽落日余晖

也许垂死的羊再不是羊

只是前方一段苍白的时间

_____

①桑丘：《唐·吉诃德》中的人物，塞万提斯著。

我们仅仅受到它的鼓励就像青春

然而谁能恢复我们谁能救救羔羊

1990 年 3 月 2 日

选自杨克主编《90 年代实力诗人诗选》，漓江出版社 1999 年 5 月版

无题

一

一种低微的声音在天穹下燃烧

使人们想起远方风中的麦子

它远离我们生长并一再被拆散

只有残留的金黄在怀乡的梦中

麦子置身其外难道为旁观者所设

几近获救却在最后一刻失去机会

贫困的家园愈来愈远愈来愈远

好似在大海边高山的怀抱里面

我们从一个门跨入另一个门

眼看着身边的墙缓缓地上升

风中的麦子在远处是否已经冰凉

它承受着什么又悄无声息地缩回

二

麦子啊使我们疼痛

它不是什么都没有

尽管真实中被反复提醒和嘲弄

甚至被想象为半人半马的怪物

然而麦子依然幸运依然坐地风行

四周飘满雪花并且泥沙俱下

麦子说不出自己的语言

它真诚地仰望着农人们的脸

奋力用根部吸收着镰的寒光

它用杀死自己的方式来游戏

虚弱的麦子似乎更热爱刺激

它在远方它一头蓬松的金发

三

我们祈求颤抖的麦子平静下来

它在一出空幻的戏剧中悲欢离合

一片抵触的麦芒斜插在额头

那是它尖锐的灵魂向着阳光怒放

记下苍茫大地这寂静的时刻

麦子的手敲遍了乡村的钟声

1990 年 6 月 26 日至 7 月 3 日

选自《上海文学》1991 年第 5 期

死后看不见阳光的人

戈麦

死后看不见阳光的人，是不幸的人

他们是一队白袍的天使被摘光了脑袋

悒郁地在修道院的小径上来回走动

并小声合唱，这种声音能够抵达

塔檐下乌鸦们针眼大小袖珍的耳朵

那些在道路上梦见粪便的黑羊

能够看见发丛般浓密的白杨，而我作为

一条丑恶的鞭子

抽打着这些诋咒死亡的意象

那便是一面旗，它作为黑暗而飞舞

死后，谁还能再看见阳光，生命

作为庄严的替代物，它已等候很久

眼眸填满了褐色羊毛

可以成为一片夜晚的星光

我们在死后看不到熔岩内溅出的火光

死后我们不能够梦见梦见诗歌的人

这仿佛是一个魔瓶乖巧的入口

飞旋的昆虫和对半裂开的种子

都能够使我们梦见诗歌，而诗歌中

晦暗的文字，就是死后看不见阳光的人们

1990 年 7 月 12 日

选自西渡编《戈麦诗全编》，上海三联书店 1999 年 1 月版

影

彭燕郊

看不见你，只看见你的影子
满天的你的影子

因为沉思而透明的影子
不安地追逐着影子
忙乱中互相遮蔽
而又层层隐没的，分辨不清的影子

影子，满天的云彩
是你的影子，只是
看不见你自己
纸一样薄，玻璃一样脆
追逐中互相撞击
碎成片片的，影子
成群成队地飘去的，影子
影子，你想到了没有
有人在注视你，寻找你
在向你企求……
枉然有这许多的
影子，只是——看不见你
太轻、太软、太柔滑

纱巾一样
散布回忆，散布迷恋
散布幽远的淡淡香气的
影子，这满天的云彩啊

因为充满电流而丰满，因为充满电流而闪动
因为充满电流而激昂的，影子
无法定形的，无穷变化的，影子

影子，我只能凭你的高度计算你的分量
我的思念
沙滩上的涟漪一样破碎不了，却又
没有神针可以缝合
影子，你这满天波动着的云彩啊

热情的旋风
用滚热的舌头舔着你
影子，你像落进孩子红润的嘴唇的雪花
欢乐地消融
终于，连你也追寻不到了
这忽然散去了的满天的云彩啊

影子，你知道吗？更可怕的
是你留下的
这一片豁然开朗的万里晴空
这蓝悠悠的一片汪洋

蓝得那样深啊

蓝得那样苦啊

选自《中国作家》1990 年第 4 期

糖纸

张执浩

我见过糖纸后面的小女孩

有一双甜蜜的大眼睛

我注意到这两颗糖：真诚和纯洁

我为那些坐在阳光里吃糖的孩子

而欣慰，她们的甜蜜

是全人类的甜蜜

是对一切劳动的总结

肯定，和赞美

镶嵌在生命中，像

星星深陷于我们崇拜的洁空

像岁月流尽我们的汗水，只留下

生活的原汁

我注意到糖纸后面的小女孩

在梦中长大成人

在甜蜜波及到的梦中

认识喜悦

认清甘蔗林里的亲人

认定糖纸上蜂蜜憩落的花蕊，就是

我们的故居

我在糖纸上写下你的名字：小女孩

并幻想一首终极的诗歌

替我生养全人类最美丽的女婴

1990 年 8 月

选自张执浩著《苦于赞美》，武汉出版社 2006 年 1 月版

傍晚穿过广场

欧阳江河

我不知道一个过去年代的广场

从何而始，从何而终

有的人用一小时穿过广场，

有的人用一生——

早晨是孩子，傍晚已是垂暮之人。

我不知道还要在夕光中走出多远才能

停住脚步？

还要在夕光中眺望多久

才能闭上眼睛？当高速行驶的汽车

打开刺目的车灯

那些曾在一个明媚早晨穿过广场的人

我从汽车的后视镜看见过他们一闪即逝

的面孔。

傍晚他们乘车离去

一个无人离去的地方不是广场，

一个无人倒下的地方也不是。

离去的重新归来，倒下的却永远倒下了。

一种叫做石头的东西

迅速地堆积，屹立，

不像骨头的生长需要一百年的时间，

也不像骨头那么软弱。

每个广场都有一个用石头垒起来的脑袋，

使双手空空的人们感到生存的

分量。以巨大的石头脑袋去思考和仰望，

对任何人都不是一件轻松的事。

石头的重量

减轻了人们肩上的责任、爱情和牺牲。

或许人们会在一个明媚的早晨穿过广场，

张开手臂在四面来风中柔情地拥抱。

但当黑暗降临，双手就变得沉重。

唯一的发光体是脑袋里的石头。
唯一刺向脑袋的利剑悄然坠地。

黑暗和寒冷在上升。
广场周围的高层建筑穿上了瓷和玻璃的时装。
一切变得矮小了。石头的世界
在玻璃反射出来的世界中轻轻浮起，
像是涂在孩子们作业本上的
一个随时会撕下来揉成一团的阴沉念头。

汽车疾驶而过，把流水的速度
倾泻到有着钢铁筋骨的庞大混凝土制度中，
赋予寂静以喇叭的形状。
过去年代的广场从汽车的后视镜中消失了。

永远消失了——
一个青春期的、初恋的、布满粉刺的广场。
一个从未在账单和死亡通知书上出现的广场。
一个露出胸膛、挽起衣袖、扎紧腰带
一个双手使劲搓洗的带补丁的广场。
一个通过年轻的血液流到身体之外
用舌头去舔、用前额去下磕、用旗帜去覆盖
的广场。

空想的、消失的、不复存在的广场。
像下了一夜的大雪在早晨停住。

一种纯洁而神秘的融化

在良心和眼睛里交替闪耀，

一部分成为叫做泪水的东西，

一部分在叫做石头的东西里变得坚硬起来。

石头的世界崩溃了，

一个软组织的世界爬到高处。

整个过程就像泉水从吸管离开矿物，

进入蒸馏过的、密封的、有着精美包装的空间。

我乘坐高速电梯在雨天的伞柄里上升。

回到地面时，我抬头看见雨伞一样撑开的

一座圆形餐厅在城市上空旋转。

这是一顶从魔法变出来的帽子，

它的尺寸并不适合

用石头垒起来的巨人的脑袋。

那些曾经托起广场的手臂放了下来。

如今巨人靠一柄短剑来支撑。

它会不会刺破什么呢？比如，曾经有过的

一场在纸上掀起，在墙上张贴的脆弱革命？

从来没有一种力量

能把两个不同的世界长久地粘在一起、

一个反复张贴的脑袋最终将被撕去。

反复粉刷的墙壁，

被露出大腿的混血女郎占据了一半。
另一半是安装假肢、头发再生之类的诱人广告。

一辆婴儿车静静地停在傍晚的广场上，
静静地，和这个快要发疯的世界没有关系。
我猜婴儿车与落日之间的距离
有一百年之遥。
这是近乎无限的尺度，足以测量
穿过广场所经历的一个幽闭时代有多么漫长。

对幽闭的普通恐惧，
使人们从各自的栖居云集广场，
把一生中的孤独时刻变成热烈的节日。
但在栖居深处，在爱与死的默默的注目礼中，
一个空无人迹的影子广场被珍藏着，
像紧闭的忏悔的只属于内心的秘密。

是否穿过广场之前必须穿过内心的黑暗？
现在黑暗中最黑的两个世界合成一体，
坚硬的石头脑袋被劈开，
利剑在黑暗中闪闪发光。

如果我能用劈成两半的神秘黑夜
去解释一个双脚踏在大地上的明媚早晨——
如果我能沿着洒满晨曦的台阶
登上虚无之巅的巨人的肩膀，

不是为了升起，而是为了陨落——

如果黄金镌刻的铭文不是为了被传颂，

而是为了被抹去，被遗忘，被践踏——

正如一个被践踏的广场必将落到践踏者头上，

那些曾在明媚的早晨穿过广场的人

他们的黑色皮鞋迟早会落到利剑之上，

像必将落下的棺盖落到棺材上那么沉重。

躺在里面的不是我，也不是

行走在剑刃上的人。

我没想到这么多的人会在一个明媚的早晨

穿过广场，避开孤独和永生。

他们是幽闭时代的幸存者。

我没想到他们会在傍晚离去或倒下。

一个无人倒下的地方不是广场，

一个无人站立的地方也不是。

我曾经是站着的吗？还要站立多久？

毕竟我和那些倒下去的人一样，

从来不是一个永生者。

1990 年 9 月 18 日于成都

选自《诗林》1994 年第 1 期

厌铁的心情

周伦佑

总是害怕回到那个夜晚
那个火焰的时刻，置身其中
让奔突的热血再一次燃遍全身
词语的力量唤起谦卑的生命
在火焰中，广场突然变得很小
被巨大的热情举起来
又从很高的地方跌落
光芒的碎片把目击者变成瞎子

（我不愿重复那种感觉
让更多的人和我一起，从死亡中
捡回各自的脸，痛苦地再活一次）

从此，被钢铁浸透的那个夜晚
成为我的疾病
厌铁的心情不可以言火
只想采点桔梗之类
在没有英雄与蝴蝶的时候
煮水论懦夫。想起来了
便在郊外的某一所学校里
当一天钟，撞一天和尚

我们就这样活着。就这样

一个劲地不想

一个劲地显得若无其事

仿佛什么也没有发生过

但是伤口在深处不可阻挡地发炎

使我们的笑声突然中断

我们就这样难过得不是东西

就这样作为没有鱼的那种水

没有鸟的那种天空

没有含义的结构。敲与不敲

都是钟。响与不响，都是和尚

隔着玻璃的视觉飞机轻轻呕吐

就像一次不成功的流产手术

把你掏空之后

使你全身空洞得乏味

那个夜晚之前我活得轻如鸿毛

那个夜晚以后我醒来心如死灰

1990 年 10 月 19 日于峨山打锣坪

选自周伦佑著《周伦佑诗选》，花城出版社 2006 年 12 月版

吠月之犬

陈黎

时间让它的狗咬我们

它咬断我们的袖子，留下两三片

遗忘的破布

我们过街买糖，捡到一条被弃置的手臂

不敢确定是不是该把它投进最近的邮筒

也许正在旅行的我们的父母会在远方的旅店

收到它们

也许它就挂在火车站门口

播音器每隔五分钟播报一次：

"遗失手臂的旅客请到服务台认领"

我们不相信那些是离散多年的我们的亲友

童年的手帕，作业簿，爱人的

唇膏，胸罩，毕业证书

我们拿起那些掉了一地的玩具

听到它们说痛

月亮像一枚被邮戳模糊了的邮票贴在天空

我们用星光的原子笔写信，寄给上帝

他住在防空洞北边

而两个穿红裙子戴红帽子的飞快车小姐

推着手推车问他要不要买药

而那自然是苦的

但他还是送给我们一幅家庭照

被战争抚养的上校，黑肉鸨母

雄猫姬姬，终身不嫁的老处女阿兰

他们全都在那里，在时间的月台上

对着一只张眼瞪视的吠月之犬

等候与我们重新擦身而过

我们打开集邮簿，半信半疑地翻出

一枚枚似曾相识的叫声

也许这就是他们所说的家庭团圆

1990 年 10 月

选自李瑞胜主编《八十年诗选》，尔雅出版社 1992 年 4 月版

无痛分娩

胡宽

嚼着麦草秆　我是一个异教徒

我是一个异教徒

这个事实毋庸置疑　都老昏了头

抛弃多余的顾虑

快点忏悔　孩子　别出声

整理好行李物品　将屋子打扫干净　摆出挑战

的姿态

列车就要进站了

我是一个异教徒

我刚从墓地回来

我想活动一下冻僵的瘸腿

这段路程单调　冗长　也真够刺激的

谁在居室里发号施令

谁在居室里发号施令

是谁竖起"禁止通行"的标志

好像总有什么不对劲的地方

是否因为我贸然闯入的缘故

阴暗之中有咳嗽和击掌声传来

一束光亮投向了耶稣基督

他的脸庞十分苍白　充满倦意

摄影机又对准了我

我难以忍受　闭上了双眼

这里曾经发生的斗鸡场景还清晰地呈现在脑海里

骨头　鸡毛和皮屑　夹杂人的龌龊气味　堆满了

垃圾组成的堡垒

不可言状的怒火从孩子们的胸膛里溢出

我是一个异教徒

我是一个异教徒

我的自行车丢失了

我是异教徒吗

1987 年 12 月的某个午夜根据我的备忘录的记载

东经 112°北纬 19°她偷偷地潜入了这个世纪蹲在城墙的某个角落

在大熊星座的窥视之下

飞机隆隆的轰鸣声掩盖了她撒尿的声音

宇宙仿佛在喋血

寒风飒飒

此时此刻她的头发全部变黄了　衣服上溅满油污

她就是后来被称作圣母的那个人

（年纪无法判断　实际上还很年轻）

她把我从睡梦中唤醒　递给我几粒镇痛药片

　几只陈旧的贝壳　一盘录像磁带

我惊骇地张开嘴巴

但被她干瘪的下颌堵住

你见到他了吗　有没有他的消息

不

没有

我终于学会撒谎了

我知道关于圣母和我以及他共同欠下的债务

他的罪孽也难以赦免

我握着她的手　已经测不到她的脉搏了

绽开的笑容也凝固了

她温和地说了句

白痴

我是一个志愿兵　在和平年代里长大

我使用优质牙刷　洗澡时也戴着手表

星相学家说我的命里缺少金属

我想写一部关于"细菌配偶的品格问题"的悲剧著作

但前辈大师们的幽灵经常造访　骚扰

无法重复　不能模仿

这一切终将成为泡影

我珍惜逝去的时光

虽然有过很多痛苦的经历

舔着鼻涕朗诵"高高的白杨树"抬起

被石块击裂的额头

眺望日本海……

当

豺狼收获的季节来临的时候

我是一个异教徒　仍旧居住在这个古老的

　　巢穴——塔楼——屡经风雨的战火侵袭

　　却完好无损　屹立着

我是一个异教徒

名誉损毁　意志薄弱

希望能够改变这肮脏的身份

我是一个异教徒

当然也很荣幸

念及此事我无法抑制住滚滚热泪

收音机里传来轻柔的摩擦鼠齿的乐曲和奥林匹克运动会诈骗贿赂事

　　件的新闻

大人物们爬上了餐桌

疯狂吮吸着山峰的积雪

我的屁股被烤焦了

我是一个异教徒

我的妻子儿女在捕捉我身上的虱子

我被她们重重地包围着　她们理智清醒　不停地呻吟　挣扎　寻找

　刺激

"今天天气晴朗，敞开心扉的玫瑰"

我使用着文明的语言在安慰她们

活见鬼　我是一个异教徒——或者仅仅是某个

　特殊符号———一个处于弥留之际的神话——

　一个自己纵火案件的受害者

我无法选择

我看见帝王的灵柩裹着太阳的尸衣

海鸥从灵柩里飞出

我是一个异教徒

我有一面图腾　被尘土封闭着

我是一个异教徒

去参加复活节

走在熙熙攘攘的街道上　城市

像正在收缩的子宫——躺在血泊之中

倾听我的朋友们饥饿的呼号

我对现状无比振奋　我传染上了红斑狼疮

　我是异教徒

我是异教徒

我喜欢纯粹的东西

　　1990 年 11 月

　　选自胡宽著《胡宽诗集》，漓江出版社 1996 年 7 月版

现实

柏桦

这是温和，不是温和的修辞学

这是厌烦，厌烦本身

呵，前途、阅读、转身

一切都是慢的

长夜里，收割并非出自必要

长夜里，速度应该省掉

而冬天也可能正是夏天

而鲁迅也可能正是林语堂

　　1990 年 12 月 11 日

　　选自柏桦著《往事》，河北教育出版社 2002 年 8 月版

帕斯捷尔纳克

王家新

不能到你的墓地献上一束花
却注定要以一生的倾注，读你的诗
以几千里风雪的穿越
一个节日的破碎，和我灵魂的战栗

终于能按照自己的内心写作了
却不能按一个人的内心生活
这是我们共同的悲剧
你的嘴角更加缄默，那是

命运的秘密，你不能说出
只是承受、承受，让笔下的刻痕加深
为了获得，而放弃
为了生，你要求自己去死，彻底地死

这就是你，从一次次劫难里你找到我
检验我，使我的生命骤然疼痛
从雪到雪，我在北京的轰响泥泞的
公共汽车上读你的诗，我在心中

呼喊那些高贵的名字

那些追逐、牺牲、见证，那些
在弥撒曲的震颤中相逢的灵魂
那些死亡中的闪耀，和我的

自己的土地！那北方牲畜眼中的泪光
在风中燃烧的枫叶
人民胃中的黑暗、饥饿，我怎能
撇开这一切来谈论我自己？

正如你，要忍受更疯狂的风雪扑打
才能守住你的俄罗斯，你的
拉丽萨，那美丽的、再也不能伤害的
你的，不敢相信的奇迹

带着一身雪的寒气，就在眼前！
还有烛光照亮的列维坦的秋天
普希金诗韵中的死亡、赞美、罪孽
春天到来，广阔的大地裸现的黑色

把灵魂朝向这一切吧，诗人
这是幸福，是从心底升起的最高律令
不是苦难，是你最终承担起的这些
仍无可阻止地，前来寻找我们

发掘我们：它在要求一个对称
或一支比回声更激荡的安魂曲

而我们，又怎配走到你的墓前？

这是耻辱！这是北京的十二月的冬天

这是你目光中的忧伤、探询和质问

钟声一样，压迫着我的灵魂

这是痛苦，是幸福，要说出它

需要以冰雪来充满我的一生

1990 年 12 月　北京

选自《诗神》1996 年第 1 期

饿死诗人

伊沙

那样轻松的　你们

开始复述农业

耕作的事宜以及

春来秋去

挥汗如雨　收获麦子

你们以为麦粒就是你们

为女人迸溅的泪滴吗

麦芒就像你们贴在腮帮上的

猪鬃般柔软吗

你们拥挤在流浪之路的那一年

北方的麦子自个儿长大了

它们挥舞着一弯弯

阳光之镰

割断麦秆　自己的脖子

割断与土地最后的联系

成全了你们

诗人们已经吃饱了

一望无边的麦田

在他们腹中香气弥漫

城市最伟大的懒汉

做了诗歌中光荣的农夫

麦子　以阳光和雨水的名义

我呼吁：饿死他们

狗日的诗人

首先饿死我

一个用墨水污染土地的帮凶

一个艺术世界的杂种

　　1990 年

　　选自《诗刊》1993 年第 8 期

等候

潇潇

秋天很深了

瓦砾上淫雨霏霏

当种子返回泥土，被凭空的气候

消灭在不露痕迹之中

这样的意外，一个女人

在空空的瓶子中升起

平静地流泪，度过死

一个下午，我在菊花的气息中

等候某一张脸缓缓落下

也许我猛然老丑

收拾起阳台上艳丽的衣衫

而你，一个书信中的过客

遥遥无期，身世悲壮

暴露的危险何时抵达边缘

一只隐藏的飞禽是否死于猝然的早雪

它的羽毛是否比雪还要温暖

但冬天到来，我只能用一首诗等你

当迷乱的菊花洁白，飞满了蝴蝶

幸福就会悄然降临

1990 年

选自万夏、潇潇主编《后朦胧诗全集（上）》，四川教育出版社 1993 年 8
月版

人生不值得活的

杨泽

人生不值得活的。

稍早，也许

我就有了不祥的预感

稍早，早于你幼兽般

动人的花纹，早于

暗中的木瓜树

高度完美的阳台与星

早于夜晚——属于所有情人的

魔笛和独角兽底夜晚；

当魔笛吹彻

魔笛终因吹彻小楼而转凉

号角重返那最后

与最初的草原黎明……

人生不值得活的。

稍早，我便有了如此预感。

稍早，早于我的相对

你的绝对——野兔般

诚实勇敢底爱欲本能

还有那（让人在在难以释怀）

驳杂不纯的气质

倾向感伤，倾向速度

也倾向，因梦幻而来的

一点点耽溺与疯狂

人生并不值得活的。

更早，早于书本

音乐及绘画———一开始

我就有了暗暗的预感。

绿光和蓝蔷薇

大麻烟卷与禅

我梦见你；电单车的女子

模仿图画里的无头骑士

拎着一头黑浓长发，朝

草原黎明疾驰离去……

当魔笛再度吹彻

魔笛终因吹彻而转寒

爱与死的迷药无非是

大海落日般——

一种永恒的暴力

与疯狂……

人生不值得活的。

在岸上奔跑的象群

大海及远天相偕老去前：

暗舔伤口的幼兽哪

只为了维护

你最早和最终的感伤主义

我愿意持柄为锋

做一名不懈的

千败剑客

土拨鼠般，我将

努力去生活

虽然，早于你的梦幻

我的虚无；早于

你的洞穴，我的光明——

虽然，人生并不值得活的。

1990 年

选自杨泽著《人生不值得活的》，元尊文化出版社 1997 年版

我们所说的和所做的

张曙光

天在下雪，远处的灯光投向我们

使我们的影子拉长，稀薄，像岁月和历史

在梦中我们自由地穿行

但现在所有的门关闭。呵有谁能够

看见淡蓝色的雪，当他的脸

隐匿在窗帘后面？

而楼梯仍然黑暗，旋转

将我们载向一个不可知的高度

或者那就是虚无。没有人知道我们
当灯光暂时熄灭，我们听到雪
在六月的天空发出搅拌机的声音
一只熊从街道深处走出

羞涩得像一位新娘，这是
上帝赐予我们的礼物
那么你是否拒绝这场雪，是否提议
采用另外一种方式？或者干脆回到

我们诞生的房屋，或走进那面生锈的镜子
它静静坐在那里，像一架捕蝇器，捕捉着
光线和意象。在上个月，最后的
一位邻居也已离去

1990 年

选自张曙光著《小丑的花格外衣》，文化艺术出版社 1998 年 1 月版

汉语

赵野

一

在这些矜持而没有重量的符号里
我发现了自己的来历
在这些秩序而威严的方块中

我看到了汉族的命运

节制、彬彬有礼，仿佛

雾中的楼台，霜上的人迹

是我们不致远行千里

或者死于异地的疾病

二

祖先的语言，载着一代代的歌舞华筵

值得我们青丝白发

每个词都被锤炼千年，犹如

每片树叶每天改变质地

它们在笔下，在火焰和纸上

仿佛刀锋在孩子的手中

鱼倒挂树梢，鸟儿坠入枯井

人头雨季落地，悄无声息

1990 年

选自赵野著《逝者如斯》，作家出版社 2003 年 1 月版

历史的步伐与历史本身

孟浪

1

历史的步伐与我昨天迈出的任意一百步

没有什么不同

或者在街头那仅有的十步

或者在书房里不停的九十步

一切都显得太精确

历史的步伐全处在我个人浓浓的醉意中

你懂不懂？

它并不按照我的意志

我迈出十步就到了加油站和燃着的烟头跟前

再迈出九十步

我未完成的一页手稿在眼前飘摇着

一下子断送了历史的前程

在书房里我坐了下来

静听历史的步伐固执、杂乱

像另一个房间里老鼠发出秘密的响动

在我的头顶上永无止息

　　　2

人的女子气的脚步声渐渐去远

留下了野蛮的历史

那些无人的空位，那些恐怖的座椅

带头发的阅读还在继续

这颗星球从一个最简单的标点中挣脱

它转动的声音是今夜的和风

把我的胡须与眉毛吹落

谁还认得我？

我试图也荒唐地走远

扔下一座漂亮的图书馆或剧院

扔下更多无言的人

我诚实的面貌出卖我

让我不能不使用更真的假面

历史的步伐摇摇摆摆

我甚至看到了它受伤的脚踝

走动中到处是浑圆的关节在断裂

3

迈出第一步的时候我提起自己的腿

像从深土中提起一个老树桩

一株树要经受历史盲目的悠远

大水过后露出它的根及不动的愿望

历史的步伐在它面前晃动

总也没有离去的时候

我的世界一定围绕着一个更纯粹的中心

迈出第一步春天就降临到头顶

再迈出一步落叶飘飘无肩可依

我感到被摇撼着

有人从我的脚边找到落下的果实

其实只是数不清的鞋钉

还是让我自己的脚步变得沉重吧

身后拖出一片幼林

拖出一片望不尽的绿草地

历史没有步伐只是一群孩子在那里打滚

4

历史的身后布满一串模糊的脚印

是兽类的？还是人类的？

说到底，是不是我的？

是谁推着历史在走？

难道那么无助的我还有这一手？

在这座城市中历史的步伐是自信的

家庭的陷阱和日常生活的深渊

它都已看清：这里没有结论

还有更广阔的背景在我的视野里

历史向我展示它脊椎动物般的脊梁

向我展示哺乳动物般的脸

向我展示它的一片混乱

迈开脚，一步到一百步间

我未曾使用过的加油站已烧个干净

回过头，一个空房间里满是紧张的空气

我再迈出一步前应该是呼还是吸

5

在一个梦里鼠群向我实施着轰炸

我逃得飞快

有一阵子简直就是历史的步伐

老鼠在后面穷追不舍

一个房间又一个房间被踩得粉碎

在哪儿我都不敢大声地喘气

在广场上，在阳光下，我躲了起来

历史位于我的附近

当然也留下了它巨大的阴影

它的象腿，它的皮炎

每一步都含有剧烈疼痛的成分

每一步也都是极其麻木的感觉

我盯着它迈出的步子，只看见

历史不顾一切地向外流血

它比我更像一位礼貌的伤者

把幸福的白衬衣一条一条地撕开

1990 年

选自孟浪著《南京路上，两匹奔马》，光明日报出版社 2006 年 10 月版

空衣服

秦巴子

一根空荡荡的袖子

另一边也是

一根空荡荡的袖子

你将怎样深入其中

让仿佛虚假的手

从两边

垂落下来

一根空荡荡的裤管

挨着

一根空荡荡的裤管

沙沙摆动如亲密的交谈

是什么样的力量

支撑他们

在世界上惨烈地奔跑

空空的衣服

当它忙碌到疲惫不堪

尘土、弹洞和污渍

装满了每一个口袋

你看他

将怎样沉重地坍塌下来

你再看他

怎样不可挽回地腐烂下去

1990 年

选自沈奇主编《你见过大海——当代陕西先锋诗歌选 1978－2008》，西北大学出版社 2009 年 5 月版

1991^年

距离

屠岸

间隔着云片，薄雾，岚气，

间隔着青枝，绿叶，红花，

间隔着声乐的细流和洪流，

　　淡蓝色裙子在旋转，

　　白色头巾在飘舞，

　　伸臂，举足，俯，仰，转身，弯腰……

静和动的结合，

　　轻盈和矫健的交替，

溪水一样的旋律，

　　凝成形象的幻想，

色彩在奔流，

　　音符在飞翔，

青春的胸脯潮水般上涨，

　　美，睁开了惺忪的睡眼……

距离缩短了，

间隔消失了。

依然是淡蓝色裙子，

依然是白色头巾。

但只留下了一片暗褐，

粗陋，平庸，空漠，没有灵性……

噪音淹没了举手投足

　　前仰后合，

强烈的阳光

使皱纹纤毫毕露。

夜来临；也退走，

　　熹微的朝雾又渗进窗棂。

一声太息：

　　距离太远了，

　　　间隔太久了，

青春，永远躲在梦幻里，

　　美，永远闭合着眼睛……

　　　　选自《诗林》1991 年第 1 期

不再回来

严 力

生活在我身后熄灭了每一盏灯

我在窗前伫立

像灯塔指引心中的茫然驶出海湾

我下楼时碰掉了上世纪的灰土

出门时发现中世纪的锁依然有效

我发誓不再回来

尽管一群黄昏如船返回海湾

生活没有在前面安装路灯
但未来点亮了我的眼睛
我看见还没有变成木材的植物
像沙发一样敞开心胸地摆在林中
青绿色的果实舒服地坐在那里

我拐弯时知道回来时将会迷路
但是我不再回来

选自《诗林》1991 年第 1 期

在刀锋上完成的句法转换

周伦佑

皮肤在臆想中被利刃割破
血流了一地。很浓的血
使你的呼吸充满腥味
冷冷的玩味伤口的经过
手指在刀锋上拭了又拭
终于没有勇气让自己更深刻一些

现在还不是谈论死的时候
死很简单，活着需要更多的粮食

空气和水,女人的性感部位

肉欲的精神把你搅得更浑

但活得耿直是另一回事

以生命做抵押,使暴力失去耐心

以刀更深一些。从看他人流血

到自己流血,体验转换的过程

施暴的手并不比受难的手轻松

在尖锐的意念中打开你的皮肤

看刀锋楔入,一点红色从肉里渗出

激发众多的感想

这是你的第一滴血

遵循句法转换的原则

不再有观众。用主观的肉体

与钢铁对抗,或被钢铁推倒

一片天空压过头顶

广大的伤痛消失

世界在你之后继续冷得干净

刀锋在滴血。从左手到右手

你体会牺牲时尝试了屠杀

臆想的死使你的两眼充满杀机

1991 年 1 月 6 日

选自周伦佑著《周伦佑诗选》,花城出版社 2006 年 12 月版

小轿和村庄

苏金伞

树叶落尽
裸露出村庄
和书上的老鸹窝。
人们的眼睛突然放大了，
就像田野突然空旷一样。

村庄和村庄，
小路和小路，
都缩短了距离，
中间再也没什么阻碍。
村里很静，
人们到外乡挖河去了。

天空像一面无人敲的锣，
似手稍微动一下，
就会响彻宇宙，
响彻冬天。

池塘上结着冰，
连一个鸟迹也是多余的，
连一株芦苇的摇曳也是多余的。

忽然

一支娶亲的队伍走来，

锣摇一下一下

敲在天空那面锣上，

每一个村庄都听见那锣声。

一乘小轿，

颤悠悠地跳动着，

那色彩从来没有这样鲜亮过。

轿里有一颗心也在跳动，

里面有母亲的叮咛，

和马上即将面临的命运。

村庄也一上一下耸动着，

跟小轿保持着同一的节奏。

选自《大河》1991 年第 2 期

第三代诗人

周伦佑

一群斯文的暴徒，在词语的专政之下

孤立得太久，终于在这一年揭竿而起

占据不到的位置，往温柔敦厚的诗人脸上

撒一泡尿，使分行排列的中国

陷入持久的混乱。这便是第三代诗人

自吹自擂的一代，把自己宣布为一次革命

自下而上的暴动；在词语的界限之内

砸碎旧世界，捏造出许多稀有的名词和动词

往自己脸上抹黑或贴金，都没有人鼓掌

第三代自我感觉良好，觉得自己金光很大

长期在江湖上，写一流的诗，读二流的书

玩三流的女人。作为黑道人物而扬名立万

自有慧眼识英雄。耀邦哥们儿一句话

第三代诗人从地下走到地上，脸色惨白

坐在宣传部会议厅里，唱支山歌给党听

吐出一肚子苦水和酸水。士为知己者死

不该走的先走了，第三代诗人悲痛欲绝

发誓继承耀邦哥们儿遗志，坚决自由到底

第三代诗人由此懂得革命不是请客吃饭

学者说粗话，玩世不恭，骂"他妈的"

上层的天空在中国变来变去，第三代诗人

时常伤风感冒，变得十分敏感和谨慎

太多的禁忌不能说，唯一的逃避是诗

第三代诗人换上干净的衣服，在象牙的表面

做没有规则的游戏，远离心脏和血肉

或者模仿古人的形式，用月光写诗，用菊花

写诗，写一些很精致的文字，从红色

向白色，热情逐渐递减，减至语言的零度

第三代诗人活得很清苦，食人间烟火

说普通话，在茶馆里坐着品茶，喜欢有

茉莉花的那一种。马克思说不劳动者不得食

第三代诗人靠老婆养活，为人类写作

因而问心无愧。打破婚姻铁饭碗

第三代诗人犯过许多美丽的错误

先于弗洛伊德深入女人的舌尖和阴道

在想象中消耗太多的精气，结果阳气大亏

第三代热爱部分的毛泽东，一种农民的朴实

和冲动。在诗中改朝换代的野心是不自觉的

只是感到有屁要放便放出来，香花毒草由他去

被臆想的根羁绊着。抽刀断水，或者

把它暴露得更加粗大，以证明血统的纯正

第三代读老庄，读易经，倾向于神秘主义

或故作神秘主义。用八卦占卜，看一次手相

便学会一种欺骗女孩子的勾当，再骗朋友和敌人

继而进入气功状态，丹田的位置并不重要

关键是坐的姿势，要做出吐纳的样子

再发几句反文化的宏论，便自以为得道了

当然酒是要喝的，饭更不能少。一代人

就这样真真假假地活着，毁誉之声不绝于耳

第三代面不改色心不跳。依然写一流的诗

读二流的书，抽廉价烟，玩三流的女人

历经千山万水之后，第三代诗人

正在修炼成正果，突然被一支鸟枪击落

成为一幕悲剧的精彩片段，恰好功德圆满

北岛、顾城过海插洋队去了。第三代诗人

留在中国坚持抗战。学会沉默

学会离家出走，同时作为英雄和懦夫

学会拒绝，在庭上慷慨陈词，拒不悔过认错

学会流放，学会服苦役，被剃成光头

在队列与超负荷的劳动中尝试另一种生活

周伦佑在峨边闭关修炼，廖亦武、李亚伟

在重庆打坐参禅，尚仲敏在成都写检查

于坚在云南给一只乌鸦命名。第三代诗人

树倒猢狲散。千秋功罪十年以后评说

1991 年 2 月 28 日

选自周伦佑著《周伦佑诗选》，花城出版社 2006 年 12 月版

夕光中的蝙蝠

西川

在戈雅的绘画里，它们给艺术家

带来了噩梦。它们上下翻飞

忽左忽右；它们窃窃私语

却从不把艺术家叫醒

说不出的快乐浮现在它们那

人类的面孔上。这些似鸟

而不是鸟的生物，浑身漆黑

与黑暗结合，似永不开花的种籽

似无望解脱的精灵

盲目，凶残，被意志引导

有时又倒挂在枝丫上

似片片枯叶，令人哀悯

而在其他的故事里，它们在

潮湿的岩穴里栖身

太阳落山是它们出行的时刻

觅食，生育，然后无影无踪

它们会强拉一个梦游人入伙

它们会夺下他手中的火把将它熄灭

它们也会赶走一只入侵的狼

让它跌落山谷，无话可说

在夜晚，如果有孩子迟迟不睡

那定是由于一只蝙蝠

躲过了守夜人酸疼的眼睛

来到附近，向他讲述命运

一只，两只，三只蝙蝠

没有财产，没有家园，怎能给人

带来福祉？月亮的盈亏褪尽了它们的

羽毛；它们是丑陋的，也是无名的

它们的铁石心肠从未使我动心

直到有一个夏季黄昏

我路过旧居时看到一群玩耍的孩子

看到更多的蝙蝠在它们头顶翻飞

夕光在胡同里布下了阴影

也为那些蝙蝠镀上了金衣

它们翻飞在那油漆剥落的街门外

对于命运却沉默不语

在古老的事物中，一只蝙蝠

正是一种怀念。它们闲暇的姿态

挽留了我，使我久久停留

在那片城区，在我长大的胡同里

1991 年 2 月

选自《诗刊》1993 年第 9 期

冰湖坼裂·圣山·圣火

——给 S. Y.

昌耀

冰湖坼裂：那是巨大的熔融。

一种苏醒的自觉。一种早经开始的向着太阳的倾斜。

是神圣的可敬畏的日子。

天光明亮。背手牵马的人满怀心事

嘴角衔一茎草叶想着明月照人的目光，

隔湖背向岛屿走在通往深山的路途。

他听到身后冰湖坼裂仅如一种轻微的叹息。

一种自坼裂的缝隙送出的生命的叹息。

他从中感到了鸟鸣般的翔舞。

感到一种笼罩，一种凌烁，一种铺张扬厉。

感到一种大音希声式的弥盖。

是纯然完整的有机形态。

他感到植入地壳的湖盆正在日月盈亏牵动，

即使一声呢喃都如心悸具有血潮的活力。

他感到风中硝盐的扩散像毛发狂张了。

他满怀心事回转头去望湖暗自默语：

——我走，是为了跟你说一声我将再来。

在煨烤着松柏针叶斋戒的夜晚，

老丈在兽皮结跏跌坐。

军士奏以胡笳之章秣马。

瞌睡的孩子在母亲腹部分泌梦的蜜糖春的龙涎。

产期临近的女士自温泉沐毕来归。

冰湖的坼裂是不可回避的仪式。

他感到一种快乐得近于痛楚的声音。

他感到一种痛楚得近于快乐的声音。

一种窸窣。一种火花切割之声。一种传感。

一种为硬笔在纸上疾书的声音。

如果指甲划过平板玻璃引起的心底痉挛。

他感到一种不很锐利的呻吟在穿透宇宙。

他感到大浪拍来如肉芽冲决满湖痴瓣，如花冠丛丛。

他如何分辨呻吟的痛苦或呻吟的快意！

他如何免于浅薄的自作多情？

他感到一种火的战栗，一种酒的苏醒，一种踢踏舞步，

一种飘然放大的笑容，一种拥抱，

一种扁平如筏的放射

凌空切入灵魂一扫而过印象深刻，

让他相信没有任何力量能够阻遏，

像信风准确，而不可被欺骗不可被蛊惑。

像权利一样严正。

他满怀心事背手牵马从地毯覆盖的山道

走向白云喷薄而出的高出。

当他这样在心灵设想着脚下并不存在的红地毯，

那完全是意味着走向圣山时怀有的庄重。

而他随时准备匍匐在地亲吻泥土。

在冰湖坼裂的原野，在原野坼裂的冰湖，

崇拜的渴望就直接体现为存在的意志。

不是所有的人都能走到昆仑、念青唐古拉、巴颜喀拉、冈底斯。

不是所有的人都有缘分在茫茫原野邂逅。

莽苍之中难得一遇的旅行

就这样渴慕地遥向对方靠拢随之交臂远离以至水世永生。

不是所有的人都能领有冰湖坼裂。

他再次回转头去望湖暗自默语：

——我来是为了说一声我又该去但我仍会再来。

当他这样设想着自己是行走在无尽的地毯，

那是意味着走向圣山时怀有的庄重。

他看到采集圣火的女子在山麓前膝微踞，

举案齐眉地持平存储火种的盒饰。

她们梳理的髻鬟坠依项背如同乌云

他感觉自己的指尖生烟

右臂坚挺如同湖边祭祀的火把。

他就这样挥手站立听着冰湖坼裂如同燃烧。

1991 年 3 月 24 日

选自《诗刊》1991 年第 5 期

与冬天诀别

冯晏

冬天，你让我区别了柔情和温暖

又以冷风构成伤害

你让我在冷冷暖暖的波澜中

鄙视春天的平淡

又残酷地让我看着自己的泪水

冻成冰凌

冻成我与你的诀别

我的留恋的冬天

曾在深冬晚出的红日下

我身上的雪花一片片融化

使我想到饮一口化雪的溪水

就会洗去心中的忧郁

使我在银白色的世界中

甘愿独守这片暖意

你绿色的松枝

落满白雪

真正坚定过我

就以这块冷土为家

剪断自己飞翔的翅膀

不知此刻

是不是我的翅膀复生

正面对春的气息丰满羽翼

不，我无处憩息

无处躲避

因在冷土站久了

被碰伤的心

冬天，我把你看成一个潇洒的男人

博大得甚至无需注视

一个渺小的薄弱

我在虔诚中几乎被你

毫无规律的寒冷毁灭了

有那么多冬天的温暖

哪怕是语言

就能安定我

我接受冬天
却不想接受你为我设置的寒冷
因此，我想到与你诀别

只轻轻迈出一步就是
柔风、溪水、和声细语的土地
等我安家
那样的冷冷暖暖没有了
最最诱人的瞬间
我眷恋而舍不得离去的冬天呵

我喜欢那白雪的小路胜过一切
只要有一只温暖的手牵引
哪怕迷途
我早已准备用我的弱小
去承受前方敷雪的山脉
密密的云层
无所谓有无一片绿色
或一块天空的蔚蓝

而你一点儿也不懂
一个不想归春的燕子
留在冬天的代价
我不是以自己的弱小
站在真诚里
等待一双手为我创造一个

厚重的世界

虽然我无法不使自己在寒冷中战栗
却能使一个人在我的焰火中
融化于冰雪
而只有你不懂
与你诀别
是我太累太累之后的逃避

哦，我的冬天
是我眷恋你的胸怀
你的注视
甚至眷恋你用你的全部寒冷恐吓我
用你与众不同的个性
折磨我

是你的暴虐使我逃避
是你的强胜使我逃避
我不想整天在梳妆镜前
面对自己在需要中妥协
即使你要固执地征服
我却去找另外的季节

不，我的冬天
即使另外的季节被花束堆满
又怎能不使我回过头

去看与你诀别的地方

是否还有缝隙能重新容纳我

让我重新走进那座雪中的小屋

继续与你争辩

或者对你说

我屈服了

我想那时的冬天

会捧出鲜花

在红日下辉映我

会有众多温暖的心意包容我

不，我还是走吧

我不想做你模型中的女人

换取你的抚慰

即使在你的逼视下

我也敢走一条你意想不到的路

1991 年 3 月

选自《人民文学》1992 年第 7 期

一个人老了

西川

一个人老了，在目光和谈吐之间，

在黄瓜和茶叶之间，

像烟上升，像水下降。黑暗迫近。
在黑暗之间，白了头发，脱了牙齿，
像旧时代的一段逸闻，
像戏曲中的一个配角。一个人老了。

秋天的大幕沉重地落下。
露水是凉的。音乐一意孤行。
他看到落伍的大雁、熄灭的火、
庸才、静止的机器、未完成的画像。
当青年恋人们走远，一个人老了，
飞鸟转移了视线。

他有了足够的经验评判善恶，
但是机会在减少，像沙子
滑下宽大的指缝，而门在闭合。
一个青年活在他身体之中；
他说话是灵魂附体，
他抓住的行人是稻草。

有人造屋，有人绣花，有人下赌。
生命的大风吹出世界的精神。
唯有老年人能看出这其中的摧毁。
一个人老了，徘徊于
昔日的大街。偶尔停步，
便有落叶飘来，要将他遮盖。

更多的声音挤进耳朵，

像他整个身躯将挤进一只小木盒；

那是一系列游戏的结束：

藏起失败，藏起成功。

在房梁上，在树洞里，他已藏好

张张纸条，写满爱情和痛苦。

要他收获已不可能，

要他脱身已不可能。

一个人老了，重返童年时光，

然后像动物一样死亡。他的骨头

已足够坚硬，撑得起历史，

让后人把不属于他的箴言刻上

1991 年 4 月

选自《人民文学》1992 年第 5 期

衰老经

柏桦

疲倦还疲倦得不够

人在过冬

一所房间外面

铁路黯淡的灯火，在远方

远方，远方人呕吐掉青春
并有趣地拿着绳子

啊，我得感谢你们
我认识了时光

但冬天并非替代短暂的夏日
但整整三周我陷在集体里

1991 年 4 月

选自柏桦著《往事》，河北教育出版社 2002 年 8 月版

冒烟的石头

潇潇

一整天泪水流不出眼眶
我们的心被踏碎了
又是这样焦躁的夜
水管干裂而空洞的声音
像一个孤行的暴君抓着夏天黄金的手

当夜被烤得发白
闷热的北方，一支队伍
胜过午夜的星斗，这只揪心的野兽
他破坏的内脏在空气中蔓延

喘着最后一口粗气

那些泥土，那些人群

向狂暴的咽喉冲出去

倒下？选在死亡的近旁朴实而松软

鲜红的肉体，从一个房间躺进另一个房间

整个夏季的肺腑透不出气

世纪的冰雪也不寒而栗

母亲？选你的眼窝干枯了，你的土地

犹如天外冥荒中的牢狱

把所有的锋芒放进黑暗内部

灰蒙蒙的一片，没有一滴水

死，有时只是一次暂时的睡眠

我们坐在粗糙的木桌旁

不停地写作，猛力抽烟

1991 年 4 月

选自潇潇著《树下的女人与诗歌》，台海出版社 2005 年 10 月版

在精神病院

食指

为写诗我情愿搜尽枯肠

可喧闹的病房怎苦思冥想

开粗俗的玩笑，妙语如珠

提起笔竟写不出一句诗行

有时止不住想发泄愤怒

可那后果却不堪设想

天呵！为何一年又一年地

让我在疯人院消磨时光

…………

…………

…………

…………

当惊涛骇浪从心头退去

心底只剩下空旷与凄凉

怕别人看见噙泪的双眼

我低头踱步，无事一样

　　1991 年 5 月 12 至 21 日

　　选自《中国作家》1993 年第 3 期

假如我们在太阳中升起

大仙

假如我们在太阳中升起

与往事一同漫步

假如我们在爱情的水梦里摇荡

在繁星满天的秋夜赶路

假如我们独请你一人

残留在千日红最后的遗香

假如你挥响山野的风铃

阻止过一九九〇年落山的太阳

就请船只，完好地把桨带回岸上

就请时间，为第一片夜色抹上黄金

假如错过日出，就准时守在日落

假如穷尽所爱，仍不过一吻

无数的苍白季节随风飘尽

雨雪打空的双眼，映入春色之心

选自《诗歌报》1991 年第 6 期

说多了就是威胁

王寅

说多了就是威胁，朋友

但是，不要忘记笑

不要忘记毛病总在车轮中

不要忽略难以避免的同行的忧伤

不要让破损的友谊

像桌上的水迹那样消隐

说吧，保持无可替代的嫉妒

用这只手去征服

另一只同样激烈的手

抛向空中的分币必须有正反两面

亲爱的朋友，说多了就是威胁

说对了，就是死亡

1991 年 6 月 24 日

选自王寅著《王寅诗选》，花城出版社 2005 年 1 月版

连朝霞也是陈腐的

孟浪

1

连朝霞也是陈腐的。

所以在黑暗中不必期待所谓黎明

光捅下来的地方

是天

是一群手持利器的人在努力。

词语，词语
地平线上，谁的嘴唇在升起。

    2

幸福的花粉耽于旅行
还是耽于定居，甜蜜的生活呵
它自己却毫无知觉。

刀尖上沾着的花粉
真的可能被带往一个陌生的地方
幸福，不可能太多
比如你也被派到了一份

切开花儿那幻想的根茎
一把少年的裁纸刀要去殖民。

    3

黑夜在一处秘密地点折磨太阳
太阳发出的声声惨叫
第二天一早你才能听到。

我这意外的闯入者

竟也摸到了太阳滚烫的额头

垂死的那一刻
我用十万只雄鸡把世界救醒——
连朝霞也是陈腐的
连黎明对肮脏的人类也无新意。

4

但是，天穹顶部那颗高贵的头颅呵
地平线上，谁美丽的肩颈在升起！

1991 年 6 月

选自孟浪著《南京路上，两匹奔马》，光明日报出版社 2006 年 10 月版

坠落的声音

于坚

我听见那个声音的坠落　那个声音
从某个高处落下　垂直的　我听见它开始
以及结束在下面　在房间里的响声　我转过身去
我听出它是在我后面　我觉得它是在地板上
或者地板和天花板之间　但那儿并没有什么松动
没有什么离开了位置　这在我预料之中　一切都是固定的
通过水泥　钉子　绳索　螺丝或者胶水

以及事物无法抗拒地向下   向下   被固定在地板上的桌子

向下   被固定在桌子上的书   向下   被固定在书面上的文字

但那在时间中   在十一点二十分坠落的是什么

那越过挂钟和藤皮靠椅向下跌去的是什么

它肯定也穿越了书架和书架顶上的那匹瓷马

我肯定它是从另一层楼的房间里下来的   我听见它穿越各种物件

光线   地毯   水泥板   石灰   沙和灯头   穿越木板和布

就像革命年代   秘密从一间囚房传到另一间囚房

这儿远离果园   远离石头和一切球体

现在不是雨季   也不是刮大风的春天

那是什么坠落   在十一点二十分和二十一分这段时间

我清楚地听到它很容易被忽略的坠落

因为没有什么食物受到伤害   没有什么事件和这声音有关

它的坠落并没有像一块大玻璃那样四散开去

也没有像一块陨石震动周围

那声音   相当清晰   足以被耳朵听到

又不足以被描述   形容或比画   不足以被另一双耳朵证实

那是什么坠落了   这只和我有关的坠落

它停留在那儿   在我身后   在空间和时间的某个部位

1991 年 8 月

选自《人民文学》1993 年第 6 期

信

孙文波

在靠近中央广场的咖啡馆里，我坐着，
给你写信。爵士乐的鼓点
碰撞在墙壁上，在桌椅间滑行，
我写下："很久不知音讯了，你
近况如何？……这段日子我无所事事，
读一些闲书，譬如《探险史》
《史前国家的演进》和《论传统》
'现在总是处于过去的掌心中。'
奥尔梅克，一个强大的帝国已经消失。"

这时候录音机开始播放另一首曲子，
沃特尔斯的布鲁斯，放大的电吉他声，
在我的耳边回旋。它使我想到
在你居住的城市里正有很多黑人。
"你与他们关系融洽吗？……电影里
他们多半是野蛮的粗鄙的
是吸毒者是抢劫犯。我希望这不真实。"
哦，布鲁斯，布鲁斯，极好的音乐。
"一只老虎，一只老虎投进了你的邮箱。"

我的座位对面又来了一个顾客，一个

脑袋已经秃顶的中年男人。我

继续给你写道："一连几天都在下雨，

走在路上，能嗅到树叶发霉的气味，

但是街道上仍挤满了人。"那顾客

突然冲着我搭话："你知不知道书是记忆？

犹太人就是在一本书中找到了他们的

祖国。"我不想与他讨论，

我回答他："谢谢你了，请你继续听音乐。"

这里的侍者是一位姿色一般的女人，

走起路摇来晃去。"阴湿的灵魂，

……忧郁地抽出幼芽。"酒和烟雾

构成了我们玻璃杯中的岁月。窗外，

邮电大楼尖顶上的钟敲出了午夜的时辰。

要关门了，录音机已停止播放，

布鲁斯回到了磁带的金属密纹里。

我不得不赶快结束给你的信，我

写下最后一句："因为无事，我想念你。"

1991 年 9 月

选自谢冕、唐晓渡主编《以梦为马——新生代诗卷》，北京师范大学出版社
1993 年 10 月版，后收入孙文波著《孙文波的诗》，人民文学出版社 2001 年 7
月版

大海

戈麦

我没有阅读过大海的书稿
在梦里，我翻看着海洋各朝代晦暗的笔记
我没有遇见过大海的时辰
海水的星星掩着面孔从睡梦中飞过

我没有探听过的那一个国度里的业绩
当心灵的潮水汹涌汇集，明月当空
夜晚走回恋人的身旁
在你神秘的岸边徐步逡巡

大海，我没有谛听过你的洪亮的涛声
那飞跃万代的红铜
我没有见过你丝绸般浩渺的面孔
山一样耸立的波浪

可是，当我生命的晦暝时刻到来的时候
我来到你的近旁
黄沙掠走阳光，乌云滚过大地
那是我不明不暗的前生，它早已到达

选自《诗刊》1991 年第 10 期

灵魂终于出窍了

王寅

看哪，灵魂终于出窍了，教父
你的语言向来百发百中，你的斡旋总是仁慈慷慨
这下你终于如愿
你的微笑可以露一露牙齿了

以你全能的手
加入我所受的创痛吧
（你的铁锚，我的青春）
把你这激荡的杯盏移向唇边吧
（你的荣耀，我的鲜血）

看哪，灵魂终于出窍，教父
这一切已无法挽回
可以休息了
不会再受伤了
不会再癫狂了
亲爱的教父
向你致敬
灵魂终于出窍

1991 年 10 月 15 日

选自王寅著《王寅诗选》，花城出版社 2005 年 1 月版

咖啡馆

欧阳江河

一杯咖啡从大洋彼岸漂了过来，随后
是一只手。人握住什么，就得相信什么。
于是一座咖啡馆从天外漂了过来。
在周围一大片灰暗建筑的掩盖下，
显得格外融目，就像黑色晚礼服中
露出一小片雪白的衬衣袖子。
我未必相信咖啡馆是真实的，当我
把它像一张车票高举在手上，
时代的列车并没有从身边驶过。
坐下来打听消息，会使两只耳朵
下垂到膝盖，成为咖啡馆两侧的
钟表店和杂货铺。校准了时间，
然后掏钱到杂货铺买一包廉价香烟

　　这时一个人走进咖啡馆。
在靠窗的悬在空中的位置上坐下，
他梦中常坐的地方。他属于没有童年
一开始就老去的一代。他的高龄
是一幅铅笔肖像中用橡皮轻轻擦去的
部分，早于鸟迹和词。人的一生
是一盒录像带，预先完成了实况的制作，

从头开始播放，一切出现都在重复
曾经出现过的。一切已经逝去。
一个咖啡馆从另一个咖啡馆
漂了过来，中间经过了所有地址的
门牌号码，经过了手臂一样环绕的事物。
两个影子中的一个是复制品。两者的吻合
使人黯然神伤。"来点咖啡，来点糖"。
一杯咖啡从天外漂了过来，随后
是一只手，触碰时间机器的一个按键，
上面写着：停止。

　　这时另一个人走进咖啡馆。
他穿过一条笔直的大街，就像穿过
一道等号，从加法进入一道减法。
紧跟在他身后走进咖啡馆的，是一个
年龄可疑的女人，阴郁，但光彩夺目。
时间不值得信赖。有时短短十秒钟的对视
像一盒录像带快速地倒退回去，
退到儿时乘坐的一趟列车，仿佛
能从车站一下子驶入咖啡馆。
"十秒钟前我还不知道世上有你这个人，
现在，我认为我们已经相爱了
许多个世纪"。爱情催人衰老。
只有晚年能带来安慰。"我们太年轻了，
还得花上 50 个夏天告别一个世界，
才能真正进入咖啡馆，在一起

呆上十秒钟"。要不要把发条再拧紧一圈？
镀银的勺子在杯中
慢慢搅动，平方乘以平方的糖块开始融解。
十秒钟，仅仅十秒钟，
有着中暑一样的短暂的激情，使人
像一根冰棍冻结在那里。这是
对时间法则的逆行和陈述，少到不能再少，
对任何人的一生都必不可少。这是
一个定义：必须屈从于少数中的少数。

　　这时走进咖啡馆的不是一个人，
而是一群人。一出皮影戏里的全部角色，
一座木偶城市的全部公民。他们来自
等号的另一端，来自小数点后面
第七位数字所显示的微观宇宙，来自
纪律的幻象，票据或统计表格的一生。
他们视咖啡馆为一个时代的良心。
国家与私生活之间一杯飘忽不定的咖啡
有时会从脸上浮现出来，但立即隐入
词语的覆盖。他们是在咖啡馆里写作
和成长的一代人，名词在透过信仰之前
转移到动词，一切在动摇和变化，
没有什么事物是固定不变的。
在一个脑袋里塞进一千个想法，就能使它
脱离身体，变得像空气中的一只气球那么轻。
靠一根细线，能把咖啡馆从天上

拉下来吗？如果咖啡馆仅仅是个舞台，
随时可以拆除，从未真正地建造

　　这时一个人起身离开咖啡馆。
在深夜十二点半（校准了时间。但时间
不值得信赖），穿过等号式的幽暗大街，
从咖啡馆直接走向一座异国情调的
阴沉建筑，一座
让人在伤心咖啡馆之歌里怀想不已的建筑。
不是为了进入，而是为了离去，
到远处去观看。穿过这座大楼就是冬天了。
一九八九年的冬天。一八二五年的冬天。
零下四十度的僵硬空气中漂来一杯咖啡，
一只手。"我们又怎么能抓住
这无限宇宙的一根手指？"也许不能。
"贵族的皮肤真是洁白如玉。"这是
一个晚香玉盛开的夜晚，雪橇拉着参政广场
从中亚细亚草原狂奔而来。路途多么遥远。
十二月党人在黑色大衣里藏起面孔。

　　这时一个人返身进入咖啡馆。
在明亮的穿衣镜前，他怀疑这座咖啡馆
是否真的存在。"来一瓶法国香槟
和一客红甜菜汤"。黑色大衣里翻出
洁白的衬衣领子，十二月党人
变成流亡巴黎的白俄作家。俄罗斯文化

加上西方护照。草原消失。

隔着一顿天上的晚餐和一片玻璃泪水，

普宁与一位讲法语的俄国女人对视了

十秒钟。她穿一双老式贵族皮鞋，

在遗嘱和菜单上面行走，像猫一样轻盈。

咖啡馆的另一角，萨特叼着马格里特烟斗，

和波伏瓦讨论自由欧洲的暗淡前景。

放下纪德的日记，罗兰·巴尔特先生

登上埃菲尔铁塔俯身四望，他看见

整个巴黎像是从黑色晚礼服上掉下的

一粒纽扣。衣服还在身上吗？天堂

没有脱衣舞。时间的圆圈

被一个无穷小的亮点吸入，比纽扣还小。

　　这时咖啡馆里坐满了宾客。

光线越来越暗。漂泊的椅子从肩膀

向下滑落，到达暗中伸直的腰。

支撑一个正在崩溃的信仰世界谈何容易。

"蛇的腰有多长？"一个男孩逢人便问。

他有一个斯大林时代的辩证法父亲，

并从母亲身上认出了情人，"他多像娜娜"。

日瓦戈医生对诗歌和爱情

比对医术懂得更多，"但是生活呢？

谁更懂生活？"一群黄皮肤的毛头小子，

到咖啡馆来闲聊，花钱享受

一个阶级的闲暇时光，反正无事可干。

我们当不了将军，传教士，总统或海盗。

"少女把手扪在心上，梦想着海盗"，

度过宁静的青青草地上的一生。

"哪里去打听关于乌托邦的

神秘消息?" 如果人的目光向内收敛，

把无限膨胀的物质的空虚，集中到

一个小一些的

个别的空虚中去，人或许可以获救。

咖啡馆像簧片一样在管风琴里颤动。

没有演奏者。是否有一根手指

能从无限的宇宙的消息中将灵魂勾去?

这时持异国护照的人匆匆走出咖啡馆。

灵魂与肉体之间的交易，在四位

中国巨头与第一任美国总统的眼皮下

进行，以此表达一个事实：我们在地下

形成对群鸟的判断。两个国家的距离

是两副纸牌的距离。"玩纸牌吗?

纸牌有一个黑桃皇后。"

每个国家有一副纸牌和一个咖啡馆。

"你是慢慢地喝咖啡，还是一口喝干?

放糖还是不放?" 这时把性和制度

混为一谈的问题，熬了一夜的咖啡

是否将获得与两个人的睡眠相当的浓度?

我们当中最幸福的人，是在十秒钟内

迅速老去的人。年轻的将坠入

从午夜到黎明的漫长的性漂泊。

不间断地从一个情人漂泊到

另一个情人，是否意味着灵魂的永久流放

已经失去了与只在肉体深处才会汹涌的

黑暗和控诉力量的联系？是否意味着

一段剪刀下的爱情只能慢动作播放，

插在那些一闪即逝的美丽面庞之间？

两杯咖啡很久没有碰到一起，

以后也不会相碰。

　　这时咖啡馆里只剩下几个物质的人。

能走的都走了，身边的人越来越少。

也许到了给咖啡馆安装引擎和橡皮轮子

把整条大街搬到大篷车上的时候。

但是，永远不从少数中的少数

朝那个围绕空洞组织起来的

摸不着的整体迈出哪怕一小步。永远不。

即使这意味着无处容身，意味着

财富中的小数点在增添了三个零之后

往左边移动了三次。其中的两个零

架在鼻梁上，成为昂贵的眼镜。

镜片中一道突然裂开的扣子

把人们引向视力的可怕深处，看到

生命的每一瞬间都是被无穷小的零

放大了一百万倍的

朝菌般生生死死的世代。往日的梦想

换了一张新人的面孔。花上一生的时间

喝完一杯咖啡，然后走出咖啡馆，

倒在随便哪条大街上沉沉睡去。

不，不要许诺未来，请给咖啡馆

一个过去：不仅仅是灯光，音乐，门牌号码，

从火车上搬来的椅子，漂来的泪水

和面孔。"我们都是梦中人。不能醒来。

不能动。不能梦见一个更早的梦"。

现在整座咖啡馆已经空无一人。

"忘掉你无法忍受的事情"。许多年后

一个人在一杯咖啡里寻找另一杯咖啡。

他注定是责任的牺牲者：这个可怜的人。

1991 年 11 月 11 日

选自欧阳江河著《谁去谁留》，湖南文艺出版社 1997 年 8 月版

中指朝天

伊沙

我的表达

正在退步

又回到最初

很多年

我对世界许下的诺言

比这世界更软

他们拿走我

最后半碗剩饭

并没收了我的餐券

愤怒——该如何表达

其实我胆小如鼠

其实我从不敢摸老虎屁股

但我仍要继续扯蛋

但我仍要把蛋扯得更圆

一种超级流氓的手势十二万分炸弹

中指朝天

中指朝天

我的愤怒无边但从不伤及无辜

1991 年

选自《非非》1992 年复刊号

结结巴巴

伊沙

结结巴巴我的嘴
二二二等残废
咬不住我狂狂狂奔的思维
还有我的腿

你们四处流流流淌的口水
散着霉味
我我我的肺
多么劳累

你要突突突围
你们莫莫莫名其妙
的节奏
急待突围

我我我的
我的机枪点点点射般
的语言
充满快慰

结结巴巴我的命

我的命里没没没有鬼

你们瞧瞧瞧我

一脸无所谓

　　　1991 年

　　选自伊沙著《饿死诗人》，中国华侨出版社 1994 年 3 月版

梅花：一首失败的抒情诗

伊沙

我也操着娘娘腔

写一首抒情诗吧

就写那冬天不要命的梅花吧

想象力不发达

就得学会观察

裹紧大衣到户外

我发现：梅花开在梅树上

丑陋不堪的老树

没法入诗　　那么

诗人的梅

全开在空中

怀着深深的疑虑

闷头朝前走

其实我也是装模作样

此诗已写到该升华的关头
像所有不要脸的诗人那样
我伸出了一只手

梅花　梅花
啐我一脸梅毒

1991 年
　　选自周伦佑选编《亵渎中的第三朵语言花——后现代主义诗歌》，敦煌文艺
出版社 1994 年 11 月版

雪景中的柏拉图

西渡

在空旷的旷野上下着，这盼望已久的安慰
在柏拉图的旅行中带来短暂的欢欣，就像
阿尔戈船从海上带回波塞冬寒冷的浪花
在他的头脑中，有更好的雪，中国的雪

在科林斯的天空下，和柏拉图骤然相遇
它从庭院的梅花带来问候，人们没有看见
因为人们不够孤单。它来自最高的信仰
这众神的使者，不会在阳光下羞怯地逃遁

更多的雪落下。这孤独的问候

没有人能够拒绝：它问候的是柏拉图的内心
背向阳光的树枝在那里已悄悄生长多年
这问候还会在明天持续。还会持续多年。

在图书馆阴暗的天井里，这古代严峻的大师
眺望着逝者的星空，预见到两千年后
美洲的一场雪，一次火灾，以及我们
微不足道的爱情，预见到理想国的大厦在革命中倾覆

但现在时光已教会他沉默，柏拉图和他的雪
在书卷里继续生存，充满了智慧和善意
这时是否该我抚摸着理想国灰暗的封皮
当我深夜从地铁车站步行回家，遇见柏拉图的雪

它劫持着我的想象，在这春天将临的日子
太阳正在向双鱼座走近，这最后的和最早的问候
逼我倾向道德，直到它骤然停住：引导着两只
饥寒交加的麻雀，在我的头颅里寻找粮食

1991 年

选自《花城》1995 年第 6 期

月亮

陈东东

我的月亮荒凉而渺小
我的星期天堆满了书籍
我深陷在诸多不可能之中
并且我想到
时间和欲望的大海虚空
热烈的火焰难以持久

闪耀的夜晚
我怎样把信札传递给黎明
寂寞的字句倒映于镜面
仿佛蝙蝠
在归于大梦的黑暗里犹豫
仿佛旧唱片滑过了灯下朦胧的听力

运水卡车轻快地驰行
钢琴割开春天的禁令
我的日子落下尘土
我为你打开的乐谱第一面
燃烧的马匹流星多炫目

我的花园还没有选定

疯狂的植物混同于乐音

我幻想的景色和无辜的落日

我的月亮荒凉而渺小

闪耀的夜晚，我怎样把信札

传递给黎明

我深陷在失去了光泽的上海

在稀薄的爱情里

看见你一天天衰老的容颜

1991 年

选自陈东东著《海神的一夜：陈东东诗选》，改革出版社 1997 年 3 月版

野葵花

蓝蓝

野葵花到了秋天就要被

砍下头颅。

打她身边走过的人会突然

回头。天色已近黄昏，

她的脸，随夕阳化为

金色的烟尘，

连同整个无边无际的夏天。

穿越谁？穿越荞麦花的天边？

为忧伤所掩盖的旧事，我
替谁又死了一次？

不真实的野葵花。不真实的
歌声。
扎疼我胸膛的秋风的毒刺。

1991 年

选自蓝蓝著《内心生活》，春风文艺出版社 1997 年 10 月版

我读着

多多

十一月的麦地里我读着我父亲
我读着他的头发
他领带的颜色，他的裤线
还有他的蹄子，被鞋带绊着
阴囊紧缩，颈子因过度的理解伸向天空
我读到我父亲是一匹眼睛大大的马

我读到我父亲曾经短暂地离开过马群
一棵小树上挂着他的外衣
还有他的袜子，还有隐现的马群中
那些苍白的屁股，像剥去肉的
牡蛎壳内盛放的女人洗身的肥皂

我读到我父亲头油的气味

他身上的烟草味

还有他的结核，照亮了一匹马的左肺

我读到一个男孩子的疑问

从一片金色的玉米地里升起

我读到在我懂事的年龄

晾晒谷粒的红房屋顶开始下雨

种麦季节的犁下拖着四条死马的腿

马皮像撑开的伞，还有散于四处的马牙

我读到一张张被时间带走的脸

我读到我父亲的历史在地下静静腐烂

我父亲身上的蝗虫，正独自存在下去

像一个白发理发师搂抱着一株衰老的柿子树

我读到我父亲把我重新放回到一匹马腹中去

当我就要变成伦敦雾中的一条石凳

当我的目光越过在银行大道散步的男人……

1991 年

选自《天涯》1998 年第 6 期

甲乙

韩东

甲乙两人分别从床的两边下床
甲在系鞋带。背对着他的乙也在系鞋带
甲的前面是一扇窗户,因此他看见了街景
和一根横过来的树枝。树身被墙挡住了
因此他只好从刚要被挡住的地方往回看
树枝,越来越细,直到末梢
离另一边的墙,还有好大一截
空着,什么也没有,没有树枝、街景
也许仅仅是天空。甲再(第二次)往回看
头向左移了五厘米,或向前
也移了五厘米,或向左的同时也向前
移了五厘米,总之是为了看得更多
更多的树枝,更少的空白。左眼比有眼
看得更多。他们之间的距离是三厘米
但多看见的树枝却不止三厘米
他(甲)以这样的差距再看街景
闭上左眼,然后闭上右眼睁开左眼
然后再闭上左眼。到目前为止两只眼睛
都已闭上。甲什么也不看。甲系鞋带的时候
不用看,不用看自己的脚,先左后右
两只都已系好了。四岁时就已经学会

五岁受到表扬，六岁已很熟练

七岁感到厌烦，七岁以后还是厌烦

还是甲七岁以后的某一天，三十岁的某一天或

七十岁的某一天，他仍能弯腰系自己的鞋带

只是把乙忽略得太久了。这是我们

（首先是我们）与甲一起犯下的错误

她（乙）从另一边下床，面对一只碗柜

隔着玻璃或纱窗看见了甲所没有看见的餐具

当乙系好鞋带起立，流下了本属于甲的精液

1991 年

选自韩东著《爸爸在天上看我》，河北教育出版社 2002 年 8 月版

追随兰波到阴郁的天边

潘维

追随波兰直到阴郁的天边

直到庸人充塞的城池

直到患寒热病的青春年岁

直到蓝色野蛮的黎明

直到发明新的星，新的肉，新的力

追随，追随他的屈辱和诅语

追随他在地狱里极度烦躁的灵光

追随几块阿拉伯金砖

那里面融有沙漠和无穷

融有整个耗尽的兰波

追随他灵魂在虚幻中冒烟的兰波

甚至赤条条也决不回头

做他荒唐的男仆、同性恋者

把疯狂侍候成荣耀的头颅

把他的脸放逐成天使的困惑

1991 年

选自潘维著《潘维诗选》，浙江文艺出版社 2008 年 11 月版

可能

向明

晚天欲雪

群鸦之噪之可能

满眼肮脏

暂时粉饰一下之可能

堆他个雪人

眼看他化泪化成一摊死水之可能

大吼三声

檐前欲断未断的冰柱

应声坠地

跌他个粉身碎骨之可能

要是

一路追踪下去

猎他个

三五失散的诗句

凑成一篇薄荷凉味的

晚唐的"雪霁"

也　并非

不可能

选自《蓝星》1991 年第 27 号

1992年

五十弦集（组诗节选）

邵燕祥

第二十首

编年史遗忘了那一天

突如其来的一瞬间

蓝天醉了　我惊醒

整个世界重新发现

四月的花瓣颤抖了一下

然后在寂静中认真舒展

阳光稍稍凝定了片刻

随之更明亮更年轻更温暖

我把一切都忘记了

我的情感我的存在我的语言

只倾听着将要来临的雷声

久久地久久地什么也没听见

一切由于你远远地一笑

向着我：晴空中的闪电

第三十四首

马是会流汗的　汗尽继之以血

马革会裹紧爱人　随风飞去

晴天会四垂如帐篷　笼罩大地

空中会撒下繁花

萤火会煽成闪电

雷电会在痛苦地震颤后垂泪

剑是会在匣中鸣的

松是会化为碧海涛声的

月亮会走　会轻敲着窗棂

朝云暮雨都会入梦

千里万里　大雁会传书

千年万年　石头会记忆

并且会点头会招手　迎送着来去的风帆

而红豆是会相思的

它们会的我也都会

只不会赢得你以心相许

选自《江南》1992 年第 2 期

圣咏

昌耀

穹苍。看不到的深处

喜鹊的啼语像是钟表技师拧紧时钟涩滞的发条。

这么好听的暗示总会无一遗漏被人悄藏心底。

日子是人人遵行的义务。

昨天我还肃立在布满车辙的大地高声圣咏，

诵念一个由寒转暖的黄道周期功德圆满。

农妇躬身菜畦揭去草垫让秧苗承接太阳的恩施。

远处地沿有几罐柏枝燃起了烟篆，

吹送的薰香脱尽俗气。

看不到的穹苍深处有一叶柳眉弯如细月。

风筝牵连的季节，儿童奔跑放飞自己的折纸。

诗人对窗枯坐许久深信写诗的事情微不足道：

一个字韵儿即便珑璁透剔又何如金黄的虫卵？

楼顶邻室的缝纫机头对准我脑颅重新开始作业，

感觉春日连片的天色随着键盘打印出成排洞孔。

河间瘫软溢满肥沃的流水。

喜鹊的啼语复使穹苍体态婆娑。

有位明星头戴酋长的羽饰站立花丛。

猎人弯腰模仿野兽作一声长嗥，

变形的真实遂有了永恒的品格。

日子是香客世代参拜不舍的远路。

选自《诗刊》1992 年第 3 期

残冬里的自画像

西渡

人须有相反的心境

才会懂得怎样开始一种生活

不能设想冬天灰白的马路上

飞落一只燕子，让匆匆赶路上班的人们

当作奇迹围观。动物园里人迹杳然

而悲伤作为一种情景，在我们身体里最幽暗的部位

正和外面暮色里降雪的氛围吻合

一切还不曾开始

这是一个前提，它使怀念的企图成为

对自身的一种嘲弄。正如威廉斯所说

开始可以肯定也就是结束，因此

困难的是我们要怎样献身给生活

结束是不可能的。你无法像死者所干的那样

在一秒钟内把一生彻底抛出去

还会有什么呢？今晚最后一次天气预报

明天小雨加雪，偏北风三到四级

事物的来临总是如此艰难

一群饥饿的黑鸦盘旋上秃树的枝头，在那里

它的秃尾被残冬料峭的末端牢牢粘住，而仲夏的洪水

在寒风中继续搜寻它的牺牲品。

一只被早早放起的风筝

此刻倒垂在故宫的红墙上，证实一种猜想：

开始是不可能的。第一场雨落下

这时候将会有丁香细碎的绿色

挣破苍白的芽苞，屋檐下

我们看到一树梅花悄然独放。

但开始仍然是不可能的：在我们内心里

一种即将复活的希望开始被淫雨淋着

1992 年 3 月 20 日

选自西渡著《雪景中的柏拉图》，文化艺术出版社 1998 年 3 月版

旅程

陈义芝

青骢的水钻进麻姑帐

青骢的水钻出麻竹山

青骢是一头年轻的兽

黄昏动了情，到天边

烧出赤色的烟霞

　　（你是山巅的流云啊我是赶日的火

　　你是水漂的竹筏啊我是缠绵的箫）

一艘盖篷的小船停靠柳树下

一名沧桑的渡客逆着光用手檐

遮住眉，疲倦于张望

一只鱼鹰被箍子箍住了脖颈垂头想心事

关于鱼和水和天空的自由

    （你是时间啊我是时间中错置的人

    你是梦啊我是梦里崎岖难行的路）

水上起雾了

风帆沉湎了

玲玲玎玎，一抹月光一翻身地醒来了

茅庐拥住初燃的灯

炊烟懒说一两句咬耳根的话

    （暖暖的花粉气啊你轻轻吹着

    轻轻的小螺贝啊你缓缓吐着）

没有尽头的河叫不叫流浪

没有回程的票叫不叫远方

从冬到春，到夜幕

没有消息的雁叫什么

没有传说的人叫什么

    （你是猫眼的鬼宿啊与我飘忽相嬉

    我是流红的蝎星啊与你摇荡相击）

没有终点的旅行叫梦啊

和你在一起

走未完的路

　　　　选自《创世纪》1992 年春季号

计划经济时代的爱情

欧阳江河

时尚最终将垂青于那些
蔑视时尚的人。不是一个而是
一群儿女如云的官员，缓缓步下
大理石台阶，手电的光柱
朝上直立：两腿之间虚妄的
攀登。女秘书顺手拔下
充电器的金属插头，没有
再次插入。

阴阳相间、空心的塑料软管，
裹紧 100 根扭住的
散布在开端的清晰头发丝。电镀银
消褪之后，女秘书对官员
的众多下属说：给每秒钟
3000 立方米的水流量
安装 100 个减压开关。

硬的软了下来，老的

更老。顺着黑夜里

一道微弱的光柱往上爬——

硬币、纸币，家庭的流水账目，

一生积蓄像火焰在水底。

一个官员要穿过 100 间卧室，

才能进入妻子的、像蓄水池上升到唇边

那么平静的睡眠。录音电话里

传来女秘书带插孔的声音。

一根管子里的水，

从 100 根管子流了出来。爱情

是公积金的平均分配，是街心花园

耸立的喷泉，是封建时代一座荒废后宫

的秘密开关——保险丝断了。

1992 年 4 月 6 日于成都

选自万夏、潇潇主编《后朦胧诗全集（下）》，四川教育出版社 1993 年 8 月版

春汛——泪汛

白桦

诗如同大自然般单纯而又丰富，

诗如同大自然般纷繁而又谐调，

诗如同大自然般明明而又灭灭，

诗如同大自然般有常而又无常，

诗如同大自然般有限而又无限，

诗如同大自然般锋芒暴露而又含蓄深邃……

1

恍惚又是冰上滑翔雪橇的时代，

多叉的鹿角锋利地切割着阳光，

给我们抛来一块块金丝绒的毡毯，

我为皇家车辇似的快捷和豪华而晕旋。

我悄悄掀起一角透明的阳光，

递给你一根怯懦颤抖的手指，

你立即回报我一双温和的手掌，

侥幸成功的欢愉照亮了你我之间的距离；

春水一般的你立即流过我的手臂，

轻柔的波纹在我的指尖上缠绕。

神圣的语言大约就是这样创造的，

一切典籍都记录着一如你我此刻的真诚。

两条为拥抱才出生的清泉终于如愿，

溶为一体是为了滑向深渊，

造就一个瀑布那样光明磊落的堕落，

使一切面对者不寒而栗。

让赞美的人去赞美，

让惋惜的人去惋惜。

慵懒的生命流程骤然加速为眩目的闪电，

无疑这是一个惊险、辉煌的选择。

2

在雪原上我们用激情点燃了一立方米的夏天，

背景是飘浮着一片银光的大地。

只有冰层下那条河知道这个秘密，

她想用浪花抛出一串惊呼，

坚冰立即扼止住了她的浮躁，

至少要压倒雷鸣冰裂的明春。

那时候故事的麦芽已经酿成了美酒，

积雪下的愿望已经升起一片繁花。

候鸟只要共同行程，

不要终点，也没有终点……

生死攸关的是高空中和谐的节奏，

两双同步起落的翅膀。

在雪隔雾障的季节，

翅膀的四重唱联结着你和我。

我们之间的明明灭灭难道是日日夜夜？

我们之间的沉沉浮浮或许是山山水水……

有过忘情的欢爱才会有痛苦的思念，

今天的我们却愚蠢地抱怨昨天的我们，

像盛开的花朵抱怨天真的蓓蕾：

既有今日，何必当初……

3

海市蜃楼从来都像呓语那样模糊,

谁能辨认出哪一座是自己的楼阁?

我的金珠宝船早已沉没在童年的梦里,

几乎苦苦地打捞了一生……我相信:

未尽人生之路的上空还飘浮着希望,

但我却宁愿把回忆颠倒为永远的向往。

往事如同四目相向那样清晰,

睫毛放大为星星的黑色光芒。

可以触摸到的温情,

那是刚好烫平愁苦的烁热。

世界不会因为我们的窘迫减轻它的沉重,

你曾经轻声提醒我:把世界扔掉!

是呀,我怎么从来没想到过把它扔掉呢?

每一秒钟我都老老实实地背着它。

我的两只手,再加上你的两只手,

就把一个沉重的世界给扔掉了!

像扔掉一只小小的气球,好轻巧啊!

虽然轻松的时光短促得就像一闪而逝的幻觉,

但那是实实在在有过的一个幻觉,

你的怅然若失的忧伤不就是幻觉的烙印吗?

4

当我斗胆走向命运女神的时候，

我才知道敬而远之是个多么大的谬误！

为此我放弃过多少珍贵的机遇，

她的神圣不正是由于她美而且可亲可近吗？

为期待亲吻才生就如此红润的樱唇，

她的胴体绝不是华丽服饰的支架，

是为了让冷漠的风因迷醉而癫狂，

是为了接受我痴情的审视和温柔的抚摸。

她既是我的女王，又是我的奴仆，

我既是她的奴仆，又是她的君主。

她在最尊严的时候最卑微，

我在最卑微的时候最尊严；

她和我同时在乞求我和她，

我和她同时在施舍给她和我。

在宇宙混沌的暴风雪里享受宁静，

在倾国倾城的欢乐中品尝悲哀。

那欢乐恰似峡江中冲向未知前程的轻舟，

管它是扬帆万里的生，还是粉身碎骨的死！

那悲哀恰似冲天飞翔的一对小鸟，

一旦认识到这已是不能再高的高度……

5

大地是一幅冰清玉洁的画卷，

我真想和你从此冻结在画卷中，

在不需要说话而默默相望的那一瞬，

像一对相依相扶的冰凌树。

白天，向晴空炫耀静谧的璀璨，

夜间，把空中坠落的流星都挂在枝丫上；

有意让光的闪烁泄露出儿童般的得意，

和难以按捺的沾沾自喜。

我们高举着一万盏金光闪耀的枝形烛台，

迎送一颗颗孤独苍老的太阳。

隆冬在田野上排满了琴弦，

让风演奏着一部无题无尾的交响乐，

让每一个听众在乐音中去寻找自己的标题，

让每一个听众以自己生命的终结作为尾声。

全都是清脆、明亮而又轻柔的笆音，

但愿别触发冰层的断裂和河水的涌动，

我担心春之欢聚必然会有秋之伤别……

等等，我听到了一个细小的杂音，

那是枝头上滴落的第一颗晶莹的水珠，

终于还是来了，春汛——泪汛……

1992 年 1 月

选自《上海文学》1992 年第 6 期

短歌

胡鹏

1

珍珠，珍珠

穿经齿合的秘密

永远圣洁之水

颂扬着大海深处的教义

珍珠，珍珠

坐在花朵上歌唱

好像情人与情人

蜜蜂在两种芳香之间犹疑

珍珠，珍珠

你纯粹的银色引我远行

骑上马也追不上你音乐的步调

属于爱但拒绝结盟

珍珠，珍珠

以沉默的言语

护佑着灵魂走向天庭

让世界深情地来到我的面前

珍珠，珍珠

抛掷出阵阵亮光

形成白昼

比岩石和大地更悠久

2

跣足行过大街的雨

那种痛苦与渴望

被堵截于众门之外

冰冷的火蛇沉潜

一面小钹伴着如泣的歌吟

想起暗夜里漂泊的精神

想起热病缠身的蝴蝶

它抖颤的羽翅

被花朵拒绝的吻

仿佛雨滴正穿过它娇小的躯身

多么孤独的抒情之旅

有谁肯接受我们的忠诚

并为之祝福

只有闭目不视我们的星宿

只有无家可归

就这样

当夏天的雨结合了迷失的蝴蝶

在流浪中倾尽情愫

林木的极限已到，落叶飘飘

剩余的空白开向秋风

3

一株玫瑰的香气探入夜晚

曳着星光的吟唱

掬亮广杳的林间空地

好像人开放在玫瑰的胸怀里

这种生命芬芳的震颤

开启了蝴蝶睡眠中的翅膀

它出自叶片仿佛出自海洋

搅起更大的玫瑰风暴

死亡的背景，远离的围墙

它们的围合与消散

在极端的时候

太阳裸赤了遍地落英

粉碎我的玫瑰梦

但热爱玫瑰的人拒绝忧伤

在生命的匮乏中

玫瑰的最大可能

是使人的心灵闪现一次

4

一场大雪
把鸟的翅膀逼入遗忘
受庇于树木无言的幽怨
傍晚的雪像更宽广
我的耳朵已不能听见
光或者脚步的声响

一场大雪
将人置于无望的美丽
万物在消逝，岸在隐遁
只有宁静
在白色世界的和平里
遍握世人的手

一场大雪
截断流水的时间
这时候
谁忆起玫瑰谁就得犯错误
雪，集中了全部日子
你享有现在就享有过去与未来

5

在普遍午昼的暧昧里
当爱光的人死于他们白日的荣誉
世界斜面的流浪人
手扯暗夜的袍襟

那是怎样的暗夜呵
仿佛所有芳馨结合的花园
教会我用鼻子去感觉
向着倾圮的庙宇和忘记了的习尚
长揖而行，歌吟而行

不朽的物质的根子与响亮的叶片
它们的等待与孤寞
在我的血液里就是永恒的现在

6

洹河，那时金色阳光染透你深处的春天
歌声来自鸟儿真诚的嘴唇
把最崇高的事情赞美
翠绿的血网在泥土下躁动
并使两岸的植被带着素朴的形式
唯愿更加纯粹

我们世界的洗礼大典更加神圣

那些闪亮的裸身争相降于水滨
在你怀抱移动虔敬的大腿
你在布施，以圣水涮涤秽浊
哦，裸体的存在何等轻盈
石竹子和茉莉沿倾斜一边的灵魂
环绕河水
犹如满天繁星宿营暗夜的乱发丛中
今日我们生活于虚饰以外
将借无极的洹河脱离镀金王国

我看到紫光炫耀的爱情
从各处向其源头回溯高涨
自由自在，自由自在
这令人难以置信的美
使生命巍耸，使情感倒倾
而岸边的行者皆呆若木鸡向阳而立
仿佛沉于冥想的禅定一般

铜盂呵，让圣水满盈，让魔力泼洒
在那高高的月台之上
当我门颤抖着手接过神的灵根
当石刻母牛和象首人身造像被火炬照亮
我们就从一种美进入了另一种美
另一种宁静壮丽的风景

7

谁取走我眼里空杯子中的一滴水
这在白日里的多病之躯比在暗夜更沉重
谁将注视着我枯立在大地的斜面上
最初的少年偶然回首
发现另有庭院

在七月绿叶汪汪的流域内
鳗鲡，鳗鲡
谁的微笑落入更深的池泉
这两只多梦的抒情之手
它们的失望和忧伤
还能否坚持到日落黄昏

鳗鲡，鳗鲡
答应给我一个空洞的许诺
让未遂的火焰为耳膜里的幻影而燃烧
并在你的边沿衰微
秋风里通向消逝的身影引颈向晚
俯泣向更深的黑暗
在他头上是如落叶凋零的时间

选自《人民文学》1992 年第 6 期

昨夜一千年

郑玲

悲剧不属于黄昏
悲剧总是随朝阳放射金光
以坦然的残忍
照着逝去的昨夜

昨夜一千年
我时刻呼唤你的船
任心在流光中漂泊
不敢走近你的岸

并非不知道水的深浅
都只为风浪太大
　　　　真情太重
怕把你的桅杆折断

选自《诗刊》1992 年第 7 期

守夜人

余怒

钟敲十二下，当，当

我在蚊帐里捕捉一只苍蝇

我不用双手

过程简单极了

我用理解和一声咒骂

我说：苍蝇，我说：血

我说：十二点三十分我取消你

然后我像一滴药水

滴进睡眠

钟敲十三下，当

苍蝇的嗡鸣：一对大耳环

仍在我的耳朵上晃来荡去

1992 年 8 月 24 日

选自余怒著《守夜人》，唐山出版社 1999 年 2 月版

在商品中散步

杨克

在商品中散步　嘈嘈盈耳

生命本身也是一种消费

无数活动的人形

在光洁均匀的物体表面奔跑

脚的风暴　大时代的背景音乐

我心境光明　浑身散发吉祥

感官在享受中舒张

以纯银的触觉抚摸城市的高度

现代伊甸园　拜物的

神殿　我愿望的安慰之所

聆听福音　感谢生活的赐予

我的道路是必由的道路

我由此返回物质　回到人类的根

从另一个意义上重新进入人生

怀着虔诚和敬畏　祈祷

为新世纪加冕

黄金的雨水中　灵魂再度受洗

1992 年 9 月 5 日

选自杨克著《笨拙的手指》，北岳文艺出版社 2000 年 5 月版

醒来

王家新

大地蒙蒙细雨的早晨。

九月的港湾。

雾中拉响的汽笛。

一座老式吊桥朦胧的倒影。

渐渐连成一片

无法倾听的雨声……

不是梦，是在醒来的一刻

我惊讶于这一切

我已是另一个人。

大地上的漫游者，忍受

盲目命运的驱使

并最终看清了命运，

仿佛经历了一个很长的梦

并在此地醒来，

茫然战栗

蒙恩于秋天的第一场雨

依然客次于一个滞留的港口

有什么迷失在忧伤的梦中

我已无法追忆，

但我必须起来，向雨

　向这再次暗下来的天色

　向所有把我唤醒的事物，致礼

虽然我还无法看清。

而我正走向它——

被雨雾充满的港湾，

在雾中移动的船只（请过一会儿

再拉响你们的汽笛！）

以及这再次倾下的雨声……

我曾倦于一切

也倦于我自己，但此刻

我走向它，比走向更伟大的神殿

还要静默、无声

这就是生活，在雾中出现

在我心中再次诞生；

船舶驶进港湾，吊桥放下

红、白和比雨雾更蓝的车流

闪闪驶过

——而我向它致敬

并把自己献给更远处的天空

1992 年 9 月

选自王家新著《王家新的诗》，人民文学出版社 2001 年 7 月版

我的书斋

孟樊

有时红色太多，或者蓝色过浓

孤独是汹涌澎湃的调色盘

架上放，桌上摆，风吹一阵又一阵

琤琤琮琮蜿蜒的溪涧窗前流过

是黄莺嘤鸣还是秋蝉鼓噪

一叶扁舟缓缓划过

在薄薄一页的症弦里

泄露的琴音五彩缤纷

从肖邦到德彪西

宛如万马奔腾于山壑的抽象画一幅

扛起绿草如茵的整面墙壁

坐对偶尔失眠的疲态

难免感官之必要，或者

温柔之必要

小说进，散文出，进进出出

马不停蹄的感觉像调色盘

玫瑰花加橡皮擦错落有致

遗漏的字句，弹错的音符

像秋天刚过完的心情

有疾有徐的呼吸也会拍子不一

五颜六色忙乱成一团

泰山压顶是万里长城般的书页

横面而来，理论白，批评黑

文学红，历史青：无言背对

政治社会则不分青红皂白

随手拈来桌前

仙人掌一枚

摊开

再摊开

掌中全是

雪

午夜从窗外飘进来

选自《创世纪》1992 年秋季号

我的手决意跟上你思想的溃逃

朱文

水手的希望比铁锚下沉得更快

饥渴把两尺长的白天，压进礁石的缝隙

在最近的两颗星星之间，我

背着负伤的大海上岸。为了

占有你，连同你出生的源由

用双手向两边分开你锋利的光芒

就像行进在金色的麦地。

你察觉了吗？我是你最虔诚的敌人

"诺言就是愚蠢的"奄奄一息的

大海在背上说。

今夜，我的手决意跟上你思想的溃逃

1992 年 10 月 2 日

选自程光炜编选《岁月的遗照——当代诗歌精品》，社会科学文献出版社
1998 年 2 月版

无题十四行

周伟驰

当暮色渐蓝，人的双掌合拢如鸟的双翼，
你给予我的一些话，在飞鸿的梦里
以天空和田野的形象反复出现。
你是我的初次孕育，在一个出窍的窒息里

在一个弯曲的镜面里，我的黑色眼睛在成长
黑色是你留给我的唯一遗产。
在这瞳孔般的长廊里镜子满挂
在这镜子里我沉默、说话、反叛、逃奔，然后站立

站立在这你馈赠给我的瞳孔里，站立成我
把自身投射在你的渊面中
没有体积，却有一个清晰的面影；

没有腊脂，却有一团炽烈的火焰

伸向高空，像一个回应着呼喊的喉咙：

不断地向你逼近。

1992 年 10 月

选自杨克主编《90 年代实力诗人诗选》，漓江出版社 1999 年 5 月版

弯腰在太阳的光芒里

雪松

我听到大地的鼓掌

为脆弱的我不再脆弱

肌肉上

汗珠淌下来

我一生的努力离成熟尚远

七月里我就收到了

来自大地深处的鼓掌

叶脉上金黄的露珠　迎着太阳

无数的感激太深

弯腰在太阳的光芒里　不说一句话

七月　镰刀就碰到了石块

回望田垄　大地的掌声苍茫悠远

只为我一个人

还有浅浅的经历短暂的人生

为此，我要更深地弯腰劳作

双眼永远含满泪水　别无其他

因为我势单力薄的劳作

我幸福地听到　大地深处的掌声

选自《山东文学》1992 年第 11 期

胡同拓宽了就成街

阿坚

老外走进胡同就像进了迷宫

要的就是迷，以为迷在古迹里呢

老北京没这多感觉，压根习惯了

胡同的老房若不拆还坚持不塌

修修补补照样娶小媳妇过大年

可胡同年年少，北京地图总过时

总听说哪儿又建了新楼新商业街

就没有哪儿又修了条新胡同的

四合院一拆，新楼就把过去埋了

在大方楼壳里每家分一小格

舒展的庭院微缩成了小阳台

小花盆代表早先的花池葡萄架

厕所在借壁儿，不必再去胡同口

暖气使人上火那是让你防阴虚

也省得老看杏红般的煤炉火伤眼睛

上下楼

当然不似胡同的平地

时代也这特点你不上你就下吧

老北京住上楼总觉不是自家房

老爷子的遗照挂哪儿都觉不太正

溜达回老地方找不着那胡同了

只有陌生的大街和广告牌儿

默默回家路上像丢了祖宗的钱

一路寻找，故意绕了好几个胡同

1992 年 2 月

选自《诗刊》1992 年第 12 期

海暴：我们在船上

汤养宗

狼不敢追赶的水

高过飞石的水　花蛇般敞开掌纹

我们在船上　在荆棘和蓝焰之中

向东向西风声都是铁

我们揪紧浪花　像个骑马的人

而黄金的愿望无法越过飓风

海已经没有空地　海窄极了
我们终于说
石头的面孔就是这些水的面孔
我们终于向铁突围
向水突围

我们请求关闭大海关闭火的浩瀚
划呀划呀！划出石群
眼泪比没有花丛的蝴蝶更多
我们扑腾　请求石头还给水
水走回自己的家

我们记得这个上升又跌落的时辰
海没有路口

1992 年 9 月 25 日

选自《诗刊》1992 年第 12 期

英雄传奇

孟浪

左手下面是强人出没的森林
右手按住一批上好的皮货
一杆火枪，一支鹅毛笔
一张发黄的旧地图随着群山起伏

左手把眼前的钢铁枝蔓拨开

右手探入了淘金者深沉的梦境

我砍石头，砍石头，砍石头

难得也在火光中大声念着李白

财宝呀，离左手愈来愈近

讼事让右手因书写而变得勤奋

我砍下一块路边之石

上面镶刻更多好汉的名姓

左手下面是一位兄弟紧闭的眼睛

右手按住自己剧痛的胸口

一杆火枪，一支鹅毛笔

一条褪色的旧军毯随着群山起伏

　　　　1992 年 12 月 4 日

　　　　选自程光炜编选《岁月的遗照——当代诗歌精品》，社会科学文献出版社
1998 年 2 月版

致敬

西川

一、夜

在卡车穿城而过的声音里，要使血液安静是多么难哪！要使卡

车上的牲口们安静是多么难哪！用什么样的劝说，什么样的许诺，什么样的贿赂，什么样的威胁，才能使它们安静？而它们是安静的。

拱门下的石兽呼吸着月光。磨刀师傅佝偻的身躯宛如月芽。他劳累但不甘于睡眠，吹一声口哨把睡眠中的鸟儿招至桥头，却忘记了月色如银的山崖上，还有一只怀孕的豹子无人照看。

蜘蛛拦截圣旨，违背道路的意愿。

在大麻地里，灯没有居住权。

就要有人来了，来敲门；就要有羊群出现了，在草地。风吹着它从未梦见过的苹果；一个青年在地下室里歌唱，超水平发挥……这是黑夜，还用说吗？记忆能够创造崭新的东西。

高于记忆的天空多么辽阔！登高远望，精神没有边界。三两盏长明灯仿佛鬼火。难于入睡的灵魂没有诗歌。必须醒着，提防着，面对死亡，却无法思索。

我给你带来了探照灯，你的头上夜晚定有仙女飞行。

我从仓库中选择了这架留声机，为你播放乐曲，为你治疗沉疾。

在这星星布阵的夜晚，我的头发竖立，我左胸上的黑痣更黑。

上帝的粮食被抢掠；美，被愤愤不平的大鸟袭击。在这样的夜晚，如果我发怒，如果我施行报复，就别跟我谈论悲慈！如果我赦免你们，就赶紧走路，不必称谢。

请用姜汁擦洗伤口。

请给黄鼠狼留一条生路。

心灵多么无力，当灯火熄灭，当扫街人起床，当乌鸦迎着照临本城的阳光起飞，为它们华贵的翅膀不再混同于夜间的文字而自豪。

通红的面孔，全身的血液：铜号吹响了，尘埃战栗；第一声总是难听的！

二、致敬

苦闷。悬挂的锣鼓。地下室中昏睡的豹子。旋转的楼梯。夜间的火把。城门。古老星座下触及草根的寒冷。封闭的肉体。无法饮用的水。似大船般漂移的冰块。作为乘客的鸟。阻断的河道。未诞生的儿女。未成形的泪水。未开始的惩罚。混乱。平衡。上升。空白……怎样谈论苦闷才不算过错？面对岔道上遗落的花冠，请考虑铤而走险的代价！

痛苦：一片搬不动的大海。

在苦难的第七页书写着文明。

多想叫喊，迫使钢铁发出回声，迫使习惯于隐秘生活的老鼠列队来到我的面前。多想叫喊，但要尽量把声音压低，不能像谩骂，而应像祈祷，不能像大炮的轰鸣，而应像风的呼啸。更强烈的心跳伴随着更大的寂静，眼看存贮的雨水即将被喝光，叫喊吧！啊，我多想叫喊，当数百只乌鸦聒噪，我没有金口玉言——我就是不祥之兆。

欲望太多，海水太少。

幻想靠资本来维持。

让玫瑰纠正我们的错误，让雷霆对我们加以训斥！在漫漫旅途中，不能追问此行的终点。在飞蛾扑火的一刹那，要谈论永恒是不合时宜的，要寻找证据来证明一个人的白璧无瑕是困难的。

记忆：我的课本。

爱情：一件未了的心事。

幸福仿佛我们头顶的云朵。我们头顶的云朵仿佛天使的战车：混乱的和平！面临危险的事业！
一个走进深山的人奇迹般地活着。他在冬天储存白菜，他在夏天制造冰。他说："无从感受的人是不真实的，连同他的祖籍和起居。"因此我们凑近桃花以磨炼嗅觉。面对桃花以及其他美丽的事物，不懂得脱帽致敬的人不是我们的同志。

但这不是我们盼待的结果：灵魂，被闲置；词语，被敲诈。

诗歌教导了死者和下一代。

三、居室

钟表吐露春光，蟋蟀在它自己的领地歌唱。我不允许的事情发生了：我渐渐变成别人。我必须大叫三声，叫回我自己。

我用收集的道具装饰房间。每天夜晚，我都有幸观赏一场纯粹由道具上演的戏剧。

厨房适于刀叉睡眠，广场适于女神站立。

镜中的世界与我的世界完全对等但又完全相反，那不是地狱就是天堂；一个与我一模一样但又完全相反的男人，在那个世界里生活，那不是吕加禄就是圣约翰。

我很少摸到我的脸颊、我的脚踝。我很少摸到我自己。因此我也很少批评我自己，我也很少殴打我自己。

常常有这样的事情发生：刘军打电话寻找另一个刘军。就像我抱着电话机自言自语。

精神病患者的微笑。他暴露给太阳和女人的生殖器。他以头撞墙的声音。他发育不良的大脑。"对不对——对不对?"——他反复追问的问题。

我的家没有守门人。如果我雇一个守门人,我就得全力以赴守住他。

如果这房间坐进美女三千,你是兴奋还是恐惧?美女三千,或许是三千只狐狸精,对付她们的唯一办法是将她们灌醉。

一个曾以利斧断指的男人,来向我讲述他的爱情故事。

别人的经验往往成为我们的禁忌。

墨水瓶里的丁香花渐渐发蓝。它希望记住今夜,它拼命要记住今夜,但这是不可能的。

我用内心的秘密滋养这莲子:一旦荷花开放,就是夏季。

四、巨兽

那巨兽,我看见了。那巨兽,毛发粗硬,牙齿锋利,双眼几乎失明。那巨兽,喘着粗气,嘟囔着厄运,而脚下没有声响。那巨兽,缺乏幽默感,像竭力掩盖其贫贱出身的人,像被使命所毁掉的人,没有摇篮可资回忆,没有目的地可资向往,没有足够的谎言来为自我辩护。它拍打树干,收集婴儿;它活着,像一块岩石,死去,像一场雪崩。

乌鸦在稻草人中间寻找同伙。

那巨兽，痛恨我的发型，痛恨我的气味，痛恨我的遗憾和拘谨。一句话，痛恨我把幸福打扮得珠光宝气。它挤进我的房门，命令我站立在墙角，不由分说坐垮我的椅子，打碎我的镜子，撕烂我的窗帘和一切属于我个人的灵魂屏障。我哀求它："在我口渴的时候别拿走我的茶杯！"它就地掘出泉水，算是对我的回答。

一吨鹦鹉，一吨鹦鹉的废话！

我们称老虎为"老虎"，我们称毛驴为"毛驴"。而那巨兽，你管它叫什么？没有名字，那巨兽的肉体和阴影便模糊一片，你便难于呼唤它，你便难于确定它在阳光下的位置并预卜它的吉凶。应该给它一个名字，比如"哀愁"或者"羞涩"，应该给它一片饮水的池塘，应该给它一间避雨的屋舍。

一只画眉把国王的爪牙全干掉！

它也受到诱惑，但不是王宫，不是美女，也不是一顿丰饶的烛光晚宴。它朝我们走来，难道我们身上有令它垂涎欲滴的东西？难道它要从我们身上啜饮空虚？这是怎样的诱惑呵！侧身于阴影的过道，迎面撞上刀光，一点点伤害使它学会了的呻吟——呻吟，生存，不知信仰为何物；可一旦它安静下来，便又听见芝麻拔节的声音，便又闻到月季的芳香。

飞越千山的大雁，羞于谈论自己。

这比喻的巨兽走下山坡，采摘花朵，在河边照见自己的面影，内心疑惑这是谁；然后泅水渡河，登岸，回望河上雾霭，无所发现亦无所理解；然后闯进城市，追踪少女，得到一块肉，在屋檐下过夜，梦见一座村庄、一位伴侣；然后梦游五十里，不知道害怕，在清晨的阳光里醒来，发现回到了早先出发的地点：还是那厚厚的一层树叶，树叶下面还藏着那支猎枪——有什么事情要发生？

沙土中的鸽子，你由于血光而觉悟。
啊，飞翔的时代来临了！

五、箴言

击倒一个影子、站起一个人

树木倾听着树木，鸟雀倾听着鸟雀；当一条毒蛇直立起身体，攻击路人，它就变成了一个人。

法律上说：那趁火打劫的人必死，那挂羊头卖狗肉的人必遭报应，那东张西望的人陷阱就在脚前，那小肚鸡肠的人必遭唾弃。而我不得不有所补充，因为我看到飞黄腾达的女人像飞黄腾达的男人一样能干，一样肌肉发达，一样不择手段。

葵花居然也是花！

为什么是猫而不是老虎成了我们的宠物？

小小的疼痛，像沙子涌入眼眶的感觉——向谁索取赔偿呢？

一本书将改变我，如果我想要领会它；一个姑娘将改变我，如果我想要赞美她；一条道路将改变我，如果我想要走完它；一枚硬币将改变我，如果我想要占有它。我改变另一个生活在我身旁的人，也改变自己；我一个人的良心使我们两人受苦，我一个人的私心杂念使我们两人脸红。

没有共同的真理，只有你看到的真理。

愤怒使咒语失灵。

对于海上落难的水手，给他罗盘何用？

不要向世界要求得太多；不要搂着妻子睡眠，同时梦想着高额利润；不要在白天点灯；不要给别人的脸上抹黑。记住：不要在旷野里撒尿；不要在墓地里高歌；不要轻许诺言；不要惹人讨厌；让智慧成为有用的东西。

可以蔑视静止的阴影，但必须对移动的阴影保持敬畏。

太阳鸟争飞，谁在驱赶？

什么样的好运才能终止你左眼皮不住的跳动？

六、幽灵

空气拥抱我们，但我们向未觉察；死者远离我们，在田野中，在月光下，但我们确知他们的所在——他们高兴起来，不会比一个孩子跑得更远。

那些被埋藏很深并且无人知晓的财富，被时间花掉了，没有换取任何东西。

那些被埋藏很深并且渐被忘却的死者，怎能照顾好自己？应该将他们从坟穴推出。

他人的死使我们负罪。

悲伤的风围住死者索要安慰。

不能死于雷击，不能死于溺水，不能死于毒药，不能死于械斗，不能死于疾病，不能死于事故，不能死于大笑不止或大哭不止或暴饮暴食或滔滔不绝的谈说，直到力量用尽。那么如何死去呢？崇高的死亡，丑陋的尸体：不留下尸体的死亡是不可能的。

我们翻修街道，起造高楼，为了让幽灵迷路。

那些死者的遗物围坐成一圈，屏住呼吸，等待被使用。

幽灵将如何显现呢？除非帽子可以化作帽子的幽灵，衣服可以化作衣服的幽灵，否则由肉体转化的幽灵必将赤裸，而赤裸的幽灵显现，不符合我们存在的道德。

黑暗中有人伸出手指刮我的鼻子。

魔鬼的铃声，恰好被我所利用。

七、十四个梦

我梦见我躺着，一只麻雀站在我的胸脯上对我说："我就是你的灵魂！"

我梦见一座游泳池，四周围着铁板。我伏在铁板上纵情歌唱，我的脚在铁板上踢出节拍，而游泳池内忽然空无一人。

我在梦中偷盗。我怎样向太阳解释我的清白？

我梦见一堆书信堆在我的门前。我弯腰拾起其中的一封。哦，那是我多年以前写给一个姑娘的情书！她为什么归还？

我梦见一个女人给我打来电话。一个陌生的女人，一个似乎已经死去的女人，以关怀备至的口吻劝告我，不要去参加今晚的晚会。

我梦见我从地面上消逝。在地铁车站，我听见一个老太婆的抽泣声。

我梦见海子嬉皮笑脸地向我否认他的死亡。

我梦见骆一禾把我引进一间油渍满地的车库。在车库的一角摆着一张铺着白色床单的单人床。他就睡在那里，每天晚上。

我梦见我走进一间乌烟瘴气的会议室。会议室里坐满了面孔模糊、一言不发的男人和女人。我坐下，这时一个满脸是血的男人闯进门来，大呼小叫："谁是叛徒？"

我梦见一个孩子从高楼坠落。没有翅膀。

我梦见了变形的钢铁，我梦见了有毒的树叶——这是一座城市在崩塌：大火熊熊，蒙面人出没。但一座小楼却安然无恙；我没有失约，我坐在楼门口的石阶上，但我等待的那个人始终没有出现。

什么样的马叫做"小吉星马"？

什么样的陨石使大海燃烧？

我梦见我躺着，窗外海浪的喧声一阵猛似一阵。这座孤岛上连海鸥也无法栖息，而那个闪现于窗口的男人的面孔是谁呢？

八、冬

这是头发变白的时候，这是猎户座从我们身旁经过的时候，这是灵魂失去水分，而大雪落向工厂传达室的时候，一个座位上的姑娘受到邀请，走下灯光变幻的舞池，一个业余作者停止写作，开始为黎明的鸟雀准备食品。

　　雪在下，马粪被冻硬。
　　乡村会计跳舞进城。
　　一只猫停在中途，用两种声音自我辩论。
　　一幅小时候看不懂的画至今依然无法看懂。

　　那部盖在雪下的出租汽车洁白得像一头北极熊。它的发动机坏了，体温下降到零。但我不忍心目睹它自暴自弃，便在车窗上写下"我爱你"。当我的手指划在玻璃上，它愉快地发出"吱吱"响，仿佛一个姑娘，等待着接吻，额头上放光。

　　疾病不在冬天里流行，疾病有它自己的打算。

　　被冻住的水龙头，节约了每一滴水；冰封的大海，节约了我们的死亡。

　　每次我在半夜醒来，都是炉火熄灭的时候。我赤脚下床，走向火炉，弄响火钳，那不辞而别的火焰便又噼噼啪啪地回来，温暖这世界黑夜的口水和呼吸。对于那恰好梦见狼群的人，我生火是救了他。我多想告诉他，即使是在寒冷的中心，火焰也是烫手的；狼群惧怕火焰，一定是由于它们中间有谁曾被火焰烫伤。

　　哦，破门而入的好汉，你可以拿走我床底的钱罐，你可以拿走我炉中的火焰，但你不能拿走我的眼镜、我的拖鞋——你不能冒充我活在这世上。

　　一个不具姓名的地址使我沉默良久，一张面孔被我忘却：另一种生活，另一种排遣时间的方法，构成了我的另一部分血肉。我手持地址走上风雪弥漫的大街，我将被什么人接纳或拒绝？

　　痰迹：有人生存。

　　寒冷低估了我们的耐力。

1992 年
选自《花城》1994 年第 1 期

形式主义者爱箫

陈东东

形式主义者爱箫的长度
对可能的音乐
并不倾心

他欣赏那近于黄昏的暗色
他想要看到的
是刘海遮覆眉眼的初学者

手指纤细

在杆上起落

这就仿佛是为梦而梦
他骑车到城下
经过那旧楼

猜想有人在暗夜的蝉声里
并没有点灯
让月亮入户

优美的双腿盘上竹床
涨潮的双乳
配合吹奏

1992 年

选自万夏、潇潇主编《后朦胧诗全集（上）》，四川教育出版社 1993 年 8 月
版，后收入陈东东诗集《解禁书》，作家出版社 2008 年 1 月版

海神的一夜

陈东东

这正是他们尽欢的一夜
海神蓝色的裸体被裹在
港口的雾中
在雾中，一艘船驶向月亮

马蹄踏碎了青瓦

正好是这样一夜，海神的马匹拂掠
一枝三叉戟不慎遗失
他们能听到
屋顶上一片汽笛翻滚
肉体要更深地埋进对方

当他们起身，唱着歌
掀开那床不眠的毛毯
雨雾仍装饰黎明的港口
海神，骑着马，想找回泄露他
夜生活无度的钢三叉戟

1992 年

选自《西藏文学》1994 年第 2 期，后收入陈东东著《解禁书》，作家出版社
2008 年 1 月版，作者后来有改动

反动十四行

伊沙

在这晌午　阳光底下的大白天
我忽然有一肚子的酸水要往外倒
比泻肚还急　来势汹汹　慌不择手
敲开神圣的诗歌之门　十四行

是一只便盆　精致　大小合适

正可以哭诉　鼻涕比眼泪多得多

少女　鲜花　死亡　面目全非的神灵

我是否一定要倾心此类

一个糙老爷们儿的浪漫情怀

造就偶尔的篇章　俗不可读　君子不齿

或不同凡响　它就是表现如何的糙

进入尾声　像一个真正的内行　我也知道

要运足气力　丹田之气　吃下两个馒头

上了一回厕所　不得了　过了　过了

我一口气把十四行诗写到了第十五行

1992 年

选自伊沙著《饿死诗人》，中国华侨出版社 1994 年 3 月版

广告诗

伊沙

挡不住的诱惑

　是可口可乐

　　非洲儿童的饥渴

咬紧美国奶妈的乳房

拼命吮吸里面的营养

里面的营养是褐色的琼浆

可口可乐新感觉

挡不住的诱惑

1992 年

选自伊沙著《饿死诗人》，中国华侨出版社 1994 年 3 月版

法拉奇如是说

伊沙

人类尊严最美妙的时刻

仍然是我所见到的最简单的情景

它不是一座雕像

也不是一面旗帜

是我们高高撅起的臀部

制造的声音——

意思是："不!"

1992 年

选自伊沙著《饿死诗人》，中国华侨出版社 1994 年 3 月版

一生就是这样在泪水中

黄灿然

一生就是这样在泪水中默默吞忍。
从黑暗中来，到白云中去，
从根茎里来却不能回泥土里去，
一生就是这样在时光中注满怨恨。

一生就是这样在时光中戕害自身。
在烟雾中思考，在思考中沉睡，
在处心积虑中使灵魂伤痕累累——
一生就是这样在火光中寻找灰烬。

就是这样，用牙齿、用刺，
用一个工具挖掘一生的问题；
用回忆消愁，用前途截断退路，
用春天的枝叶遮住眼中的耻辱。

就是这样，把命运比作淤血，
把挫折当成病，把悲哀的债务还清；
就是这样发闷、发呆、发热，
发出痛苦的叹息并在痛苦中酝酿绝症。

一生就是这样在痛苦中模拟欢乐。
做砖、做瓦、做牛、做马，

做那被制度阻隔的团圆梦，

一生就是这样在诺言中迁徙漂泊。

一生就是这样在守望中舔起伤口。

对人冷漠，对己残酷，

对世界视若无睹，对花草不屑一顾，

一生就是这样在反省中拒绝悔悟。

就是这样，吃惊，然后镇静，

蠢蠢欲动然后打消念头，

猛地想起什么，又沮丧地被它逃走，

就是这样困顿、疑惑、脑筋僵硬。

就是这样建设、摧毁、不得安宁。

在挖掘中被淘汰，在吞忍中被戕害，

在碌碌无为中被迫离开——

一生就是这样在迁徙漂泊中饱尝悲哀。

一生就是这样在爱与被爱中不能尽情地爱。

回忆一夜千金的温馨，把脑筋拧了又拧，

回忆稻田、麦浪、飞蛾，想一生是多么失败，

一生就是这样在饱尝挫折中积郁成病。

人就是这样，在泪水中结束一生。

1992 年

选自闵正道主编《中国诗选》，成都科技大学出版社 1994 年 7 月版，后收入
黄灿然著《世界的隐喻》，文化艺术出版社 1998 年 3 月版

冻门

吕德安

在镇上，一座荒废多年的土屋
印象中不过肩膀高，七八间房
都露了天，这正好是孩子们
逃学的好去处，他们跑来
搬进石块又逐个地往外扔
砸到谁，谁倒霉。现在轮到你
独自躲进去，好叫大家一间间地找
找不到，干脆扔石头试探
所有可能的角落，或者祈求来场雨
让雨赶出兔子，再一下子抓住不放
但来的却是父亲，吓跑的却是自己
父亲的威力是寂静。说来奇怪：
父亲只消轻轻一站，你就立即现身

冬天，下起了漫天雪，一片苍茫
冻住了门；只关上半个房间
后来房间也消失了。肩膀高，都埋进雪
辨认、辨认不出这里和那里
兴许这是大自然的风和雪
在模仿孩子们的游戏，当孩子们睡去
房子已变成了坟墓，那些我们以为

是房间的，现在不过是一片虚无

到处都不再有区别，而你必须放弃

你已经是大人了，这是父亲坐着

在饭桌上说的。远近镇上到处

都有人在劝说。而我不是那个孩子

在我的梦中那扇门早已自己豁然敞开

　　1992 年

　　选自黑大春编《蔚蓝色天空的黄金·诗歌卷》，中国对外翻译出版公司 1995
年 12 月版

合唱队

张枣

经纬线上温暖的合唱队

少女们浴后的舌头

像魔术师凭空抛掷的玫瑰

献给谁？献给谁？

头，顶起我灵魂的烙饼

小白杨推开我轰鸣的内热

向上，都骑着你，像骑一个

定义；唉，艰难的形而上

随手扔掉的一个便条

她们牵着我在宇宙边

吃灰，呵，虚幻的牧场

星期三更换着指挥棒

而某种狼心狗肺的东西

呻吟着，共鸣着

将坠落的五月狠狠叼起

1992 年

选自张枣著《春秋来信》，文化艺术出版社 1998 年 3 月版，作者后来有改动

尤利西斯

张曙光

这是个譬喻问题。当一只破旧的木船

拼贴起风景和全部意义，椋鸟大批大批地

从寒冷的桅杆上空掠过，浪涛的声音

像抽水马桶哗哗响着，使一整个上午

萎缩成一张白纸。有时，它像一个词

从遥远的海岸线显现，并逐渐接近我们

使黄昏的面影模糊而陌生

你无法揣度它们，有时它们被时间榨干

或融入整部历史。而我们的全部问题在于
我们能否重新翻回那一页
或从一片枯萎的玫瑰花瓣，重新
聚拢香气，追回美好的时日

我想象着老年的荷马，或詹姆士·乔伊斯
在词语的岛屿和激流间穿行寻找着巨人的城堡
是否听到塞壬的歌声？午夜我们走过
黑暗而肮脏的街道，从树叶和软体动物的

空隙，一支流行歌曲，燃亮
我们黯淡的生活，像生日蛋糕的蜡烛
我们的恐惧来自我们自己，最终我们将从情人回到妻子
冰冷而贞洁，那带有道德气味的历史

1992 年

选自张曙光著《午后的降雪》，重庆大学出版社 2011 年 1 月版

枯鱼

钟鸣

在不流泪的树颠留下暗记。
花衣衫，鼓囊着两条鱼，让风儿瞧瞧
是河里翻腾的那尾，吞烟唾月，
抑或凌空占星的一条，有封死的漆皮？

浣衣妇，江南浣衣妇，看见
两眼闪光的金币，照亮乌黑的心窍，
把它掬在手上，爱人啊，尽说些谎话，
甜蜜，温柔，但却几近于无。

难道一袭春袍还不够遮吾胴体，
要让这些雪的纺织者，弃甲复来，
戏于莲叶间，莲叶东，莲叶北？
乱草中人语喧哗，啊，盛装革履

一群花枝招展的鸟，梦里的天使，不知
岁寒，不知南来北往的尺素书间有棵苦树，
姣娆的沙石也曾改变如梦的夭桃，
鼓动这些腮帮子。穿金戴银的人

在树叶间弹跳，嘴里吐水沫，
银色的小酒吧，香牙配上美腿，
为何心还是那样忧郁，
爱抚的脸依然不知所措？

指甲是分开的好，还是连拢更便于
空气流动？大氅下露出各自的鱼尾好，
还是一对裸体缠绕在一起，
划出灰白的孤线与昼夜？

河流淌过这块石头就不再见踪影，
鱼却在告诉我们一些积淀的东西，
一此尚在游动的思绪，南佬北佬
相互嘲弄的口音，模糊的白刺。

纺织娘，织素的纺织娘，使我想起
那些狩猎者，他们害怕什么，就把什么
尊为祖先，比如：野猪，骷髅，太阳的
胡须，女人的生殖器。他们类注风吹草动，

最后却被草里的鱼吞掉。他们最容易
破碎的是布衫，而不是心，因此，他们
冷漠地倾听纺织娘奏出的弦乐，
死鱼的眼珠在许多空格间朝上翻起。

树上微风习习，死老的衣服挂满林梢，
道路，道路啊，总是落叶遍地！
最看不见的最温柔，像幡一样明晰温柔，
鱼和鱼淌过河水时总要哭泣！

1992 年

选自程光炜编选《岁月的遗照——当代诗歌精品》，社会科学文献出版社 1998 年 2 月版，后收入钟鸣著《中国杂技：硬椅子》，作家出版社 2003 年 7 月版

1993^年

闷热

唐丹鸿

夏天没有带来振作和同情
她无边的奢望使肌肉萎缩
哀求他展翅高飞让洪水再度泛滥
他说："我紧张……"
大汗从白皙的全身蜂拥而出

豪华的口腔边是胖胖的蝴蝶
我嗜睡的昆虫可有爱情的翅膀？
如果我说："什么?"蝴蝶就
痉挛一次，白色被挤出了颜料管
谁为填满灵魂的空壳而难过？

闷热的夏夜使我知道
芭蕾的足尖胀疼难忍
蝴蝶临空起舞把一棵小树推倒
不干净的小树像塞满口腔的药渣
令他别过脸去呕吐
黏稠的马路传来卡车急刹的尖叫

挤颜料的尖手也朝钢琴的高音飞奔
不干净的小树砸伤我颓丧的乳房

亲爱的，暴风雨将来自闷热的眼底

如果我哀求："爱……"并涂上白色

你说："需要……"洪水涌进成都

1993 年 1 月

选自程光炜编选《岁月的遗照——当代诗歌精品》，社会科学文献出版社 1998 年 2 月版，后收入唐丹鸿著《X 光的、甜蜜的夜》，黑蓝文学自印，2012 年 10 月

被遗忘的人

刘洁岷

熟悉的身影在曦光中消失

海边亮晶晶的白房子

你走了，留下的寂静几乎失真

有多少次夜半，钢琴带来去年的夏天

多少次我们瞧见你

避开车流和层层人群

又一任风吹雨打；行役天涯的人

你又走了，那天

楼群的早点摊前

一袭轻衫，飘出淡淡的画室气味

往后的情形，我们看不见

也难以想象

柔风吹拂，画面摇曳

过往年代的希冀光彩熠熠

信仰。未完成的文明

躺在海底的人

牵动了人世间的几个世纪的浮沉

依然，在亚洲的星空下

另一个世纪的孩子在烛光中展开

他的阅读的一生

伟大的情感，真正的悲哀

为什么忍住羞愧，又在嗓音里徘徊？

过往年代的荣耀黯淡了

一个人的心脏

1993 年 3 月

选自刘洁岷著《刘洁岷诗选》，长江文艺出版社 2007 年 4 月版

十只天鹅

宋琳

或许只有一只，变形的天鹅

我在远处它如夜的目光中冥想

天神的气质———一面

不确定的镜子。它不温柔

犹如漠不关心孤悬天边的浮云

在精密测量的仪器发现它以前

游向湖心相似的一群

当我迷惑于这一地区的来历

它已经在那里，暗示一种疼痛

有什么能够在水之外，为它

划定边界？淡紫色的雾中

薰衣草和乳香同样陌生

它甚至是最优雅的，假寐的喷泉！

任黄昏的天平把我的野心称量

（当风把水面吹乱，它也将

无处躲藏）——哦不！

除了这一只乔装打扮的

那另外的九只天鹅——为我所爱

1993 年 4 月

选自宋琳著《门厅》，北岳文艺出版社 2000 年 5 月版

和你有关的一首诗

殷龙龙

一个人裹着树皮生长

他的样子接近植物

有时，一动不动

像鸟

审视着自己

声音在身后静静成熟

仿佛河流在手腕上

泻下光芒

那些清晰的事物：山和水

使他觉得温暖

觉得几片感情飘落在路上

一个人把生命扛在肩上

像远去的云

留下种子。他的手伸进去

挖掘很重的东西

一个人应该这样

选自《人民文学》1993 年第 5 期

博物馆或火焰

陈超

紧跟着到来的就是老式的事物。

我，书呆子，一个生活节制者

被时代裁成两半。多余的部分。

我把脑袋伸进昔日的火焰

不会被书卷烧成灰

我渴慕的就是独自生活

在博物馆完成一生的散步

归程从这城市唯一的建筑中裂开

进入朱门，一个古老的锥体

研磨着我变暗的眼神

盲者趋临的一场火灾

突如其来又几乎不存在

热；无形的野兽发出低吼

将血液炙干却退回骨头

我的身体是灰烬前哆嗦的纸张

但火焰是装订它们的唯一绳索

我不知道被谁暗示而来

引力和运动彼此不能看到。

是我激活了这些词语的亡灵

还是它们攫住了我？

这是宿命悄悄选定的事业

没有结果，只有一再重临的开始

有如一个孩子与纸张间的凝视：

凸透镜在阳光焦点上突变燃烧！

悬在两个时代脱钩的瞬间

谁能抽身离去？嘶叫的火车

抻出世纪最后物欲欣快症的狂飙，被挟持者

在轮子间紧张验算距离

坠落和上升含混难辨

但我的旅行存在于另外的向度

从博物馆到股票市场
只有胸膈两侧的距离。
我需要在被保存的昔日中生活。
操着同一种母语，人们又快又薄地滑动
我深患失语症；青春期热病中
锐利的语境，正一块一块耗空

或许博物馆是我一小时的难友
在挽歌中被"镭射"瞄准
一支歌被它的结束句刺伤
突起的华丽尖音消解掉已成的部分
最后是被一笔勾销的歌名

我关心过的词根像久积的欠账
博物馆的阴影，压迫我说出，命名。
人们，我没有把写作的载力回避
不：我原以为前方城堡越来越清楚
但到达的只是遮阳棚下啤酒阵的闪光

多清晰，多好看的黄昏云朵
像乌托邦悲风里猛摇的白杨树叶！
我确信冻僵的博物馆已从睡眠中探出
拒绝一个脑积水症者的哀悼

夕光中的博物馆，紧缩，透明

一如被击碎的盐巴

预示出鲜血的程度。

我轻轻敲击它褐色的廊柱

回声干涩像我死去祖父的踝骨

我想起我灵魂的朋友：两个伪圣诉撰者

他们非凡的抱负被一夜狂风掀翻！

是否博物馆有三种隐喻：

死亡之刃刻在诗歌骨头上的图案。

城市无法摆脱的芒刺背囊。

一群重重下压的老鹰尸体。

三者相互涉入又一分再分

我，只是一个幸存的"在场者"

闪光的玻璃幕墙建筑上

卖笑女人华贵的亵衣像蜂群晾开

融资小经理的鞠躬弯得太低

看到大亨皮尔·卡丹牌的裤裆已经开线。

博物馆在夕光中倒影渐行渐远——

一个时代的眼睫缓缓合上……

诗章啊，虚构的血缘幻象

我和你一起已走得太长久

短暂的，窃来的小小光明

在倒置的博物馆快"保不住重心"

僭妄的词根，大动脉中凸凹的文本
突然狂奔到我疲竭的心脏
又向更广大的空无弹起：
吾生之梦必迎着醒来写作
那个说"是"的人，必靠修改自身过活

在博物馆激励的高度上
我还能漫步多一会儿？
就像火灾中跃起的豹子
它弯曲的脊梁在使劲避开命运
但命运最终会追上它
我渴望诗歌展开得比豹子还快
但结构将比豹子的脊梁平些

我应该把博物馆移入一只蝶蛹
用来培育母语诗歌的蛾子
风暴欲来，让我将它码好
它不是遗产，而是传统
因此，它拒绝用来向权力与市场进贡。
让一个书呆子同命运交锋！

孤悬的、销铄的博物馆
像狂风吹空的仓库回到我的脑袋
在我眩晕的灵魂上面
能否挽留为生存压弯的羊皮书卷？
我的志向还是生活节制者的志向：

为词语缺席的记忆辗转难眠？

或许更深的失败会成为我一生的博物馆。
谁能让李杜飞逝的谱系返回下界？
……让我依然在火焰和纸张间历险
我想不出比这更恰当的姿势。
词语在火阵中闪出迟疑的光芒
但博物馆对于旧时代的幸存者
却是肯定，见证和噬心的命名

灰烬！请与火焰再挨得近些
像我母亲种植的金合欢
不要在风暴中飞走
让那些旧时代迂阔的承担者
在火灾前拼命默记住将焚尽的诗篇

紧跟着到来的或许是新生的事物。
忙碌的人群啊，谁知道清理血液
靠的是被时代裁成两半？对称的部分。
博物馆是火焰和玫瑰轮回中升起的可能：
我把脑袋伸进局部的光芒
将光芒和灰烬一道写进书卷

1993 年 5 月

选自陈超著《热爱，是的》，远方出版社 2003 年 12 月版

关于市场经济的虚构笔记

欧阳江河

1

从任何变得比它自身更小的窗户
都能看到这个国家,车站后面还是车站。
你的眼睛后面隐藏着一双快速移动的
摄影机的眼睛,喉咙里有一个带旋钮的
通向高压电流的喉咙:录下来的声音,
像剪刀下的卡通动作临时凑在一起,
构成了我们这个时代的视觉特征。
一列蒸汽火车驶离装饰过的现实,一个口号
使庞大的重工业变得轻浮。在口号反面的
广告节目里,政治家走向沿街叫卖的
银行家的封面肖像,手中的望远镜
颠倒过来。他看到的是更为遥远的公众。

2

银行家会不会举手反对省吃俭用的
计划经济的政治美德?花光了挣来的钱,
就花欠下的。如果你把已经花掉的钱
再花一遍,就会变得比存进银行更多,

也更可靠。但是无论你挣多少钱，
数过一遍就变成了假的。一切都在增长
和变化，除了打光子弹的玩具枪，
除了从魔术掏出来的零用钱。
伪装的自传，渗透到公众利益的基础，
从个人积蓄去掉时间，去掉先知先觉的
冰冷常识。如果还不是什么都不需要，幸福
就会越来越少。够吃就行了，没有必要丰收。

       3

道德和权力的怀乡病在一个句子里
加了括号，不能集中到一个人的嘴上。
你将眼看着身体里长出一个老人，
与感官的玫瑰重合，像什么
就曾经是什么。机器时代的成长
总是在一秒钟的晕眩里嫌一生太漫长，
你知道自己重视的是青春，却选择了一门
到老年才带来荣耀的技艺。要想在年轻时
挥霍老年的巨大财富，必然借助虚无的力量，
成为自己身上的死者。大海难以描述的颜色
穿插进来，把你的面孔变成纷乱的小雨，
在加了一道黑边的镜框里突然亮起来。

4

不要那么看重死后的名声，它们
并不真的存在，你能从中腾出手来
去拆一封生前的信。肉体的交谈
没有固定不变的邮政地址，它只对来世
有约束力。只要黑色还在玫瑰中坚持，
爱情就只能通过远处的目光加以注视。
等号后面的目光，它对现存事物的看法
带有回忆录的梦幻性质。要是你转身
转得够快，要是我用第一人称来称呼你：
你可以选择被遗忘还是被人们记住，下来
还是高踞其上。楼梯已经折叠起来。
你可以取消你的座位，也可以让它停在空中。

5

你试图拯救每天的形象：你的家庭生活
将获得一种走了样的国际风格，一种
肥皂剧的轻松调子。凡是曾经出现的
都没有被预言过。美就是对器皿
的空想，先有了一条像空气那么自由的裙子，
然后有一个适合它的腰。你知道色情
比温情更能给女人带来一种理想的美，
其中悲哀的真实成分比假设的，比你

预先想到的还多。干枯的满天星

落到花瓶里，形成腰部紧束的女人，

精神阴暗的另一面。而你满脑袋都是韵脚，

一屁股的欠债像汽水往外冒泡。

6

你谈到旧日女友时引用了新近写下的

一行赞美诗。在头韵和腰韵之间，你假定

肉体之爱是一个叙述中套叙述的

重复过程。重复：措辞的乌托邦。

由此而来的下一个不在此时

此地，其面相带有小地方长大的人

特有的狡黠，加快了来到大城市的步伐。

上班时你混在人群中去见顶头上司，这表明

日出是一种集体印象，与早期教育

所培养的乡土气融成一片。现在没有人

还会惦记故乡，身在何处有什么关系？

飘忽不定的心情，碰巧你是伤感的。

7

为什么总是那么好，为什么不能

次一些？每次约会你到得比上班还晚。

一只脚紧紧踩住加速器，另一只脚

踏在刹车上面。不要向身后回望，

中午的快餐退出视野后会变得广阔起来，
就像暴风雨变成某种性格，在一幅油画中
从推窗可见的田园景色分离出来。
实际上你不可能从旧时代和新生活
去赴同一顿晚餐，幸福
有两种结局，它们都是平庸的。
如果你来晚了就总是来得太晚，
如果来得早了一点，约会就将取消。

8

起初你要什么，主人就在杯子里
给你斟满什么。现在杯子里是什么
你就得喝什么。下一个轮到你去白净的
洗手间，把想要呕吐的全部呕吐出来。
这顿午餐在本质上是黑夜。要是它的真实性
再减少一些，看上去就会像催眠似的
让人着迷。从中裂开的幽暗酒吧，
对于一把餐刀是开心果，但如果使用的
是筷子，仅有的饥饿将倾向于放弃肉体。
食谱里的花朵，是否能够借助光线的变化
显示被风刮过，或是被刀子扎过的
不同黑暗？尽管触及黑暗的花梗已经折断。

9

起伏的蛇腰穿过两端，其长度
可以任意延长，只要事物的短暂性
还在起作用。犯人在被抓住之后
才有面孔，然而本来就不那么肯定的证据
否定不了什么，也不可能被否定。
辩护词是从另一桩案子摘抄下来的，
其要点写进了教科书。从前的进修生
摇身变成法官，他的外省口音
听上去带有大蒜发芽的味道，使两个
彼此接近的事实变得必须单独面对。
法律从嗓子沙哑的遗产纠纷中取消了
抑扬格，把它转变成一道空想的象棋难题。

10

这个国家只有一个窗口出售车票。火车
就要进站了。你想象自己在空中居住，
有一个偶然想到的地址，和一个
天文数字构成的电话号码。当你散步
经过保险公司，终生积蓄像搓过的耳朵
来到烈酒表面，也许它们最终将在羞涩
和屈辱的相互忘却之间冻得通红。硬币
或纸币：你不可能成为甜蜜生活的骨头。

眼睛充满安静的泪水，与怒火保持恰当的
比例。河流总是在远方。大地上的列车
按照正确的时间法则行驶，不带抒情成分。
你知道自己不是新一代人。"忘记我在这里。"

　　1993 年 2 月于成都
　　1993 年 6 月定稿于华盛顿
　　选自欧阳江河著《透过词语的玻璃——欧阳江河诗选》，改革出版社 1997 年
3 月版

遗忘之歌

杜涯

我已将生活遗忘

一次生涯，一次阅读
一间陋室和一阵冥想

我已将记忆遗忘
我已将未来遗忘

我已将激情遗忘
我甚至已将宁静遗忘

花开前我已将春天遗忘

花落后我已将前生遗忘

你来时我已将爱情遗忘
你去时我已将寂寞遗忘

我已将桃花和梨花遗忘
我已将栗树和杨树遗忘

我已将琴声和夏天遗忘
我真的已将时光和疼痛遗忘

一次错误，一次书写
一座城市和一片阳光

我已将命运遗忘

1993 年 6 月 15 日

选自杜涯著《风用它明亮的翅膀》，春风文艺出版社 1998 年 7 月版

词，刀锋

万夏

一枚刀片道出伤口
皮肤蒙受的这些言辞
词到无限之时就只呈一声空响

正如水的无限披挂在一张皮肤上

刀锋以看不见的边缘削薄我们投去的目光

姓氏清晰明亮

我们看到的和听到的

最细小的词语是石头和砂

西风一来，就吹成一场浩荡的景色

我们在迷途中夭折

用一滴鲜血为皮肤解渴

用一年的月光使一枝水仙盛开

刀锋使一个人的姓氏带血

她已经太苍白，贫血的美人经不起太美

她用伤口滋养所有的言词

身体一破，词就潜入牙齿和头发中去成熟

最有限的词是鸟和手

最多的是无数的鸟飞落一只手中

正如我在夜晚的进入一样

一个词招致了一切

她的手势对应万物

一就是一切

从火焰中见到的光芒与燃烧分开

金银就在严冬被煅成一把冷剑

刀锋更不可逾越

当一枚修长的锋刃照亮我们的肤色

当说过的话反复再说，变成事实

看到或者听到

无数的手放开鸟儿

干戈化为玉帛

　　选自万夏、潇潇主编《后朦胧诗全集（上）》，四川教育出版社 1993 年 8 月版

虚构的家谱

西川

以梦的形式，以朝代的形式

时间穿过我的躯体。时间像一盒火柴

有时会突然全部燃烧

我分明看到一条大河无始无终

一盏盏灯，照亮那些幽影幢幢的河畔城

我来到世间定有些缘由

我的手脚是以谁的手脚为原型？

一只鸟落在我的头顶，以为我是岩石

如果我将它挥去，它又会落向

谁的头顶，并回头张望我的行踪？

一盏盏灯，照亮那些幽影幢幢的河畔城

一些闲话被埋葬于夜晚的箫声

繁衍。繁衍。家谱被续写

生命的铁链哗哗作响

谁将最终沉默，作为它的结束？

我看到我皱纹满脸的老父亲

渐渐和这个国家融为一体

很难说我不是他：谨慎的性格

使他一生平安；很难说

他不是代替我忙于生计，委曲逢迎

他很少谈及我的祖父。我只约略记得

一个老人在烟草中和进昂贵的香油

遥远的夏季，一个老人被往事纠缠

上溯 300 年是几个男人在豪饮

上溯 3000 年是一家数口在耕种

从大海的一滴水到山东一个小小的村落

从江苏一份薄产到今夜我的台灯

那么多人活着：文盲、秀才、

土匪、小业主……什么样的婚姻

传下了我？我是否游荡过汉代的皇宫？

一个个刀剑之夜、贩运之夜

死亡也未能阻止喘息的黎明

我虚构出众多祖先的名字，逐一呼喊

总能听到一些声音在应答；但我

看不见他们，就像我看不见自己的面孔

1993 年 9 月

选自《人民文学》1994 年第 2 期

准备为一个人写传

虹影

不知他如此布阵。如果知道
我就不会在雨中捏紧伞柄
雨大，是因为他在对面走，脸上蒙有特有的

沉静。如果这时雨停了
我就该低头，蹲下身体，让他的衣角
轻拂过我的头顶，他握着的玫瑰
一下便变换了这个岛屿的位置

我清楚他坐上那辆白车后
会冲过警戒线，像一个舌头，把街角的灯
吞卷。而他让我丢掉了伞
丢掉了围巾，激动地发抖。真的，真的

他只比我多一点勇往直前，那白车
那方阵周围沉重的血
将我掌心的线全部跳乱。我和他

错在哪里？不过是第一章没写完而已

1993 年 10 月 18 日

选自虹影著《白色海岸》，春风文艺出版社 1998 年 7 月版

解冻

吕德安

一块石头被认为呆在山上

不会滚下来，这是谎言

春天，我看见它开始真正地移动

而前年夏天它在更高的山顶

我警惕它的每一丝动静

地面的影子，它的可疑的支撑点

不像梦里，在梦里它压住我

或驱赶我跌入空无一人的世界

而现在到处是三五成群的蜥蜴

在逃窜，仿佛石头每动一步

就有一道无声的咒语

命令你从世界上消失，带着

身上斑斑点点的光和几块残雪

而一旦石头发出呼叫，草木瑟瑟发抖

它那早被预言过的疯子本性

以及它那石头的苍老和顽固

就会立即显现，恢复蹦跳

这时你不能再说：继续

呆在那里。你应该躲开

你会看见，一块石头毫无知觉

时隐时现，又半途中碎成两半

最后是一个饥渴的家族

咕咚咕咚地到山底下聚会

在一条溪里。这是石头的生活

当它们在山上滚动，我看见它们

一块笔直向下，落入梯田

一块在山路石阶上，

一块擦伤了自己，在深暗的草丛

又在一阵柔软的叹息声中升起

又圆又滑，轻盈的蓝色影子

沾在草尖上犹如鲜血滴滴

我想，春天将会以晕眩的爱

守护它，阳光会给它故乡般的温暖

星星会引导它，告诉它风和雨

告诉它屋顶，那些在我们的梦里

上面画着眼睛的屋顶

和那些我们不知道的真理

而正是这些，我们才得知山坡

正在解冻，并避免了一场灾难

1993 年

选自阎月君选编《中国当代诗歌精品》，春风文艺出版社 1994 年 3 月版，后收入吕德安著《顽石》，中国工人出版社 2000 年版

献给弟弟的小夜曲

朱文

　　橘子的黄色、叶子的绿色和樱桃的红色……统统装进夕阳的四轮马车，一声唿哨，一路的颠沛就这样开始，车斗里的颜色相互撞击，古玩般地鸣响。月光下，只有月光的颜色和一群孤立无助的形状，圆的是橘子，椭圆的是叶子，星星点点的是樱桃。现在我可以为你们作证，你们曾有的面孔，曾经怀有的某种真实情感，但是，谁又为我作证呢？我的脸啊，不是这般向时间里凹陷，我的沉默，不是这般空旷无边。谁愿为我作证？当月光的河流哼着谣曲渐渐地远去，那些孤立的形状，散落在河面，也一同被放逐。夜晚用黑色清扫一切，而我仍然愿意为你们作证：这块黑暗是橘子，那块黑暗是叶子，樱桃的黑暗支离破碎。但是又怎能向你们说清，我是哪一块黑暗？是哪一块黑暗愿意站出来，为所有黑暗作证？我会记得，也相信你们一定会记得，今天这个时刻，橘子、叶子、樱桃和我，靠在同一面冰冷的墙下，用同样的语气向对方说：等待明天……弟弟睡梦中痛苦的表情，与我呼应，与此刻呼应，我拿来他心爱的吉他，悄悄地安放在他梦乡的上空。弟弟。

1993 年为弟弟生日而作

选自《花城》1994 年第 4 期，后收入朱文著《他们不得不从河堤上走回去》，河北教育出版社 2002 年 8 月版中格式有所变动

一个诗人的正午

张枣

1

在此起彼伏的静物中发烧畏寒，
我吸紧残烛，是万有引力的好棋手。
立体波段中，播音员翩然登基，
他的影子在预告一朵中世纪的云，
那下面，我是诡谲橹舰上的苦役。

2

昨夜那风格的袖子被我吹断，
藏着针脚儿，无形的手在缲花边，
梦的桌面翘棱。千年的啤酒沫
回旋，回旋在失血词汇的游乐场
花开花落，宇宙脆响着谁的口令？

3

云卷云舒，有人在叩问新的地皮。
蛇行在脚手架上的美容师们
用螺丝枪勾勒那人面桃花之家。
我已倦于写作，你已倦于迟睡。

黄鹂沿着琴键，苦练时代的情调。

4

狼来了，它是全城天线的朋友，
它有术在最小的雨滴中藏身。
打火机扭着狐步：一场格斗。
当播音员大吼一声卧倒，我瞥见
空中的伞球上写着：新婚燕尔。

5

死者的微调摸索我：好一个正午！
跛足的空白爷拎着鸟笼，打前庭走近，
精密的金光菊是他万能的钥匙。
我递出我的申请：一个地方，一个遥远的
收听者：他正用小刀剔清那不洁的千层音。

1993 年

选自张枣著《春秋来信》，文化艺术出版社 1998 年 3 月版

岁月的遗照

张曙光

我一次又一次看见你们，我青年时代的朋友
仍然活泼，乐观，开着近乎粗俗的玩笑
似乎岁月的魔法并没有施在你们的身上

或者从什么地方你们寻觅到不老的药方

而身后的那片树木、天空，也仍然保持着原来的

形状，没有一点儿改变，仿佛勇敢地抵御着时间

和时间带来的一切。哦，年轻的骑士们，我们

曾有过辉煌的时代，饮酒，追逐女人，或彻夜不眠

讨论一首诗或一篇小说。我们扮演过哈姆雷特

现在幻想着穿过荒原，寻找早已失落的圣杯

在校园黄昏的花坛前，追觅着艾略特寂寞的身影

那时我并不喜爱叶芝，也不了解洛厄尔或阿什贝利

当然也不认识你，只是每天在通向教室或食堂的小路上

看见你匆匆而过，神色庄重或忧郁

我曾为一个虚幻的影像发狂，欢呼着

春天，却被抛入更深的雪谷，直到心灵变得疲惫

那些老松鼠们有的死去，或牙齿脱落

只有偶尔发出气愤的尖叫，以证明它们的存在

我们已与父亲和解，或成了父亲，

或坠入生活更深的陷阱。而那一切真的存在

我们向往着的永远逝去的美好时光？或者

它们不过是一场幻梦，或我们在痛苦中进行的构想？

也许，我们只是些时间的见证，像这些旧照片

发黄、变脆，却包容着一些事件，人们

一度称之为历史，然而并不真实

1993 年

选自程光炜编选《岁月的遗照——当代诗歌精品》，社会科学文献出版社 1998 年 2 月版

有毒的玛琳娜

——纪念茨维塔耶娃

黄灿然

她在甘蔗地里种植异域的罂粟

她的红唇含着蜜蜂离巢时快乐的谜语

她正午站在日光中深夜站在我梦中

她是我有毒的玛琳娜

她在镜中收割红罂粟

她在蛇窝里蠕动纤细的腰肢

她到我梦中探访我并在离去的时候唤醒我

而我在睁开眼睛的那一瞬间失去我有毒的玛琳娜

玛琳娜，她的紫心！

玛琳娜，她的白灵魂！

我怎样穿过凶恶的牙齿和分泌黑液的舌头

抵达她多么纯洁的深喉！

她的歌是那云雀的

她的话是那流水的

她的悲哀是那风雨中折翼的飞鸟的

她是我心碎的小花瓣

圆眼睛的玛琳娜，眼睛边缘

镶着四十九颗蓝宝石

黑刘海儿的玛琳娜，清冷面容

有着我夏夜深处最原始的恐惧

诗歌的玛琳娜，疯狂的玛琳娜

滴血的声音仍彻响在北风中的

苦难的玛琳娜，灵魂的保姆

爱情的怀抱，屈辱的同音词

对于我，她是有毒的

生活中不可吻的

否则粉身碎骨的

玛琳娜

1993 年

选自黄灿然著《世界的隐喻》，文化艺术出版社 1998 年 3 月版

饮九月初九的酒

潘洗尘

千里之外　九月初九的炊烟

是一缕绵绵的乡愁

挥也挥不去　载也载不动

我看见儿时的土炕　和半个世纪的谣曲

还挂在母亲干瘪的嘴角

摇也摇不动的摇篮　摇我睡去

摇我醒来

我一千次一万次地凝视

母亲　你的眉头深锁是生我时的喜

　　　　你的眉头深锁是生我时的忧

千里之外　九月初九的炊烟

是一群不归的候鸟

栖在满地枯叶的枝头

我看见遍野的金黄　和半个世纪的老茧

都凝在父亲的手上

三十年了　总是在长子的生日

饮一杯朴素的期待

九月初九的酒　入九月初九老父的愁肠

愁　愁老父破碎的月光满杯

愁　愁老母零乱的白发满头

饮九月初九的酒

饮一缕绵绵的乡愁

饮一轮明明灭灭的新月

圆也中秋

缺也中秋

1993 年

选自《诗林》1999 年第 4 期

致艾米莉·狄金森

潘维

姑姑，春到了，带着计时器

在另一个州府的门槛上，我私恋着生活。

住宅不是木结构建筑，一点感情无法将它焚烧。

减少了风险，也就增添了麻木。

在这个圆球上，无论苔藓还是骗子，

没有谁比你更熟悉细节的奥秘。

在街道那边，梦被盗窃。

主妇驱逐几次调情，邮局似灰尘的呕吐物，

一个流浪汉带着脚离开，也许

它会遭遇到一座磨坊、一场疾病和一个魔鬼，

最后，喉咙低沉的村庄将打开泥土接纳他，

如你用一件斗篷，欢迎迷人的阴谋。

我无法乘螺旋桨或一个快动作

赶到你用短笺写信的高大松树下，

我甚至无法想象你奢侈、胆怯的孤寂

怎样蹑手蹑脚地使意义充满整个天空

见面，不必。赠送嫁妆，

有悖伦理。仅仅有面盾

盾上刺入一架钢琴，也就足够

你瞬间的苍白，潦草的发明，将种子

乱涂于果园——如今，是满篮的水果

供陈旧的人新鲜的享用。

你不是只有一张，而是有无数张正面的、侧面的

脸，核心围绕着"绝望"与"爱"。

请不要生气，姑姑，即使是佯装的

责怪。我潘维，一个吸血鬼

将你的生命逼进我的血管里，

更别说怎样对待你抽屉里的创伤了

我愿将你看作篱笆上的一阵风，

或裙衣的窸窣声。而实际上

你被婚姻绊倒，一辈子摔在孤寂中。

别去管鸟巢里的琐事，无需操心舞会的

提琴手。告诉我，怎样告别？怎样重逢？

如何做到就像从未有人在你面前活过一样

活着？挂钟配制的草莓浆已发酵

你忠实的狗，一双绸布鞋，会衔给我。

1993 年

原刊《绿风》2001 年第 5 期，后收入杨晓民主编《中国当代青年诗人诗选》，河北教育出版社 2004 年 10 月版

纪念

王家新

1

又是独自上路：带上你自己
对自己的祝福，为了一次乌云中的出走。
英格兰美丽的乡野闪闪掠过，
哥特式小教堂的尖顶，犹如错过的船桅
曾出现在另一位流亡诗人的诗中。
接受天空、墓碑与树林的注视，
视野里仍是一架流动钢琴
与乐队的徒劳对话，而你自己
曾在那里？再一次丘陵起伏
如同心灵难以熨平

2

虚幻的旅行。下午两点钟，
唯有检票员怀疑的眼神，表示了
某种肯定。"梦里不知身是客"，你试着
在另一种语言中把它转述出来，
而在对面，在另一梦中，幸福的人
正悲伤地读着一本罗曼司……

直到从车厢过道的地毯上，开始飘散

被吸收的乌云的气息——它好似

做爱后留下的。"看在上帝分上"，

买下一份《泰晤士》吧，不是为了读

是为了把脸藏在它的后面。

而铁轨，如同一个被反复引用的句子

承受挤压，不再发出呻吟。

3

这就是众神的土地？"我来到这里

为了一首十四行诗"。从恺撒大帝的

踟蹰不前（他的力量已为

另一片大陆所耗尽），到弥尔顿、叶芝

相继在他们自己的词句中受阻；

历史一次次扬起骑者的滚尘

在历史里一个帝国的意志形成，却失陷在

对它自己的叙述里……

列车再一次摇晃着周末度假的人们，

朝向永不可及的地平线。

而何时，那让人暗自神伤不已的"蓝花花"

已化为一个满脸雀斑

在中途上车的女大学生。

4

于是另一个旅程浮现（如果你学会
以宇宙的无穷来测量自己）：从北京
到一个个缓慢无尽的外省……
如同履行一种仪式，在节前
回老家看望父母的人们，期待渐渐
让位于恐惧；
尘埃中一声河南梆子响起：到站了
而你茫茫然不知走向哪里。
（你将再次回到那里，作为陌生人
或者永不？）春节，穷人的宗教，
父亲的咳嗽。一片无神的干燥土地
到处是尘埃的金色手艺与祝福，
泥土的酒与伪造的三五牌烟，一起
呛入你的灵魂……

5

"不是在异邦学会了讥讽，是人到了
讥讽的年龄"。回忆如一支冗长的挽歌
在寻求与讽刺的平衡。
雀斑女孩又在轻晃着她的双腿，
眼中发出了物理的蓝色（而不再是梦的）
随着耳机中那无以领略的节奏。

你想到了家乡，父亲的咳嗽传来，

你想起祖国，奥德修斯却在风暴中闪现

（而荷马是否应该修改那个虚假的

史诗的结尾？）你放下《泰晤士》，

于是母语出现在泪眼中……

——远远地，从风云陡起的天空下

升起一个审判的年代，

强烈有如音乐，迎面又错过去了……

6

偶尔的出游，伦敦远了（乌云

仍在反复地修辞着那个乌云中的城市）

这是时间中的逆行：火车向北、再向北

为的是让你忍受无名。

"在叶芝的日记中我遇上面具：他总在

他不在的地方"，而火车照行不误；

火车不再抽着那种十九世纪的烟卷，

哈代的沼泽却在你的头脑中燃烧；

火车绕开了呼啸山庄，为的是空出另一条路

让你自己通向那里；

而当它再一次停稳时，你终于

想起了可怜的拉金，"像从看不见的地方

射出密集的箭，落下来变成了雨。"

7

那么我是谁？一个僭越母语边界的人？
音乐对话中骤起的激情？永不到达的
测量员？被一只乌鸦所引证的
隐喻？那么又是谁，为了哈姆雷特
永不从自己的葬礼中回来，
最后却发现这并不是一出悲剧？
"当北中国一扇蒙霜的窗户映出黎明
浊雾扑向伦敦那些维多利亚式街灯"
——而你曾在那里？不，那已是
另一个人。永远有一种风暴
在记忆中进行；永远有一只未被杀死的
信天翁，在你的船后追逐……
而我宁愿做个幸福的人。"看在上帝分上"，
让它摇着我，摇着，直到我能够听出
一种我从未听到的话语。

8

短暂的旅行，长于百年。
人在一首诗的展开中就历尽了沧桑。
车过约克郡：它更空了
而树木退向天边，犹如正在消逝的和声；
车更空了，空得就像为你一人而准备的

旅行，空得使你几乎就要听到

从空中发出的声音……

"需要抑制怎样的恐惧，才能独自

去成为？"我已不再去问。

其实我已不在这列车上：为你祝福吧，

终点即是斯卡堡海岬，而它通向无地——

那里，一座座承受狂风的童话式小旅馆

如同诸神丢弃在夏天的玩具。

1993，伦敦

选自王家新著《王家新的诗》，人民文学出版社 2001 年 7 月版

布拉格

王家新

布拉格的黄昏缓缓燃烧

布拉格的黄昏无可挽回

布拉格的黄昏，比任何一个城市的都更为漫长

布拉格的黄昏，刺疼了我的心

谁在这时来到桥头伫望

谁就承担了一种命运

谁从深巷或书本中出来，谁就变为游魂

谁碰巧在这时听到教堂钟声，谁就会

死于无地

流亡的人把祖国带在身上

没有祖国，只有一个

　　从大地的伤口迸放的黄昏

只有世纪与世纪淤积的血

超越人的一生

没有祖国

祖国已带着它的巨石升向空中

祖国仅为一瞬痛苦的闪耀

祖国在上，在更高更远的地方

压迫你的一生

我将离去，但我仍在那里

布拉格的黄昏会在另一个卡夫卡的灵魂中展开

布拉格的黄昏永不完成

布拉格的黄昏骤然死去——

如你眼中的最后一抹光辉

1993 年

选自王家新著《王家新的诗》，人民文学出版社 2001 年 7 月版

当天空已然生锈

孟浪

当天空已然生锈
我也终于用双手抠出
一些云的尸骸
这一夜，我将头枕一朵白云而眠。

红太阳，愈来愈暗
红领巾，无望地飘扬在旧时代
整个国家的红药水
淡得不能再淡——

有人向血库又抬去几台吸泵
几代人的动脉被统统切开。

山梁在抽搐，蠕动
我无法避开大地垂死者
挡在面前的脊背
啊，天上下起了数万万人的指甲盖。

1993 年

选自孟浪著《南京路上，两匹奔马》，光明日报出版社 2006 年 10 月版

在盲目的怀念中上演

韩博

在褪色的仓库里，在我的胸口
不断支撑起扑打的翅膀下
我拉亮了灯
一根老式的灯绳，是旧时代的门
是蹒跚着爬上旧时代的阁楼
一架笨拙的木梯。

尘土蒙上的句子，语言的裸体
四行一节地插进旧时代的子宫。
我们搬来桌椅，擦洗灯光
一丝丝，旧时代的妖娆
仍旧在阵痛前的爱情中服食药物
传染整个剧组。

掩饰得密不透风的双脚
在当代的剧情中裹足不前
女主角端坐灰尘深处
卖力地涂着唇膏

一辆预料之中的汽车永远不会开来
这是情节，桌上的电话

一个男孩在深深地喘息。

仓库里的灰尘巨大
上个世纪的灰尘，如此荒唐而粗鄙
我时而闯入情节，时而
退回自身
在明镜高悬的灰尘中
小心地躲避着，跌撞而来的爱情。

灰尘上的花纹愈发明朗
一个面带血迹的男孩，在童年观望
他隐匿在阁楼的潮湿中
看到我们，这些被灯光细密梳洗的人
疑虑重重，乍然闪现。他说，

"看！那些肥硕赤裸的词汇
为什么在一片绿色的草地上
被语法抛弃？为什么
他们像一条活着的河
却既不悲凉
也不温暖？

"他们的胸膛
楼房一般白光闪烁
他们的翅膀清白。为什么
他们不肯从胸口探出手来

像合拢一场暴雨，轻轻地说：

"爱情。"

1993 年

选自韩博著《借深心》，作家出版社 2007 年 11 月版

惭愧

杨键

像每一座城市愧对乡村，

我零乱的生活，愧对温润的园林，

我噩梦的睡眠，愧对天上的月亮，

我太多的欲望，愧对清澈见底的小溪，

我对一个女人狭窄的爱，愧对今晚

疏朗的夜空，

我的轮回，我的地狱，我反反复复的过错，

愧对清净愿力的地藏菩萨，

愧对父母，愧对国土，

也愧对那些各行各业的光彩的人民。

1993 年

选自杨键著《古桥头》，上海文化出版社 2007 年 12 月版

博物馆

杨小滨·法镭

把亚洲放在坛子里
腌干。亚洲就会成为古董

或者把非洲的骨头剔开
非洲古色古香，瘦得令人心酸

它的肝脏流着黑色的血
泼在地图册上显得异常枯萎

如果有钱，就能买下整个世界
以及它每一年的战争和尸骸

以及酋长们的祷文，鼓点在旱季中止
移到室内乐里优雅地敲打

那些随手写来的敕令，也比牲口贵重
因为它并不耕田，只是一味地肝脑涂地

记录在最隐秘的部分，好像伤口
为了公开而不得愈合

并且这些伤口已经分类，
所有的类别都看不见血迹。

只有疼痛从不提起，被刀镞锈住
疼痛悬挂在很久以前，早已一代代地臣服

在我们祖辈的祭典里
强盗佩戴了女人，成为皇帝

但是活的群众从来不被收藏
因为他们太不整齐，毫无经典性

那时的青春，那时的劳动！
饥饿在观赏中变得美丽：

过去的一切都禁止抚摸，一旦触及
我们就会立刻老去。

1993 年

选自潘洗尘、树才主编《生于六十年代——中国当代诗人诗选（中）》，长江文艺出版社 2013 年 6 月版

1994年

诗人之死

郑敏

一

是谁，是谁

是谁的有力的手指

折断这冬日的水仙

让白色的汁液溢出

翠绿的，葱白的茎条？

是谁，是谁

是谁的有力的拳头

把这典雅的古瓶砸碎

让生命的汁液

喷出他的胸膛

水仙枯萎

新娘幻灭

是那创造生命的手掌

又将没有唱完的歌索回。

　　二

没有唱出的歌
没有做完的梦
在云端向我俯窥
候鸟样飞向迷茫

这里洪荒正在开始
却没有恐龙的气概
历史在纷忙中走失
春天不会轻易到来

带走吧你没有唱出的音符
带走吧你没有画完的梦境
天的那边，地的那面

已经有长长的队伍
带着早已洗净的真情
把我们的故事续编。

　　三

严冬在嘲笑我们的悲痛
血腥的风要吞食我们的希望
死者长已矣，生者的脚踵

试探着道路的漫长

伊卡拉斯们①乘风离去
母亲们回忆中的苦笑
是固体的泪水在云层中凝聚
从摇篮的无邪到梦中惊叫

没有蜜糖离得开蜂刺
你衰老、孤独、飘摇
正像你那夜半的灯光

你的笔没有写完苦涩的字
伴着你的是沙漠的狂飙
黄沙淹没了早春的门窗。

四

那双疑虑的眼睛
看着云团后面的夕阳
满怀着幻想和天真
不情愿地被死亡蒙上

那双疑虑的眼睛
总不愿承认黑暗

———————————

①Icarus，希腊神话中人物。用蜡粘牢翅膀飞行逃狱，因太阳把蜡熔化导致坠落海中淹死。

即便曾穿过死亡的黑影

把怀中难友①的尸体陪伴

不知为什么总不肯

从云端走下

承认生活的残酷

不知为什么总不肯

承认幻想的虚假

生活的无法宽恕

五

我宁愿那是一阵暴雨和雷鸣

在世人都惊呼哭泣时

将这片叶子卷走、撕裂、飞扬入冥冥

而不是这冷漠的误会和过失

让一片仍装满生意的绿叶

被无意中顺手摘下丢进

路旁的乱草水沟而消灭

无踪，甚至连水鸟也没有颤惊

命运的荒诞作弄

————————————

①诗人曾在北大荒劳改，一次痢疾流行，许多犯人死亡，一位难友死在诗人的怀抱中。

选中了这一片热情
写下它残酷的幽默

冬树的黑网在雨雪中
迷惘、冷漠、沉静
对春天信仰，虔诚而盲目。

六

打开你的幻想吧，朋友
那边如浩瀚的大海迷茫
你脱去褪色的衣服，变皱
的皮肤，浸入深蓝色的死亡

这里不值得你依恋，忙碌嘈杂
伸向你的手只想将你推搡
眼睛中的愤怒无法喷发
紧闭的嘴唇，春天也忘记歌唱

狭窄、狭窄的天地
我们在瞎眼的甬道里
踱来踱去，打不开囚窗

黄昏的鸟儿飞回树林去歇栖
等待着的心灵垂下双翼
催眠从天空洒下死亡的月光

七

右手轻抚左手
异样的感觉，叫做寂寞
有一位诗人挣扎地看守
他心灵的花园在春天的卷末。

时间卷去画幅步步逼近
只剩下右手轻抚左手
一切都突然消失、死寂
生命的退潮不听你的挽留

像风一样旋转为了扫些落叶
却被冬天嘲讽讥笑
那追在身后的咒骂

如今仍在尸体上紧贴
据说不是仇恨，没有吼叫
漂亮的回答：只是工作太忙。

八

冬天是欣赏枯树的季节
它们用墨笔将蔚蓝切成块块
再多的几何图也不能肢解

那伟大的蓝色只为了艺术的欢快

美妙的碎裂，无数的枝梢
你毕生在体会生命的震撼
你的身影曾在尸堆中晃摇
歌手的死亡拧断你的哀叹

最终的沉默又一次的断裂
从你的脆了的黑枝梢
那伟大的蓝色将你压倒

它的浪花是生命纷纷的落叶
在你消失的生命身后只有海潮
你在蓝色的拥抱中向虚无奔跑

九

从我们脚下涌起的不是黄土
是万顷激滟的碧绿
海水殷勤地洗净珊瑚
它那雪白的骸骨无忧无虑

你的第六十九个冬天已经过去
你在耐心地等待一场电火
来把你毕生思考着的最终诗句
在你的洁白的骸骨上铭刻

不管天边再出现什么翻滚的乌云

它们也无能伤害你

你已经带走所有肉体的脆弱

盛开的火焰将用舞蹈把你吸吮

一切美丽的瓷器

因此留下那不谢的奇异花朵

十

我们都是火烈鸟

终生踩着赤色的火焰

穿过地狱，烧断了天桥

没有发出失去身份的呻吟

然而我们羡慕火烈鸟

在草丛中找到甘甜的清水

在草丛上有无边的天空邈邈

它们会突然起飞，鲜红的细脚后垂

狂想的懒熊也曾在梦中

起飞

翻身

却像一个蹩脚的杂技英雄

殒坠

无声

十一

冬天已经过去，幸福真的不远吗
你的死结束了你的第六十九个冬天
疯狂的雪莱曾妄想西风把
残酷的现实赶走，吹远。

在冬天之后仍然是冬天，仍然
是冬天，无穷尽的冬天
今早你这样使我相信，纠缠
不清的索债人，每天在我的门前
我们焚烧了你的残余
然而那还远远不足
几千年的债务

倾家荡产，也许
还要烧去你的诗束
填满贪婪的焚尸炉

十二

没有奥菲亚斯①拿着他的弦琴

————————

①Orpheus，希腊神话中的音乐家兼诗歌神。他拿着竖琴向诸天神诉冤，下阴间导找被害的妻子。

去那里寻找你

他以为应当是你用你的诗情

来这里找他呢

你的白天是这里的黑夜

你的痛苦在那里消失得

无影无踪，树叶

幸福地轻语，夜莺不需要藏躲

你不再睁开眼睛

却看到从来不曾看到

的神奇光景

情人的口袋不装爱情

法官的小槌被盗

因此无限期延迟开庭。

十三

在这奥菲亚斯走过的地道

你拿到这第十三首诗，你

痛苦而愤怒，憎恨这朕兆

意味着通行的不祥痕迹

然而这实在是通行证的底片

若将它对准阳光

黑的是你的脸庞

你的头发透明通亮

你茫然考虑是不是这里的一切

和世间颠倒

你的行囊要重新过秤

然而鬼们告诉你不要自欺

现在你正将颠倒的再颠倒

世间从未曾认真给你过秤

十四

你走过那山阴小道

忽然来到一片林地

世界立即成了被黑洞

吸收的一颗砂砾

掌管天秤的女神曾

向你出示新的图表

天文数的计量词

令你惊愕地抛弃狭小

人间原来只是一条鸡肠

绕绕曲曲臭臭烘烘

塞满泥沙和掠来的不消化

只有在你被完全逐出鸡厂
来到洗净污染的遗忘湖
才能走近天体的耀眼光华

十五

那为你哭泣的人们应当
哭泣他们自己，那为你的死
愤怒的人们不能责怪上帝
死亡跟在身后，一个鬼祟的影子

你有许多未了的心愿像蚕丝
如果能织成一片晴空……
但黑云不会放过你的默想
雷暴从天空驰下击中

你的理想只是飘摇的蛛网
几千年没有人织成
几千年的一场美梦

只有走出祭坛的广场
离开雅典和埃及的古城
别忘记带着你的夜行时的马灯。

十六

五月，肌肤告诉我太阳的存在
很温存，还没有开始暴虐
我闭上眼睛，假装不知道谁在主宰
拖延是所有这儿的大脑的策略

尸骨正在感觉生的潮气
离开火葬场已经两个月
污染的大气甚至不放弃
那从炉中拾回的残缺

也许应当一次又一次地洗涤
用火焰
用焚烧

这里没有檀木建成的葬堆
也没有洒上玫瑰、月季、兰花的娇艳
只有沉默的送葬者洒上乌云般的困恼。

十七

眼睛是冻冰的荷塘
流水已经枯干，我的第六十九个冬天
站在死亡的边卡送走死亡

天边有驼队向无人熟悉的国度迁移

欢乐的葡萄不会急着追问下场
香醇的红酒也忘记了根由
一个个音符才联成歌唱
也许是愤怒，也许是温柔

整体不过是碎片的组成
碎片改组，又产生新的整体
短视的匠人以为到了终极

阖上眼睛，任肢体在大地横陈
蚕与蛹，毛虫和蝴蝶的交替
洒在湖山上，像雨的是这个"自己"

十八

他们用时间的激光刀
在我们的身体上切割
白色的脑纹是抹不掉
的录像带，我们的录音盒

被击碎，逃出刺耳的歌
疯狂的诗人捧着淤血的心
去见上帝或者魔鬼
反正他们都是球星

将一颗心踢给中锋

用它来射门

好记上那致命的一分

欢呼像野外的风

穿过血滴飞奔

诗人的心入网，那是坟。

十九

当古老化装成新生

遮盖着头上的天空

依恋着丑恶的老皮层层

畏惧新生的痛苦

今天，抽去空气的气球

老皮紧紧贴在我的身上

它昔日的生命已经偷偷逃走

永生的它是我的痛苦的死亡

将我尚未闭上的眼睛

投射向远方

那里有北极光的瑰丽

诗人，你的最后沉寂

像无声的极光

比我们更自由地嬉戏。

选自《人民文学》1994 年第 1 期

整体

蓝马

那就是你咯咯的笑声。
树叶又落了。
那是青草和露珠。

那是我们亲眼所见的清晨。
闪着银灰色的光，
向着我们人类。

去发现我们的整体。

小小的草坪，小小的雨。
青草上沾满雨水。

选自《西藏文学》1994 年第 2 期

时光的侧面

庞培

在吹过你面颊的风中有着种籽和草

有着夜晚的星光、蓝头巾的女孩、鱼类的空间

桥上的车辆震颤。有着

死者哀伤的声音，不是通过灰烬

而是通过河岸上落日的巨大嘴巴

在吹过你面颊的风中

有着一座村庄在秋水中裂开的阴影，被落叶残梗

堆在门前的手

房屋四壁空空，地上的露水加重

月亮的坛子里是过冬的柿饼，在吹过你面颊的风中

有着一个农妇不幸的往事

如挂在墙上的农具、炊烟

后半夜下雨的声音、木桶、井水……

这个秋天的全部印象源自鸟的空腹

在吹过你面颊的风中。夜纷纷飘落

地里的庄稼纷纷飘落，

暮色已褪尽了白昼美丽的阳光

山谷中衰朽的圆木，搁倒

搁倒在奔突的溪流的浪花里

原始的兽类的岩石，被刻上你的名字

它的毛发部分属于神的幻觉。属于

消逝了的时光的侧面

选自《花城》1994 年第 2 期

天真之歌

余笑忠

春天才刚刚开始。一群小孩
一双双小手在湿乎乎的地上
捏着各种各样的泥团
他们在命名（说这是什么，而不说
这像什么），讨论，再修正
有时干脆推倒重来
多么简单，一群小孩继续自己的游戏
这一个是新娘，"谁来做她的新郎？"

阳光照耀，这一天才刚刚开始
我懒洋洋地坐在一边
看着一个沉默的小女孩
她将那些人丢下的萝卜缨子
清理得干干净净，又整整齐齐地
摆放在一溜石墙上。阳光
照着她红润的脸盘，她的发梢
还有些凌乱

有春天怎能没有这群小孩
如果有一天,一支异国的军队
从他们身边经过
那必是一支悲哀的大军

1994 年 2 月 19 日
选自《飞天》1996 年第 8 期

蒙田和我

牛汉

蒙田,你说你一生总想远行
只晓得在路上躲避什么
并不知道要寻求什么

哦,我的智慧的先师
我的一生也总想远行
却只知道要寻求什么
并不晓得躲避什么

是的,你走得很远很远
最后迷失在梦一般的远方
而我只走出很短的一段路
就坠入了无底的深渊

哦，蒙田，尽管你已死了几百年

但我总觉得我和你是同时代的人

选自《中国作家》1994 年第 3 期

人：千篇一律

昌耀

我坐在室内，当寂静一人伏案书写，

会听见潮水涌来如秋气肃杀而下。

当推问四壁，却是一片悄如。

我坐稳，那声息仍复汹涌而至势必将我淹没。

时间的流水作业，总是

让新的生命一茬接着一茬从虚无中生长

随之又推土机似的必欲逐一碾平不留些痕。

哲人说：谁是胜利者？

我常常躺卧不宁，体验一种波动感，

发自臀部以下而达于脊梁以远，

好像地壳一时成为软化的糖块。

危机四伏。

混迹于大街人流

广受终生一遇的机缘，

也是印象平平。而我独独景仰你们

肩负一袋袋面粉的男女，排成队列

感受果腹的阳光成品，

好像面对金黄色麦地。

人啊，正是如此领有信徒的虔敬，

又复领有征服者的悲凉。

明智的妥协与光荣的撤退都无济于事。

人，意味着千篇一律。

而我今夜依然还是一只逃亡的鸟。

1994 年 3 月 23 日

选自《人民文学》1996 第 6 期，后收入昌耀著《昌耀的诗》，人民文学出版社 1998 年 12 月版

苏州

刘立杆

残缺的院墙外路灯发涩的眼睛

当失眠之夜滚过格栅。一间腾空的卧室

敞着门，如同椅背上一只心酸的袜筒

一张俯视的脸，映入十二月结冰的水桶

迷乱的草地上，像雨后的蟾蜍蹲着

一座光秃秃的花园和午后升起的空虚

而男人们在街巷里奔跑起来
像受惊的鸵鸟，秃着尾巴，怪模怪样

直到炉子上的水壶尖叫着冲破屋顶
那沸腾的蒸汽颤动，如同一块烫伤的舌头
有时候，欲望尖锐得像一根针
或者像秘密的草根，顽强地逗留在那里

长青藤流苏般泻落的枝叶上，沉默
梯子一样渐渐爬高，长入玻璃
月亮彻夜转动着独眼。当天井里，一场
骤雨落在所有的苦难之上

死亡，一块冒出绿色霉斑的松糕
被枕边的旧报纸裹着，如同
一个古老家族的遗训，雕花大床上的
幸存者，用脉搏校正着断了发条的指针

我们在树下埋葬的死鸟，在沙上
写下的名字，一截关在匣子里的丝带
以及自行车后座上燕子般的呢喃
青春早熟而粗野——掠过，如同

一叠夹缠不清的欠账单，当恐惧像雪白的
探照灯扫过，穿越我的前额，并看见
倒塌的台阶，结着蛛网的座钟，以及一片

被感伤的锁眼紧紧攥住的冰凉的钥匙

1994 年 3 月

选自杨克主编《90 年代实力诗人诗选》，漓江出版社 1999 年 5 月版，后收入刘立杆著《低飞》，河北教育出版社 2003 年 8 月版

四月的一场雪

张曙光

雪覆盖着整个原野
四月的一场反叛
揭穿春天虚伪的骗局
一整个下午，我想着
这场雪，你的身影
和那些黑色的鸦，还有
另外的一些事情——
或者说一些无足轻重的
话，譬如火，或是寒冷
或雪是迷人的，等等。
但也许迷人的不是雪
也不是思想，而仅仅是
词语，确切说是词语的
排列。就是这样
也许总会是这样。
但最终会有一些事情发生

正如刚刚一列火车
从隧道中呼啸驶过
现在原野一片空白了
而在一张稿纸上
你找到了需要的一切。

　　1994 年 4 月 7 日
　　选自《北回归线》1995 年，后收入张曙光著《小丑的花格外衣》，文化艺术
出版社 1998 年 3 月版

与风景无关，仅仅是即景

臧棣

对我们起着镇静作用，这
无风的天空里将我们隐秘的忿怒
在一种视野里平铺开，然后
倏地卷起，塞入无限的腋下。

正在我们回味、发愣之际，
一群鸽子，自那蓝色的宽大的
袖口滑出。紧接着是天色发生了
变化：仿佛轻飘、无根的一片云，

也能构成一道厚厚的防线。
抑或是身份不明的人正在掀烙

一张鸡蛋饼。这张饼大到
我们难以想象：它烙动时

投下的阴影，使我眼前轻描的
暮色骤然晦暗。但愿我看到的
不是人们所说的最后一眼：
像一封早年的信在半空撕碎后

坠散的纸片：一群鸽子翻飞，
开始变得比刚才活跃起来。
而在那样的高度，命运
实际上拼不出更完整的东西。

1994 年 4 月

选自臧棣著《燕园纪事》，文化艺术出版社 1998 年 3 月版

夏末十四行（节选）

林莽

夏末十四行·谷仓

这一夜我突然沉入了古老的温情
萨克斯管在午夜里轻轻地吹奏
越过久远的时光
我再次听到了杜鹃的啼鸣

已经多年没有见过那座乡村庭院了

出生地的老屋浸于满月的清辉

一棵大树在风中婆娑地舞动

隔着寂静的池塘　我看见

黑沉沉的谷仓浮动于月夜的光影中

仿佛这一瞬已传入了永恒

心中振响起夜鸟低沉地飞行

这一夜静得让泪水也已凝住

舒缓的乐曲让我洗净灵魂的尘垢

聆听远在天外的鸟儿时隐时现的叫声

1991 年 9 月

夏末十四行·满月

我看见果实挂在枝头

恰如生命的某些时节

青涩、生动

充满坠落的激情

一位端庄的妇人穿过林间空地

走向碧草丛中的小径

她微垂于脖颈上的发髻

使我想起比果子更成熟的那些生命

满月金黄　悬于静水之上
从一只昆虫最初的鸣叫
我感知了自然永恒的进程

一切都存在于已知与未知之间
当彼此间伸出了心灵的手
青春的果实早已等待着秋日的成熟

　　　1991 年 9 月

夏末十四行·盛夏

这一切不取决于某种积怨
盛夏里飘逝了沉醉的爱情
那些镌刻于内心的语言　如今
都意味深远地昭示着时光不可倒流

轻风拂过结了霜的果实
一片枯叶显现出秋日清晰的脉络
一场秋风　一切劫难过后
遗留下多少不忍触及的创伤与隐痛

静听岁月、海
玫瑰与酒的声音

心仿佛洗尽尘埃的星斗

微风轻牵夏末的衣角
一双毫不情愿的手
慢慢掩上了那与梦同在的窗口

1991 年 9 月

夏末十四行·雨水

淅沥的雨水不再为盛夏歌唱

秋依旧在季节的边缘摇荡

生命　你需要怎样的好时光

谁曾把徘徊的脚步踏在初衰的草地上

顷刻而至的雷雨

惊醒了沉入梦境的回忆

屋檐垂落的水声

滴滴敲击出令人痛苦的节律

大地收敛起一切投入怀抱的儿女

飘浮于太空的灵魂之声

欢聚于夏末遥远的云层

越过青铜锈蚀的岁月

我听到所有灵魂隐秘之钟

震响　有如夏末雨中的雷声

1991 年 9 月

夏末十四行·老树

我不再担心于失去
生命的每一个时辰都不会再来
苍郁的老树再次飘落了它的叶子
到底有什么值得永存

一条河舒缓地流淌而去
为了寻求　我们走过了多少道路
往日之神偶然唤我们回首
灵魂的阵风　吹皱了哀婉的记忆

如今这一切已归于沉寂
当一双手无意间推开夜的窗子
星光里战栗着催人泪下的往事

大地沉沉　无边无际
照亮青春的幻梦终将零落为尘
雪峰高耸　闪烁智者冷峻的激情

1991 年 9 月

选自《人民文学》1994 第 6 期

怀念

车前子

一部书。于是，一页与另一页联翩而至
相似得像钟点
到时候来了，增加长度。而对峙的封面
使一部书完整：柿树下，我开始走回头路
仿佛能会面牧溪。大概在柿树下
相同呵！前世就失却了自己
只为相似增加了长度。就像另一页为一页
增加了书的厚度
而不是一页为另一页增加着厚度

选自《人民文学》1994年第6期

诗篇

大解

秋风吹过山冈　高大的教堂
尖顶闪着灵光
在目力所及的青草边缘　有人
披着阳光走路　像神来到世间

从大地的秋天向西

是一片落叶松林和平缓的牧场

钟声要过多久

才能抵达白云下祈祷的村庄

看 在时光里后退的白骨和花朵

多么安谧 散落着

哀伤的露珠

仿佛世界已把它们遗忘

啊 大地 我望见了 我找到了

而我为什么又失去？

一个人可以安居百年

可他的心为什么一再流浪？

选自《人民文学》1994 年第 6 期

机关枪新娘

唐丹鸿

那是纯洁的燃烧的星期几？

穿高筒丝袜的交叉的美腿一挺

我吹哨：机关枪新娘，机关枪

你转动了我全身的方向盘

你命令我驶向了疯人院

那是东边的火药瞄准西边的头发

那是愤怒的朝霞插入扳机的食指

那是大丽花突然抬起微风捂住乳房

那是你，把钢琴剧痛的脂肪往下按

你的裸体在锉子六月下泛蓝

你的叹息给铜管乐划了一把叉

但愿我的鼻子形同手掌

机关枪新娘，机关枪

远远地，我抱着你的肩，捧着上面的香水

我是反光纠缠着钥匙私语

我是正光抽打的无知的阉人

我是闪身让你加速的高速公路

我是棉花、水银和……呜咽

1994 年 6 月

选自小海、杨克主编《他们：〈他们〉十年诗歌选：1986 – 1996》，漓江出

版社 1998 年 5 月版

边界

王家新

"在我醒来之前多少人已越过黎明的边界，

里尔克、叶芝、奥登、布罗茨基……

而我留在这里

再一次，把启程推迟到来春……"

而你是对的：如果你一直守在这里，

那些离去的，就将返回。而当他们返回

谁，将作为陌生人？

伟大的生命居所，致命的飞鸟掠过，

风暴消失于荷马史诗的尾部之后

游动悬崖，会出现在哪一片海域？

于是我们就来到一个话语交汇处。

滨海省份。每一阵咸味的风吹来

都使葡萄园壮大。

在红色和白色的别墅之间，迷楼——

上半个世纪传教士的杰作；

但如果不把临近的房地产公司与最远处的

那片眺望大海的岬角也包括进来，

它能否构成灵魂的全部风景？

商摊已斜向带岗卫的深宅大院，在政治

与夏天之间是一个松弛的海湾。

（而更为松弛的，是在一首悲歌的斜坡

与喜剧的肚腹之间）

还有什么不可消费的？除了

低垂于海平线上的乌云，仍在发出暗示，

使一个侧身向前的泳者无端地停住。

"我就这样给你写信：从街头所遇

到偶尔透过窗户的海蓝色"……

（只是昨夜的梦仍让人不解其意）

"多年以来我们为某些东西所支配，

比如说肖邦；这一次我没带上他的音乐，

却发现我同时是我自己又是别的"……

"你怎么样，在异国？我想和你说话，

我知道只有一种声音难以构成生活，

为什么我们一再抑制自己"……

（现在，海似乎更蓝，也更眩目了，

这又是一种诱惑。也许在写作中我必须

远离此地？也许我还必须学会退出

自己的话语，如果能够？）

1994 年 8 月

选自王家新著《王家新的诗》，人民文学出版社 2001 年 7 月版

夜歌

扶桑

暗红的花朵一瓣瓣合拢

把凉凉的夜露含在口中

一些昆虫开始做梦

草叶的帐篷下，另一些

尖着细细的嗓子唱起求爱的歌

是时候了，我圆圆地噘起嘴唇
以接吻的姿势
吹灭，你左眼里的月亮右眼里的星

1994年9月2日

选自扶桑著《扶桑诗选》，长江文艺出版社2009年10月版

赞美

臧棣

骑着月光，赞美
来到我用双手抚摸过的地方
来到我的花园：一本打开的书
暴露出它轻颤的乳房。从那里
散发出的芳香弥漫
一直渗进记忆嗡嗡鸣叫的躯体之中

骑着月光的马匹
像一个陌生的女人
赞美来到这座城市午夜的肩头
我白皙的手指正栖息在那里

赞美来到：像一个周末聚会上

最后一位推开房门的客人，一位用迟到

从日常生活的悬念中制造出诱惑的艺术家

因为我们之中有人已感到失望

另一些已怀疑她还会不会赴约

甚至认真到打了赌

这与一个神秘的邀请多少有关

赞美来到。在哲学的海关

没有遇到任何麻烦。一次早已策划好的旅行

但对于我，它更像是一次叙旧

赞美来到。它是另一种赞美

与常见的赞美：一个漂亮的面庞

对于世界所显现的含义无关

因为彗星已提前擦亮了我的眼睛

但是很遗憾：没什值得赞美的事情

更不要说奇迹。尽管是此刻，尽管是在深夜

1994 年 11 月 2 日

选自《人民文学》1997 第 1 期，后收入臧棣著《燕园纪事》，文化艺术出版
社 1998 年 3 月版

焚

贾薇

谁站在桥外
偷窥
我的自焚
我兀自燃烧

你们
与我一桥之隔的人
站在桥外
我冲动的火焰的浓烟
震颤并轰鸣着
飞越你们的头顶
头痛吗
我这样疯狂地燃烧
会激起
你们的欲望

只有一个人喊我的名字
当火
烧过我的双臂
我听到一声虚渺的叹息
在冲天的火中

我被自焚的快感笼罩

在焚毁的咒语和歌舞中

难以区分

谁在喊我

谁会在这晃动的雨夜

将我从火光中剥离

我站在桥外

孤寂而疲惫地燃烧

想火焰通过我的身体

在头顶

开成一朵花

一朵诡秘的花中之王

我想你们站在桥外

能理解我

鲜明的内容

我端坐火中

没有表情

没有言语

自焚的快感从始至终

1994 年 11 月 7 日

选自杨克主编《90 年代实力诗人诗选》，漓江出版社 1999 年 5 月版

赞美诗

非亚

在你的一生中一定有一个人在等你
他可能是一片湖水，幻影
一个梦中的姓氏，声音
树叶和飞动的鱼

他出现，徘徊
带着那古老的忧郁和脚步
在墙角，在
摇曳着绿色植物的回廊

猛烈的往事使下午伤心
星星点点的骄傲踩着散失的光明

当你对着镜子，穿过那无垠的丘陵
你可以触摸到风中的纸
石块里的狐狸

有人比我们活得更虚幻
有人比我们活得更漫长

（阿波罗飞船可以把宇宙变成玩具

日新月异的世界让一切成为单词）

只有父母在老去
只有光荣的激情在消亡

黄昏的云彩里不存在皇帝
不存在灵丹和青春术

木马在行走
河水在流动

当我们在桥上遇见另一个

请抓住眼前的稻草
请赞美现世的月亮

1994 年 11 月 10 日

选自杨克主编《90 年代实力诗人诗选》，漓江出版社 1999 年 5 月版

玫瑰的未来

沈苇

玫瑰已经活到今天，你摘下的那朵
就是所有的那朵，正如你热爱的女人
就是所有的女人

一个醉醺醺的人，一个全身沾满花粉的人
礼貌地拦住我的去路，问：
"你认识玫瑰吗？你懂得玫瑰吗？
我见过它，在火中沐浴，在火中歌唱，
——玫瑰的手紧抓住火焰的手。"

是的是的，我曾站在玫瑰的立场观察夏季
世界在火中发疯地旋转，世界清扫干净了
而玫瑰活到今天，没有开口说话
由于羞怯，由于血液中的骄傲
哦，我还知道那么一点：玫瑰就是玫瑰
当它近在身旁，就是一座炼狱
当它远在天边，就是一个天堂

1994 年 11 月 13 日
选自《人民文学》1996 年第 4 期

隐逸之地

凌越

隐逸之地，我们曾经遗失之地，
屋顶闪着微光，海湾张开双翼，
林中之路一直探进那绿色的心脏；
一个阳光歌手掠过海峡，

他手中闪亮的链条在风中飘荡……

在鱼的广泛的低音里，唤回那没落生活的狂欢花园。

但是栗树林早已经

收拾起沉迷于五月的心，

在泉水和屋舍的静静庇护中，

封锁意识的秘密通道，摧毁

借助寂静跃身于梦境的清晨之水。

而在天空运送白云和鸦群的征途中，

风的颜色更加昏暗，

推动着指向自身的隐喻之词；

中午的人，宁静与梦想已不复存在的未知世界。

选自《新诗人》1994 年创刊号，后收入凌越著《尘世之歌》，上海文艺出版社 2012 年 4 月版

香港历史明信片

梁秉钧

我们寄出的图像已经修补过
是我们未曾经历的风景
              我在背后
写上私人的问候，在方寸里
我若告诉你最隐秘的忧虑与担心
可会在无数陌生人中间流转，展示
在好奇或冷漠的眼光中，把褐色的油墨
漂得更淡更浅，直至那些跑马地的茶园

摆花街的花档、从事各种营生的小贩

像一个在树枝上纺线的老妇人

逐渐消失了影踪

　　　　　　我在打量生产的图像中间

挑选，不知怎样向你传达个人的讯息？

我无意夸张马场的大火，或是风暴中

在港口沉默的战舰，我不是度假的游客

给你在灾难的场景旁边写几个字：

我们动程往上海去玩了！我不是

投机掮客或殖民官员，爱把异国情调的

影像寄回老家：留着长辫吸鸦片烟的

赌徒、歌女、拳师或是人力车夫

我厌恶地翻过去，我无法否定

他们的存在，但我当然亦无意用来

代表我们

　　　　　我在影像的旁边写字

潦草的字迹有时写入坚尼地城的小路

摩利臣山的第一所中国人学校

大使团访华途中在此驻马饮水的水塘

总想问历史是怎样建构出来的？

许多人曾经在画面上着色，许多人

把街道改上他们自己的名字，雕像

竖起又拆下，许多人笔墨纵横的滥调中

我给你写几个字，越过画定的

分寸

　　　　我们如何在往昔俗艳彩图上

写出此刻的话？如何在它们中间描绘我们？

1994 年

选自《世界华文文学论坛》1997 年第 2 期

一生

宋晓贤

排着队出生，我行二，不被重视
排队上学堂，我六岁，不受欢迎
排队买来饭，看见打人
排队上完厕所，然后
按秩序就寝，唉
学生时代我就经历过多少事情

那一年我病重，医院不让进
我睡在走廊里
常常被噩梦惊醒
泪水排着队走过黑夜

后来，恋爱了，恋人们
在江边站成一溜儿
排队等住房、排队领结婚证

在墙角久久地等啊等
日子排着队溜过去

就像你穿旧的一条条小花裙

我的一生啊，就这样

迷失在队伍的烟尘里

还有所有的侮辱

排着队去受骗

还没等明白过来

头发排着队白了

皱纹像波浪追赶着，喃喃着

有一天，所有的欢乐与悲伤

排着队去远方

1994 年

选自《文化月刊》1999 第 3 期，后收入宋晓贤著《马兰花开二十一》有改
动，河北教育出版社 2003 年 8 月版

生者

南野

为什么必须为贫穷与自由忧患

让宝石停留在岩石中

当然不是忘却

在金钱光照下的生者

唯一畏惧着时间

财富，一瞬间的愿望与关联
被夸耀得何其漫长

当水死去，没有鱼撕破它的滞静
空气死去，没有鸟
撕开它的滞静
死者，这仅仅是一种评判
时间的马，不断将骑手摔下

生者拒绝着，创造者
失去沉静，盲目的水生者
跟随着影子前进
被阳光与暴风，改变着容颜

彼此相爱，诅咒果实
恐惧成熟，以及错过时机
被纯白的蔷薇装饰

生者，力图明朗的形象
太阳在永久地沉思
这透彻的力量，谁能够确切体会
我用阳光，烧开一壶水
如今，我痛哭我迟钝的智慧。

1994 年

选自南野著《在时间的前方》，人民文学出版社 2000 年 12 月版

死囚与道路

张枣

从京都到荒莽，
海阔天空，而我的头
被锁在长枷里，我的声音
五花大绑，阡陌风铃花
吐露出死
给修行的行走者加冕的
某种含义；

我走着，难免一死，这可
不是政治。渴了，我就
勾勒出一个小小林仙：
蹦跳的双乳，鲜嫩的陌生，
跑过未名的水流，
而刀片般的小鹿，
正克制清荫脆影；

如果我失眠，
我就唯美地假想
我正睡着睡，
沉甸甸地；

如果我怕，如果我怕，
我就想当然地以为
我已经死了，我
死掉了死，并且还

带走了那正被我看见的一切：
褪色风景的普罗情调，
酒楼，轮渡，翡翠鸟，
几个外省的鱼米乡
几个邋遢地搓着麻将的妓女，
几只像烂袜子被人撇弃在
人之外的猛虎
和远处的一只塔影，

更远一点，是那小小林仙
玲珑的，悠扬的，可呼其乳名的
小妈妈，她的世界飘香

像大家一样，
一个赴死者的梦，
一个人外人的梦，
是不纯的，像纯诗一样。

1994 年

选自《作家》2001 第 4 期

杨克的当下状态

杨克

在啤酒屋吃一份黑椒牛扒

然后"打的",然后

走过花花绿绿的地摊,

在没有黑夜的南方

目睹金钱和不相识的女孩虚构爱情

他的内心有一半已经陈腐。

偶尔,从一堆叫做诗的冰雪聪明的文字

伸出头来

像一只蹲在垃圾上的苍蝇。

　　1994 年

　　选自《诗刊》2001 年第 2 期,后收入杨克著《杨克的诗》,人民文学出版社

2003 年 8 月版

动物园

肖开愚

时髦女士摆脱黑夜连续的高压,

邀请我离开与他们肉搏战的房间

我们乘公共汽车去动物园

她谈起与动物相关的种种经历：

驱赶一群肥鹅从草坡扑进池塘，

笨拙的模样和散落的白色鹅毛

挽救了枯燥的旅途（因为没有胖子同路）；

另一次去郊区春游，她戴着红领巾

路过篱笆旁，被嚎叫的狼狗追咬；

有一年冬天动物冻死在动物园

积雪的墓窟里，剩下几只松鼠哀叫。

她突然用肩膀撞击我的肩膀，

"你呢，没有搂抱过宠物。

喂他们细粮抚摸它们的皮毛?"

我知道参观动物园就像读南美小说

隆重而野蛮，但我脱口说道，

"养过，好几头水牛和黄牛。"

我耗费了大量白天和夜晚

给他们洗澡，梳他们的尾巴和绒毛，

喂他们盐水、干草和青草。

当我抚摸它们皮毛鲜亮的画卷，

我为我的青春由温顺的畜生来展示

默默地愤怒，久久地骄傲。

那些母牛和公牛犁开过公社的土地！

采自精神战场的种籽每个秋季

收获盘旋的、轰鸣的饥饿，

兄弟们从庞大的空胃中仰看地平线，

起步走向厨房明亮的家乡。

混杂着汗臭和血腥味的往事

怎样才能重新诉说？她哪里知道

我描绘家畜野兽奇妙的笔记本

漂亮的蓝墨水已经褪色。

不冷场就得撒谎，"几个大块头

宠物"，我提供的暗示使她想象不到

田野和山坳才能够搂抱耕牛。

她发现我们相继走题，索性抿嘴

怪笑，"你肯定在乱说？乱想？"

幸亏公共汽车喘着粗气行驶，

汽油的浓痰把我们从人丛中隔离，

我让粉色谎言进一步扩大，

"是汽车摇晃倾斜了我的思想，

也倾斜了这张甜蜜的嘴巴，

我的舌头沾满了去年夏天

托人购买但没有买到的加肉豆蔻果酱。"

她似乎猜出并且赞赏我的假意，

假借十字路口红灯，很小地

吐出舌尖咬在两排牙齿中间；

是想要舔食我舌尖上并不存在的

又好似宁愿断舌也不要什么果酱。

猛地我想起，几年前她本人

咬在命运石磨狰狞的牙缝中间，

躺上手术台前夜，高个张生

重复陈腐的诅咒，抛弃了她，

手术后她自我诅咒，也抛弃了她——

北风和她并肩南下，在陌生城市
空旷的大街和废楼里游荡，
哦，宾馆里触目的女郎，是由
邪恶的手掌把飘拂的碎末捏塑而成。
"我们到站了。"她跳下汽车，
回望的眼睛投下责备的目光，
最好惩罚我半是猎奇的怜悯心，
而不公开抽打她那蒙羞的屁股。
"现在你喂养什么品种的猫？"
"普通猫。"我的闪念如何逃脱
她的眼睛？她迈向售票窗的脚步
像是被几个气球拖住。
"我请客！"我把硬币递进方窗；
"晚饭我请。"她拿过筹码丢进木箱，
提起裙摆跨进动物园的侧门，
哦，她的山坳宽恕了我的头昏。
不是我们（你们污秽的手，
我粗暴的回忆）扒光她的衣服，
她哪会用娇嫩的肌肤来测量事物？
吵闹的教室里，她身着西装，
打课桌与课桌间狭长的过道
走上讲台，讲解平等交换的公式，
她父亲，矮瘦的猪猡，九十八斤，
站在绿色门外喜悦地偷听。
"真是变了，这些蚂蟥，"她和我
首先来到水族馆，"进了动物园！"

蚂蟥短促的蚓身涌到透明箱壁，
朝游客蠕动，我们的气味兴奋了
它口中的钢钻，它们像毛发一样
刺进皮肉，大家所以原谅它们
容颜丑陋："蚂蟥算动物?" 她忍不住
掉头再问。"别看蚂蟥小而软弱，
吃人比得上鳄鱼。" 这是瞎说。哦，多么模糊
六月的下午，下稻田除草；
师傅讲，蚂蟥进入肉里和子弹
进入肉里推迟爆炸同样痛苦；
我们没有人受害，我们的小腿
抹遍肥皂。"想吃人，" 我补充说，
"不那么容易，蚂蟥毕竟渺小，
在动物园里就算是动物，
玻璃箱和那些邻居都是残酷。"
"鳄鱼馆在哪里?" 她恣意捉弄
我的耳朵，还在憧憬鳄鱼
黑暗的口腔合拢乌云，
把动物园变回昔日的阴森?
为何再进敞开的房间，为何
再度领受穷困孤儿的毒牙?
"他们食肉量过大，" 驯养员为园里
喂不起鳄鱼忍受荣誉的折磨；
我跟紧她的失望，告别吐气泡的鱼群，
循吼声、吼声，找到怒跑的狮子。
你们看哪，狮子靠着栅栏坐着，

满身金条在斜阳的光照中抖动。

"这头堕落的母狮，这个富婆，

瞧我的喜剧！"我跃身扑向狮笼

挥舞报纸卷成的炮筒，狮子好像懂得

我跳起是为了影子飞向身后

拍打女伴的额头，视而不见吐着长舌。

她大笑，狮子才不稀罕你跳狮舞，

翻过铁栏挑衅，富婆或许垂青

你年轻的肉，或许让你饱享一串

腐臭的呃气，她厌倦豪华的皮肤。

我高兴，又感伤，温情回到她身上，

沮丧的烧酒却占领了我的大腿，

两条重腿扛着我离开过每个单位，

老爷们拒绝管理我的自由，安排

这身多余的肌肉，哦，大腿，走吧！

她挽起我的手臂，"去看大动物

怎么样？这只波斯猫（指老虎）

和这块花毯（指豹）都睡着午觉，

我们先看大象河马，再看雀鸟。"

她面容明媚集合起秋天下午

全部果实的饱满颜色，多么耀眼，

扭转了我沉重思想的万花筒。

我自己，而非日历，带我来到今天，

她呢，花苞身体命令她开放。

脑子邪恶的忧虑放弃我——她裙子

和修腿摆动的阴影代替时间肉麻的阴影

解放我的警惕和鼻子，香水埋葬霉味，

大象的灰色躯体侧翻，坚固的空气

和墙壁震动，"起来，"她吆喝，

"站起来!"大象如同大地本身站了起来

塞满巨大的空间，鼻子弹出，

卷住高高抛去的奶糖；"再来，

接住!"这一次，妩媚的鼻子卷住香蕉。

可是马上，它抛回糖丸和香蕉

茫然默立，使我们面对本能的抗拒。

她轻哼小调拉着我一路小跑

来看河马翻身，溅起水柱和浪花，

朗朗笑声在我的狭窄的脑海

掀起仁慈的波涛，自臀部与死亡交易的深海

缓慢地，她的灰色鱼身翻动了。

肮脏的快乐及其渣滓留在酒店里，

走出酒店大门，步行回家，

她满身疲惫，钱包装满生活的精华；

剩下的两样都是纯粹的，易逝的，

她现在就穿着廉价 T 恤，快活尖叫。

"有人欢迎我们，你瞧!"猴山上，

猴群奔腾而来，彩色糖果飞行，

当猴子剥糖纸，她抛出最后一把。

"在峨眉山，猴子搜光所有人，

只放穷光蛋通行。"她嘲笑我

被猢狲撕破裤子。"那可是孙悟空啊。"

我打趣她，"再说那场献丑的事故

不过是个故事。"这里猴子倒是现实，

绝不幻想爬上陡峭光滑的池壁，

她递给我一粒，回望枯黄的一片。

我听到，接着看到鸟的合唱团，

婉转的声部，绚丽的羽毛，

蓦然明白，美妙就是兽性的一半。

欲望秽浊的舞池里，涡流旋转。

卷走腐烂的形象，裸露出婴儿

纯洁的身体。"何况这是动物园最后

一个展区。"我央求她多呆一会，

在这座美丽的竞技场，每一瞬间

都可能手挽鸟后，相互耳语。

1994 年

选自肖开愚著《肖开愚的诗》，人民文学出版社 2004 年 6 月版

秋

黑大春

杯盏喝令杯盏；野菊传诵着野菊

路径细长的蛇信子咝咝地——岔分天际

随着我一声响彻方圆数里的嗯哨

藏青色发蓝的丘陵，牛头齐刷刷地抬起

尘霾的现实生活中我混得不济

可回到这午色澄黄的梦景，我转忧为喜
藏匿藤叶间的神明的指环反着光
自河对岸；自一爿爿排箫似的金色樊篱

谷穗状的窸窣的阳光，刺痒马背
我的肌肤也密集地泛起感恩的小米粒
而脑后——那垩白而空静的场院
飓风般的鸟群轰地唤醒雷暴年代的回忆

我们这一辈祖国隐患与灾祸时期的
斑竹的姐妹们；向日葵击节吟游的兄弟
到如今，湮埋的湮埋；疯癫的疯癫
甚至有的尚未被命名，便彗星般地陨去

秋天！你为何身怀抱歉的麦子
为何胸佩荒山大河上那岁岁祭献的茱萸
当你良久远眺黑柏所环绕的坟冢
粗糙的脸颊缓缓淌下琥珀色松脂的泪滴

悲欢抑或荣辱?！还有什么值得顾忌
引领我吧！同胞弯曲的脊椎制成的耕犁
无论我是最后一个浪漫主义诗人
还是重归紫微家园第一位赤脚的先驱

我都将歌唱！矢志不渝地歌唱
并在停歇时述说……朝行将就木的世纪

朝那从兽骨缝隙和扇形的车辐间

渐渐收拢回橘红夕光的世纪，深深一鞠

1994 年

选自《诗刊》1995 第 7 期，后收入黑大春著《黑大春诗歌集》，长征出版社

2006 年 11 月版，此诗后来略有改动

独白

娜夜

被称之为女人

在这世上

除了写诗和担忧红颜易老

其他

草木一样

顺从

1994 年

选自娜夜著《睡前书》，中国对外翻译出版有限公司 2013 年 8 月版

1995^年

火焰

韩作荣

一

当火被窃取，摩擦的欲望
在木然与焦灼中苏醒
我相信一切火的壳体都是黑的
如同灯盏只能在昏暗中点亮
哦，空无与固有，谨慎的探寻
物质借雪莱的口言说
——让我死去！昏倒！我虚弱无力！

或许，只有枯干与纤弱才易于点燃
蓬乱、轻浮架设火虚妄的路途
火被茅草引发，脱卸烟缕
露出罂粟的体态，火
在动荡与跳跃中意味着什么？

无中生有。哦，黑色的睡眠，惊扰
微小的游移，瞬间的爆发与亮丽
朽灭的灰烬。生命匆匆流逝
竟无法挽留。可火焰
你是柔暖的温婉还是灼伤的恐惧？

只有光芒是纯净的，浮升于火焰之上

是的，我说不清火是什么。火
并非液体却能迅疾地流动
不是固态却有轮廓与边缘
也非气流，却温热了肺叶与毛孔
嚣叫的声音。无法猜度的自由
温煦与毁灭。灾难。欢乐。畏惧
迷狂。死亡与新的诞生
都是火的名字

火。哦，你辉煌的圣典
从物质的深处升起
又能抵达一切物质的深处

二

火存在于黑暗中最黑的地方
垒积的时间。坠落的音响。虚设的真实
你孕含着火焰而不被灼伤的物体啊

哦，看不见的光芒，感知不到的热力
石头以零乱、沉重壁立着坚锐和痛楚
地下的水在骨髓中流淌
热烈和阴冷合而为一
煤炭没有燃烧，宁静的碎块和粉末

用黑暗敛聚光芒，堆积成黑色的
轻松的石头，等待消失的石头

面对石炭，潜在的火和热力
窃火者却在冷态地燃烧
那是一种内在的觉察，智慧与朴素的深入
在地底、岩层之下
脸颊的光泽黯淡，须发灰白
于无声的缓慢燃烧中
火渐渐逼近内心

煤炭没有燃烧。将隐匿的火送出地面
是一种袒露的埋葬
世界上所有的炉门都已打开
像大大小小的疯人院

　　　　三

从稀薄到浓重，从一丝到整体
虚浮的游移，迷离的味觉
肌体因轻盈而滞重
感觉因重浊而失去了重量

火用透明隐藏它的存在
如同我不洁的幻想，卑微的呼吸
气态的透澈，液体的透澈

没有遮掩的声音。这世界
只有聚合与离异，浓重与轻浅
抑或貌合神离，没有什么会是纯粹的

由静默而感知紧张
于黯然的喘息中压抑
火依然是气息，却将血液点燃
依然是水，却将喉咙割裂
没有颜色的火焰会悄然焚烧着膏脂

可我并没有触及火。尽管燃烧的木桩
半截蜡烛，让我感到自身的缺失
抑或热辣透出肌肤，脸颊浮一抹胭红
耳热、心跳，血的喧哗与骚动
都和火无关。我无法进入火焰
乌黑、透明、水、气体及其一切
都不是火，只能在火中消失

面对火焰，我们被光吸引
却被热力驱赶，只能站在火的边缘想象火
一只鸟无法从火中衔回失落的羽毛
一支笔无法描画灵魂的形体

四

雪落在雪地。寂静

环罩雪的清芒
一只红腹鸟从眼前掠过
哦，孤独的鸟，我是孤独的

世界、鸟、雪地、我和蜡烛之间
维系着什么？雪没有融化，鸟失去踪影
蜡液沿着泪渠流淌，可这一切
都纳于我的内心

梅花上的雪，虚假的火与光的凝结
只是幻象
花没有体温，雪依然冰冷
将手伸向烛火，才感知火与我的存在

遐思的夜晚，雪光与月光纠缠
你如何区分两种不同的光亮？
月的清辉，六瓣的雪
仍旧是火光遥远的遗存

今夜，这一切都随着烛火跳荡
光松软得失去清晰，往事模糊不清
只记得油润、澄澈、单纯且明亮的眼睛
除了这些，还有什么会让人记住？

五

没有谁知道野火的缘起
火桀骜不驯，迅疾地飞走
没有形体却将一切化成自己的形体
没有喉咙却能啸叫、嘶吼

用水的柔软把水舔干
用风的流速把风吞噬
用红把一山苍绿涂黑。或许，只有火
才能将一切坚硬与锋利摧毁

没有什么能阻止一场大火
只能用火去阻挡火，用毁灭去阻止毁灭
纵然天空以雨的泼洒收回火焰
火依然羁留在残余物中等待火光

在火中，没有什么会牢不可破
而越艳丽的色彩越让人恐惧
经历灾变，火酿成一种疾病
最初的惊悸使我一病多年

六

分开。隔离。我们需要温暖、光亮

　　却避开火自身

那是一种紧锢中的亲近。我知道

火的名字也叫疼痛，只要人还活着

火以不同的颜色深入眼睛

以各自的气味进入鼻孔，以适度的温热

　　萦绕、渗透肌体

火只是种种性质、只是无序的流动

初火是细弱的。火钻出浓烟

便从阴影中展示亮丽。新火明艳、猩红

而白炽的火已无迹可寻。晶莹

剔透。随之老去，黯淡

于灰烬中消失。于意识中火已非火

成为隐喻、精神，让人想起灵魂和境界

于世俗中我们常常忘记火焰

只记住了烹调和烟草的气味

　　火的果实与变幻的形态

可火是不能忘记的，不时会悄悄

咬你一口，提醒它无处不在的牙齿

　　会将一切都当成食物

　　　　七

火焰灭的夜晚，猫闪烁的眼睛

　　会让一张纸洁白
诗人在空无中描绘幻象与灵魂的形迹
可我想起飘忽的萤虫，野狼目中的欲火
　　和白骨间冷冷的磷绿
在没有火的地方，生命散失着光芒

光亮中的消隐，消隐中的光亮
灵魂的灯盏闪烁不可捉摸的形态
或许，我只能以阴影证实白光
用遐想围绕星空中的暗夜

在夜路行走，即使星光泯灭
足音明亮，仍照彻寻梦者的家园
雪遮掩不住，雨无法浇熄
一场大风也吹不灭一个人

哦，生命因土而成形体
因水而柔软，因光而成轮廓
可火炽烈于生命的内部
泥胎在火中成为瓷器，不易朽腐
可那是漂亮的死亡，僵硬是另一种摧毁
生命是柔韧丰盈的
隆腹的花瓶并没有怀孕

八

焚化、驱使，色调的流变与白热

火纯粹的呼吸让一切物体荡漾

残渣从火中排泄出来

　　　成为消化的终止

从石头中取出玻璃和钢铁

物与火的流淌，分离与凝聚

透明和单纯只能诞生在火熄灭的时候

让情绪冷却，让暴虐与癫狂凝止

　　　火焰留下平静

物在命名中与原初离异、疏远

　　　填充虚妄

可物质没有道德也无须纯粹

只存在特质、差异，不同的形态

玻璃只在语义中断裂、破碎

钢铁只在意识中沉实、坚硬与锋利

也许纯粹只是消解，与死亡为邻

那是白火之上的光焰，只能感知

没有形体。有如无声的挽歌

消失中的存在。记忆。猜想

夸张中的真实。心的抚慰

或许只是本能及潜伏于意识下的一切

无从寻觅，一切刻意的追索都是徒劳的

九

那被称之为火的存在

妙奥、新奇

飘忽、炫闪，在目光中动荡不定

对于我，它只是一个汉字，障碍抑或启示

瞬间、长久的流动，灭绝与死灰复燃

温情、惨烈、驯服和狰狞……

哦，接近与远离，驻足火的边缘

或隐藏在内心，我感受火的热力

也慨叹时间与光芒的残酷

火是无法言说的。语言的逼近

　　成为与火的疏离

用意象砌垒诗行，只能将火隔开

或许，我只能以游离面对炫闪

以曲折接近流动，以迷离困惑于虚妄

对于火，其实我什么也没有说出

用笔尖驱赶的疲惫的字符

也只能在火中化为灰烬……

　　1994 年 3 月 8 日—19 日写于北京

　　选自《诗刊》1995 年第 2 期

在边缘以外

曲有源

我的一切都是在懒散中
丢失的
何况世界
也并没有
因此增加了什么

不拖着自己的心
是走不出
这边缘以外的地方

已往的足迹
不过是种牛痘时
留下瘢痕

鞋子怪可怜的
它是因为没有翅膀
才渴死在路上
不然
那该是一行归雁

之后做什么呢

还是不必想吧

把自己

被自己篡改的那一部分

弥补了

再说

    1995 年 1 月 21 日

    选自《诗刊》1995 年第 7 期，后收入杨克主编《90 年代实力诗人诗选》，漓江出版社 1999 年 5 月版

雁队

汤养宗

多么辽阔的梦想者的事业！

一整个编队的玻璃在行动

身体挨着身体　心房挨着心房

多么有力的让浮云吹血的证据

团结　高迈　不携带财产

让人怀疑那纯净的目的地　是

为梦而梦的盟约

被自己的热血高举着　它们以距离说出

这座城市这些山冈已不再重要

我心头的焦灼有没有答案　它们

浮现在我们头顶　与我们无关

又揪住我们身体里的骨头

要我们一同入伙　给我们一副假设的翅膀

只有仰望还在支持我们的温暖和善良

那整齐地布置了众多翅膀的热血

一代也没有节省健康的长度

它们夺路而去　向深处行走

家园在于它们已经全部解除　如果是逃亡

有没有走向幻美的逃亡

这些白云中的心脏　玻璃的心脏

明亮　神秘。在它们下落之前

我已不再承认天空中还有别的运行

它们秘密的福祉肯定比我家中的眠床更高

那风中的拐弯是不是世界的爬坡

哦　血在吹　我们的精神有了敌人

这些只携带热血的精灵　它们遽然

还活在世上　是什么养活了它们

是什么样的远方　路至今没有半点错误

我无法看清那些干净的脸

而白云里封锁的去向　我有没有权利

与谁一起试着走过一遍

1995 年 1 月

选自杨克主编《90 年代实力诗人诗选》，漓江出版社 1999 年 5 月版

春天的早课

　　——给朱文

刘立杆

光是想想就让人激动。
光是骑车在大街上
看见那些摇曳的树，轮子，还有
穿裙子的姑娘，就叫人激动。
你季节性的虚弱
又算什么？不过一根疯长的
狗牙草。而猫狗们要站起来
赞颂它们的夜晚。

我感到有股欲望，它用力
拉扯着我的心。我感到
这块二十八年的
老怀表跳得发慌。一个人
在镜子前观察气色，他已经足够
坚强，但还不能抵御春天，
那美好的接触和细菌。

我愿意就这样躺下，为了
尽可能在潮湿的草地上
多待一会。别担心，我对自己说。

别管那他妈的意义，

就这样盲目地干下去——

其实，我们并不能

把所有的日子细细剥开。但那颗

喜剧性的核就在这儿——瞧，

我们干得还真不赖。

1995 年 3 月

选自刘立杆著《低飞》，河北教育出版社 2003 年 8 月版

公共场所

桑克

那人死了。

骨结核，或者是一把刀子。

灰烬的发辫解开，垂在屋顶。

两个护士，拿着几页表格

在明亮的厨房里，她们在谈：三明治。

这种火候也许正好，不嫩也不老。

一个女人呆坐在长廊里，回忆着往昔：

那时他还是个活人，懂得拥抱的技巧

农场的土豆地，我们常挨膝

读莫泊桑，紫色的花卉异常绚丽。

阳光随物赋形，挤着

各个角落，曲颈瓶里也有一块

到了黄昏，它就会熄灭

四季的嘴，时间的嘴正对着它吹。

阴影在明天则增长自己的地盘。

药味的触角暂时像电话线一样

连起来，柔软，缠绵，向人类包围：

谁也不知道什么戏公演了。肉眼看不见

平静中的风暴，相爱者坐在

广场的凉地上，数着裤脚上的烟洞究竟有多少

1995 年 4 月 2 日

选自桑克著《桑克诗选》，长江文艺出版社 2007 年 12 月版

诗人命苦

食指

孤独地跋涉人生旅途

看透红尘才略有所悟

诗人命苦；当夜深人静

地下天上，才辟条大路。

一阵恍惚如青云平步

有流星划过似走笔不俗

不虚度此生，有白纸黑字——

惊人之作，我一笔呼出！

1995 年 4 月

选自《北京文学》1998 年第 4 期

黄昏

姚辉

一丝风掠过了祖先的脸色

在放弃歌唱之前

我的歌唱还有多少意义呀？

祖先在纸上　燃烧

一丝风里　消失的岁月

将再次静静　消失

是不是仍旧有许诺的可能？

这样的时刻　无数骨头撑远世纪

是不是　还得依靠火焰

改变所有倾斜已久的文字？

我已看不清黄昏怎样到来

凝望被鸟翅带走

我看不清

苍茫可以容忍的千种形势

而一盏灯说出了预言

一盏灯：时间腰部

一个陈旧的琐事

涉足黄昏的人难以归来

在我仰望的天空中　手势晃动

闪烁的灵魂　正走向

一些星星般的位置

1995 年 5 月 10 日

选自杨克主编《90 年代实力诗人诗选》，漓江出版社 1999 年 5 月版

墙壁紧密地镶着一面镜子

马莉

池子里的水

昼夜在响着

我喜欢这种行动

因为我喜欢一种优雅的舞步

我已从墙壁的阴影里

走出来

只须从卧床上轻轻　轻轻一跳

一下　两下　三下

就可以直达化妆间

那里有一面巨大的落地镜子

这墙壁如此紧密地镶着一面镜子

如此紧密

其实　在这之间

隔着一堵阳光气息

花园在假想之中

风雨飘摇

亲爱的敌人躺在草地上

血流如注

我早已

像受伤的鸟

跳跃着走进去

又跳跃着走出

几乎奄奄一息

等待着　束手就擒

可是　池子里的水

昼夜在响着

我一点也不仇恨这些事物

因为我坚信

墙壁紧密地镶着一面镜子

正如

亲爱的敌人

当我想念你的时刻

我们之间的界线

就变得更加绝对

我喜欢池子里的水

昼夜在响着

只有我能够拯救

亲爱的敌人

和我自己

这是一场革命行动

我须义不容辞

1995 年 6 月 14 日

选自《诗歌月刊》2004 年第 7 期

内心生活

蓝蓝

我在想，有一种事物

与别的不同。

仿佛无花果。

仿佛一道耀眼闪电的前后

短暂的静默

那强烈的光芒，

像一盏灯亮着，

被无尽的黑夜围绕。

如果快乐的风来了，

它就会熄掉。

——是的，唯有痛苦

　　　在静静燃烧，

在它充满活力的内心，

慢慢产生了丰年里的

果实，花朵。

1995 年 7 月

选自《人民文学》1996 年第 8 期，后收入蓝蓝著《内心生活》，春风文艺出

版社 1997 年 10 月版

读到树影的雨夜

海上

被树影诱惑　爱上这个世界

同时这种爱一起被树影吓得无影无踪

我倚在世界刚命名的气候中

听突如其来的一场雷雨

所诅咒的句例

从四月一直咒到八月

几乎是全部的獠牙在风声里闪亮

撕破的嘴角

雨水的无神论的黑夜

凡是撕坏的空间

都有最近的日光泄漏出来

直至捅破的一页情书

我从这些光景里

读到憔悴

1995 年 8 月 16 日

选自杨克主编《90 年代实力诗人诗选》，漓江出版社 1999 年 5 月版

浴后的苹果

卢卫平

从未像今夜这样　认真地

欣赏一枚苹果　你静静地端坐

在瓷盘中　像油画中的孕妇

丰盈　洋溢着圣洁的光辉

是谁　摘下这枚苹果

是谁的手　在繁密的叶丛

第一次抚摸你的贞洁　那双手

肯定还在　莫名地颤抖

我嫉妒那个人　可我更珍惜此时此刻的

自己　我比那个人更接近幸福

更能体味 什么叫拥有

1995 年 11 月 13 日

选自卢卫平著《向下生长的枝条》，中国文联出版社 2004 年 7 月版

祖国之书，或其他

孙文波

1

八月又要来临。这一次，在悠长的历史
和短暂的现实之间，他成了一个
梦游者。商业社会的浮华绚丽，
金钱像狼犬似的凶猛追击，使他
在这座城市又越来越远离这座城市。
现在，他比任何时候都希望时间
消失了它的线性。他已经不知道生还是死。

2

自由的小喇叭始终吹响在他的体内。
他把自己武装成世俗制度的敌人。
在夜晚望月，他渴望天空，"不是神祇
的生活，算什么生活？"炼丹术的火
在他体内熊熊燃烧。"终有一刻，

我的身体会轻如雨中的燕子。帝国，
你的都城，你的官吏，都将是一抔沙砾。"

      3

他啊，荣誉感已成为深入骨髓的病。他啊，
心中的小算盘天天都在拨拉；怎样
才能使世界充满他的崇拜者。二十岁
的激情掩饰四十岁的虚伪，使他
赚得了很多人的羞愧："我们都在衰老，
他却还在以孩子的眼光打量世界……"
世界、世界，他最大的欲望是它成为小菜一碟。

      4

狎妓冶游，终日出入于茶楼酒肆。他
找到了医治战争灾难的药方。他
开始以石头眼珠，木柴心脏与世界周旋。
家啊！风中的浮云；妻儿，水中的
青萍。都消失了。他不再需要。
他以醉态抨击自己过去的理想主义：
皓首穷经，济世治国，不如杯中一轮明月。

      5

是他把地狱塑造成书籍的模样。黑色的

和白色的判官，灯笼眼的阎王。

是他的禁忌改变了死亡的含义，人

看见了自己的反面，苦难上面再加上苦难。

是他使怜悯和哀求像种子一样，

在心灵上疯长。可是他，留下的

却是风和雨、星辰、草莓、树一样的形象。

6

"国家还是旧的好。"这句话使他成为

前朝遗老的拥戴者。旧的典章，旧的礼仪，

也因此包围了他。他获得了遗物的

性质。日月星辰，季节的更替，仿佛

在他那里不再发生。他说话，那是

死亡在说话。他聆听，那是死亡在聆听。

一个旧的器官，错误的喜剧的器官，是他吗？

7

围绕着小巧玲珑的庭院，在精雕细琢的

廊柱，假山和池塘，他找到了

一个国家的精神。他发扬着这种精神，

使它遍地开放犹如罂粟。迷幻的美，

孱弱的美，滋养着国家道德。而他就

站立在道德的台阶上，一步步向上攀，

直到和道德融为一体，成为道德的化身。

8

从来不知道向世界索取什么，退避

成为他的原则。一个篱笆小院，几亩田地，

构成他呈现给时间的全部图景。

鸟啼的释语者，蛙鸣的聆听者。他

这样给自己命名。遗忘。遗忘却

二律悖反了，它使用了语义学的花招，

使他被世界紧紧抓住，紧紧，犹如水果落入掌心。

9

这致命的一击来自哪里？是他对自己

心灵的拷问。物理学对事物中小的发现，

让他看到大恐怖的诞生。科学

在他的眼里不再是美丽的。他不得不

反复问道："我懂得科学吗？"到了

弥留前的一刻，他说出了："啊！和平，

不是科学。我的一生充满了可怕的虚伪。"

10

呼啸于山林的声音是他的声音。

他比所有人更乐意做黑夜的主人。

练，再练，直到从人类中退出去，

直到肉体不再是肉体，这是他的愿望。
而当他犹如闪电一样出现在他的朝代
的末朝，人们却将他看做世界箴言：
事物总是隐藏着秘密，肉体是时间的礼品。

11

坚船利炮，高鼻梁的神，改变了他的信仰。
使他的命运一下子从中心滑落到边缘。
洋行里的小伙计，新语言的学习者，他
体会到了精神鸦片的威力。鼓吹，
啊！鼓吹，就像一个急先锋，他把
一生的精力都花在上面。"一个叛徒，
一个假人。"最终，他在自己的国家失去了国籍。

12

他以急躁和粗暴著称于世。日夕骂娘，
是他的家常便饭。当无数人在书籍中寻找
着幸福，他将之看做悲哀的源泉。
"可怕的奴役就在其中。"为此他就像
一台不知疲倦的机器，四面八方
与人开战。到了最后，他甚至成了
战斗的化身，可以反复抬出来照耀天地的镜鉴。

13

把怀疑主义当做自己的黄金铠甲。他

看到诡辩术的美丽。每一个都是

潜在的阴谋家。于是，只有杀，

才能保护自己，被他发展成面对世界的

哲学。熟练运用这种哲学，是他献给历史的奇异风景：人民啊！

长大脑是多余的，是生物进化上错误的一笔。

14

对事物假想的真相的迷恋，是他

苟且偷生的理论依据，失去脚有什么？

思想还可以行走在大地。他也的确

这样干着，纵横在已经消失的事物中，

寻找着可能复活的生命。戏法总是

要变的。变、变、变，像万花筒，

他变出的事物，比事物的原貌赢得了更多人心。

15

骑在马上，他眺望着南方的风景，为自己

描绘出一生的蓝图，让大地在脚下

战栗。每位见到他的人都要跪下双膝。

精细的道德，高级的智慧，在他面前

成为滑稽的笑话，荣华富贵和权力

是同义词。而最终，他以灾祸制造者

的身份，赢得伟大的声誉和可怕的恶名。

16

当人们把漂泊等同于哀伤。他却把漂泊

看做自己的信仰。离开、离开、离开，

不单是离开出生的地方，而且离开自己的母语。

他在另一种语言中的眺望，改变了

自己灵魂的模样；一个永恒客厅的

借住者，一个家园在修辞学的变异中

的人。他的欢乐，他的幸福，建立在虚无上。

17

八月又要来临。这一次，他是轻轻地唱。

他唱出：梦境啊！它是我的故乡。

在梦境中我看见精神的生长。一个人

可以是所有的人；一个人，正是

所有的人。无限的力量使他生死两忘。

而在他的吟唱中，时间消失了线性；

过去就是现在。未来也是过去。生死皆苍茫……

1995 年 11 月

选自民刊《标准》1996 年第 1 期，后收入孙文波著《孙文波的诗》，人民文学出版社 2001 年 7 月版

泥土

李小雨

一把泥土
干硬的、粗糙的
柔软的、湿润的
一棵玉米穿过我的眼睛

有风吹过
泥土汹涌的声音漫过脚趾
牛和犁头站在很远的月下
在更远的地方
大河流在天边

有土，就有陶片，有灯
有汗珠说出的全部语言
就有驼铃，门就可以望见
就有珍藏万年的血脉
那是比生命更深厚的母亲的炊烟
它教会我说：热爱

一把土，有根有梢
哪一把泥土都是回家的路

选自《飞天》1995 年第 12 期

乘闷罐车回家

宋晓贤

腊月将尽
我整好行装，踏上旅程
乘闷罐车回家
跟随一支溃散已久的大军

平日里我也曾自言自语
这一回终于住进
铁皮屋顶
一米高处开着小窗
是小男孩办急事的地方
女孩呢，就只好发挥
忍耐的 天性
男男女女挤满一地
就好像
每个人心中都有位沙皇
就好像
他们正开往西伯利亚腹地
夜里，一百个
梦境挤满货舱
向上升腾
列车也仿佛轻快了许多

向雪国飞奔

我无法入睡

独自在窗前

把冬夜的星空和大地

仔细辨认

我知道，不久以前

一颗牛头也曾在此处

张望过，说不出的苦闷

此刻，它躺在谁家的厩栏里

把一生所见咀嚼回想？

寒冷的日子里

在我们祖国

人民更加善良

像牛群一样闷声不语

连哭也哭得没有声响

1995 年

选自《花城》2005 年第 3 期

棉花糖

张执浩

让我看看你被甜蜜封存的嘴唇，白天的牙齿

让我看看你在深夜走投无路

的样子，快活的泪水来之不易

你有一个轻飘飘的早晨

但南来北往的春风不止吹拂你一个人

在露天电影院门前嗑瓜子的

你，你要嗑几斤瓜子，才能学会栽培

向日葵？要吃多少糖，才能像我一样

满嘴假牙，在生活中装聋作哑？

让我看看一个被坚持下来的年龄

永远是三岁的表情，永远是问题

要么，永远是正确的。我望着

被无限延长的滑梯，被看了又看的

脸，你呀，你是不是

那位上辈子向我放高利贷的人？

让我看看月光下安安静静的你，为什么

像茅草叶上的露水

小家碧玉，蓬荜生辉

为什么在我身无分文时还要

让我碰上送鲜花的小人？

1995 年

选自张执浩著《苦于赞美》，武汉出版社 2006 年 1 月版

古别离

杨键

什么都在来临啊，什么都在离去，
人做善事都要脸红的世纪，
我踏着尘土，这年老的妻子
延续着一座塔，一副健康的喉咙。

什么都在来临啊，什么都在离去，
我们因为求索而发红的眼睛，
必须爱上消亡，学会月亮照耀
心灵的清风改变山河的气息。

什么都在来临啊，什么都在离去，
一个人情欲消尽的时候
该是多么蔚蓝的苍穹！
在透明中起伏，在静观中理解了力量。

什么都在来临啊，什么都在离开，
从清风中，我观看着你们，
我累了，群山也不能让我感动，
而念出落日的人，他是否就是落日?!

1995 年

选自杨键著《古桥头》，上海文化出版社 2007 年 12 月版

她的美惊醒了死者

俞心樵

1

五月多灿烂，诸神留下的垃圾被我打扫得一干二净

她和她们看到了我枕头上读者们送来的自编花环

而我几乎只看到她们中的她

我的君子兰在她的抚摸下多了一盆

我猜想她小小的手可以拎起一整个大海

为她明亮的眼睛，我换了一次血，并且刮掉了胡须

我还年轻呀，我多年轻呀，我几乎回到了初恋

小平房里翻滚着彩云般的花草的灵魂

我呼吸着，几乎忘掉了那些常来骚扰我的家伙

可见五月多灿烂，阳光像亲人们的肤色铺满道路

今日下午我跑到旷野上反观我置身其中的居所

呀，一切都不见了，一切都被五月的花草所淹埋

浓荫中，昨日坐在沙发上的她们尤其是她像船帆在摇晃

明日她又要骑车来看我，可今日我已生活在她的生活之中

2

她的美惊醒了死者

我是死者中最死的一个

由于生前在生者中爱得最深

她的美惊醒了我大脑中的祭坛
在月光下凡醒来的瓦片都是野玫瑰
凡野玫瑰都必然要献给她

她的美，她的美
即使我虚构出的美
再美也比不上她的美

惊醒了死者中最死的一个
这高于阿尔卑斯山的美极其危险
而我把危险让给了自己

　　　3

我要在汹涌的波涛上炒一碗菜给你吃
生活就要开始，尽管我们的青春过于沉闷
我要把我们的书斋搬进烈马一样的云朵，写下的诗篇
不是春雨就不是我的，尽管春雨中有一半是青春的泪水
我要把我的道路抬到更险恶的地方
在那里，自己的心灵就是教堂
现在我要把我的全部给你，先给你我的眼睛
它看到太多的饥饿、背叛与杀戮
现在看到你的剧照：你举着梳子梳理
梳理着……无论梳理着什么你都在微笑

我要遮住你的美中不足，用我鸦片般对穷人的祝福

我要、我要在汹涌的波涛上炒一碗菜给你吃

吃下它：你就会远离市场、交易所和鸡毛蒜皮的校园

我要搂住你小提琴的腰肢，要你在大海边舞蹈、歌唱

我要你战栗，要你从我累累的伤痕上摸出生活的本质

我要你梳理、梳理我胸中这团疲倦的乱麻

我要你把我摁在用月光和雷电编织的藤椅上

我要你哄我入睡，不要让我过早从梦中醒来

4

我已看清他们的嘴脸，当然包括我自己的嘴脸

小瑜，巨大的梦想给我留下一书斋的碎玻璃

我写作，继续以忍辱负重的方式提醒大家

我写作，在世界上建立起一个失败者的形象

清华园的火，未名湖的风

看到银杏叶，看到了我喜爱的陈词滥调

而那喜爱新词汇的人已经忘了老朋友

你再也留不住，被螺丝钉拧紧的云朵又一次飘散

噢心碎，我快要疯了

为什么颂歌下的人们更没有指望

我曾经把你从星空中抱下来在重现的时光中

啊我的人民大学，那时候是生命的直觉在喷涌

小瑜小瑜，你已不认识我了

你和他们一样都不认识我了

噢心碎！我的疯狂又怎能进入历史

在他的怀里你是玫瑰，在我胸中你是匕首

5

我是不是还活着？还在爱？在京城西郊

当我注视着你，同时想象你

同时想象天国的路障、验证与欺诈

暮色降临，黑暗像大笔遗产被我们继承

幸福？幸福仅仅是记住六月一日的那片丛林

我们坐在烈火上，像是石头的原形显露秘密

秘密？丛林上多少飞过的道路已经折断

也就是说，邪恶的事物已在若干公里之外获得胜利

而在丛林中，我们继续用不太规范的探索性语言交谈

该死的时间在我们身上涂抹原始森林和南非洲的浓绿

是的浓绿，我也在你的老家江西见到过：黑暗中的浓绿

在京城西郊，石头上人类的心灵至今没有形成

但恋爱的人在发光，踩过墓地的人手越抓越紧

但重要的是恋爱的人在发光，因此黑暗并不是坏事

从污水中伸出的辅导员的嘴脸也并不能吓住我们

我看到被世俗哲学弄浑的水上，拦腰挂起了你的忧郁的花园

繁茂的花草树木，丰富了我们对孤独的认识

我们还看到若干公里之外，汽车已辗碎大量梦想中的蝴蝶

6

说的就是那个辅导员，他在窥探、在随意闯入，扔下臭袜子

说的就是那个老讲师，他把欲望扩展到了妻子的背影后面

是升官发财的人们在百分比中促成了我巨大的贫困

哎多可怕！五月里好端端一个女孩将在父母挟持下忠于现实

将在寝室同学的叽叽喳喳中改写我的名字

现在我来到五月的旷野，天空涌动红白相间的富丽色彩

她冷酷的眼睛溶入翠绿的丛林中

这里没有榉树，但我要说她就是站在榉树下

一阵不明方向的风摇撼着穷画家朋友臆造的波普运动

欢乐时这里的每一棵树都是父老乡亲

颓丧时这里的每一棵树都是一种刑具

这里哪有什么树？只有我久久地伫立在旷野上

7

开始是一个手势：小瑜，请向受苦受难的人们靠拢

开始是一个手势：不要再和我谈论奴才的诗意和被阉割的艺术性

深巷与门户间有太多的陷阱，旷野和丛林中有太多的牺牲

可是天地良心，当那一天的风雨把那一天的爱吹向那一个地方

开始是一个手势，开始是……啊，我永不敢忘记

在爱情惨遭灭绝的地方是那一天的你使我生下了自己的父亲

那一天的祖国已是肉眼不可见的

是那一天的你告诉我，那个想请我制定一部宪法的人已经上路

啊永不敢忘记：开始是一个手势……接着又是一个手势

那个下雨的黄昏一切废物都插上翅膀

那天清华园的上空像是耶路撒冷的上空

那天海淀人的表情像是波兰人的表情

当我们骑车相遇在以忧伤为蓝本的五月笔下

这相遇必然是一台昂贵的组合音响。春去春又来

两种语文在寂静的轰炸中表达同一个模糊的意义

土地的内部是立交桥，土地的内部是星空

我们尚未证实，我们是否晕眩？所有的建筑是否都大雾一样飘散

那个下雨的黄昏，破沙发上你递给我的旧日时光

把纯金的波涛重又赶进我荒凉的小平房

啊小平房小平房，幻影叠现，你多汁的青春犹如一整个皇家植物园

　　8

我要表达的正是这些，当然不止这些

我喜爱你荷叶上洁净得不忍触碰的微笑，在没有荷叶的月份

我们照样可以绕过那池塘，你小巧的身体穿过若干记忆的裂缝

哎小东西，你配得上一整个大海，当然是我的大海

哗哗响的不是海水而是白杨叶子

我们要在石凳上歇息，别急着向永恒去

我要表达的正是这些，当然不止这些

我们在生活中活得太少，甚至少于一个夭折的 0

几乎可以下结论了：我们太累，太没意义

我们损害自己多少年啊，伤痕累累才懂得这一点点爱

终于有了这初步的胜利，终于有了复活后的抒写

终于又可以下结论了：现实并不强大，梦想并不脆弱

你小巧的身体正一点一点填满我的胸膛

　　　9

为什么恐惧的阴影又布满了我悬空的花园

谁说引领我歌唱的永远是爱情

不，爱情。当我把目光转向现实流水中铁的规律

那里漆黑一团，恰如海淀教堂的烛光全部熄灭

爱情的灾变曾经踩扁了我全部的梦想

我高傲的头颅像一张老式唱片，在两个哑默的音符间

长发疯狂地飘扬，我永不敢忘记我是怎样坐着雪橇逃出了天国

逃出。我必定是要来到人间，立足于苦难载歌载舞

我必定是要在人间创立孤掌难鸣的俞家诗歌

我必定是要疼痛，在多年之后的一个下雨的黄昏哭喊你的名字

我们必定是爱情，并且在传唱中被打碎、淹埋、又重见天日

1995 年

选自俞心樵著《俞心樵诗选》，长江文艺出版社 2013 年 8 月版

本卷作者简介

　　丁当（1962—），原名丁新民，陕西西安人，"他们"诗派三大代表诗人之一。与韩东、于坚共同创办文学刊物《他们》，被誉为 20 世纪 80 年代最重要的诗人之一。著有《落魄的时候》《收到一位朋友的信怀旧又感伤》《星期天》及诗集《房子》等。作品收录于《后朦胧诗全集》《〈他们〉十年诗歌选》等选本。

　　周伦佑（1952—），重庆人，著名先锋诗人，"非非主义"实验性诗歌活动发起人之一。1986 年与蓝马等人合办《非非》诗刊，并任主编。主编《悬空的圣殿：非非主义 20 年图志史》，选编《打开肉体之门——非非主义：从理论到作品》。代表诗作有《自由方块》《第二道假门》等。

　　王小龙（1954—），生于海南琼海，现居上海。20 世纪 70 年代末在上海青年宫组建青年宫诗歌小组。1981 年与蓝色灯创办实验诗社，自印 35 期实验诗刊。高级编辑，纪录片工作者，诗人。出版有诗集《男人也要生一次孩子》《每个年代都有他的表情》《我的老吉普》《每一首都是情歌》，随笔集《从悲情故事到生活喜剧》，影视剧本集《一剧之本》。纪录片作品有《一个叫家的地方》《莎士比亚长什么样》等。

　　苏历铭（1963—），祖籍云南，生于黑龙江佳木斯市，中国作家协会会员，中国华文青年诗人奖获得者。毕业于吉林大学经济系，先后在日本筑波大学、富山大学留学，主修国民经济管理和宏观经济分析。投资银行资深专业人士。自 1983 年起，在海内外杂志上发表诗文，曾获中国华文青年诗人奖。著有个人诗集《田野之死》《有鸟飞过》《悲悯》《开阔地》和随笔集《诗的记忆》。与人合作出版诗集《白沙岛》《北方没有上帝》《东北 1963》。

柏桦（1956—），重庆人，中国"第三代诗歌"的杰出代表诗人，与欧阳江河、张枣、孙文波和翟永明并称为"巴蜀五君子"。1982 年毕业于广州外国语学院英语系，后任职于西南农业大学、四川外语学院、南京农业大学、西南交通大学艺术与传播学院。著有诗集《表达》《望气的人》《往事》，诗论集《地下的光脉》，回忆录《左边——毛泽东时代的抒情诗人》等。

欧阳江河（1956—），曾用笔名江河、江帆等，原名江河，四川泸州人。1979 年开始发表诗歌作品，后任职于四川省社会科学院文学研究所，现为北京师范大学文学院教授。著有诗集《透过词语的玻璃》《谁去谁留》《事物的眼泪》等，评论集《站在虚构这边》，代表诗作有《玻璃工厂》《计划经济时代的爱情》《椅中人的倾听与交谈》《咖啡馆》等。其写作理念对 20 世纪 90 年代以来的中国诗坛有较大的影响，被国际诗歌界誉为"最好的中国诗人"。

孙维民（1959—），生于台湾嘉义，祖籍山东。台湾政治大学英语系毕业，台湾辅仁大学外文研究所硕士。十五岁开始写诗。曾获第十三、十五届台湾中国时报新诗奖评审和首奖，蓝星诗刊届原诗奖等多种奖项，诗作曾屡次入选国内外重要文学选集。已经出版的著作有诗集《拜波之塔》《异形》，散文集《所罗门与百合花》。另有论文集《艾略特四首四重奏之主题交织》。

杨黎（1962—），四川成都人，废话写作的理论阐述者和写作实验者。20 世纪 80 年代开始写作，曾与于坚、韩东等开创"第三代诗歌"运动。后与周伦佑、小安等创办《非非》杂志，是"非非主义"代表诗人之一。21 世纪开始，与韩东、何小竹、乌青、王敏、吉木狼格等创办橡皮先锋文学网。主要作品有《灿烂》《五个红苹果》等。

张小波（1964—），江苏南通人。毕业于华东师范大学，在 20 世纪 80 年代是"第三代诗歌"运动的代表人物之一，上海"城市诗派"的旗手。大学期间与其他三人推出《城市诗人》合集，代表作品有《中国可以说不》。

严力（1954—），祖籍浙江宁海，生于北京。旅美画家、纽约一行诗社社长、"今天派"主要成员、"朦胧诗"的中坚力量。1973 年开始诗歌创作。1979 年成为民间艺术团体"星星画会"的成员，参加两届"星星画展"。1985 年夏留学美国纽约。1987 年在纽约创办"一行"诗歌艺术团体，并出版诗刊《一行》。代表作品有《与纽约共枕》《黄昏制造者》《历史的扑克牌》等。出版诗集《酒故事》《严力诗选》《黄昏制造者》等。

张真（1961—），上海人，曾就读于复旦大学新闻系，后赴瑞典、日本、美国等地学习多种语言及文学和电影。1998 年获美国芝加哥大学博士学位。自 1998 年起在美国纽约大学艺术学院电影学系任教，2012 年始创亚洲电影媒介教研计划。现任美国纽约大学电影学系教授。代表诗作有《朋友家里的猫》《我和我的鬼》《我不满意》《流产》《游泳》《忧郁》《田园生活·驱车回家》《致重逢后的友人》等。有诗集《梦中楼阁》。

廖亦武（1958—），笔名老威，四川人，20 世纪 80 年代"新诗潮"代表诗人之一，底层社会学者，"新传统主义"运动发起人之一。曾主编《沉沦的圣殿——中国 20 世纪 70 年代地下诗歌遗照》。主要作品有《死城》《黄城》《幻城》《中国底层访谈录》《活下去》等，收入《后朦胧诗全集》。另有音乐作品《汉奴》《叫魂》。

　　宋琳（1958—），祖籍宁德，生于福建厦门，中国作家协会上海分会会员。毕业于上海华东师范大学中文系，后留校任教。1982年开始发表诗歌及文学评论。1991年移居法国，曾就读于巴黎第七大学，先后在新加坡、阿根廷居留。1992年以来一直是《今天》文学杂志的编辑，2003年以来受聘在国内一些大学执教。著有诗集《城市人》《门厅》《断片与骊歌》《城墙与落日》。

　　郁郁（1961—），本名郁修业，上海宝山人，"海上诗派"重要成员。20世纪80年代起参与以现代派诗歌为主的文学活动。创办文学同仁刊物《MOURNER》（送葬者），主编大型诗刊《大陆》。著有诗作近千首，文论《诗人：愤怒的啄木鸟》《作为中国"后朦胧诗"中的上海诗歌的观望与批判》等，辑有自选诗集《节日·1983年》《亲爱的虚无 亲爱的意义》等。

　　于坚（1954—），云南昆明人，"他们"诗派代表人物之一。1983年与同学发起银杏文学社，并出版《银杏》。1985年与韩东、丁当等人合办文学刊物《他们》，1986年发表成名作《尚义街六号》。著有诗集《诗六十首》《宝地》《对一只乌鸦的命名》《棕皮手记》《云南这边》《于坚的诗》等，其中1994年的长诗《0档案》被誉为"当代汉语诗歌的一座里程碑"。出版有散文集《棕皮手记》《人间笔记》《棕皮手记·活页夹》《丽江后面》《老昆明》等。

　　张子选（1962—），祖籍辽宁抚顺，生于云南，毕业于西北师范学院。自1980年起在海内外发表作品，并被收入多种选本。大学期间曾发表文学作品，作为学院派诗人引起关注，被誉为新一代西部诗的旗手。曾参加诗刊社第七届"青春诗会"。代表作有《阿克塞系列组诗》《执命向西》等。致力于《藏地诗篇》系列组诗的创作，迄今已有 200 多首散见于海内外报刊。

牛汉（1923—2013），本名史承汉、史成汉，曾用笔名谷风，生于山西定襄，蒙古族。1940 年开始发表诗歌作品，1943 年就读于西北大学，1946 年因参加学生运动被捕。1955 年受"胡风事件"牵连。1954 年起长期在人民文学出版社工作，曾任《新文学史料》主编、《中国》执行副主编等。出版诗集《彩色的生活》《祖国》《爱与歌》《温泉》《沉默的悬崖》《牛汉诗选》《牛汉诗文集》等。

桑恒昌（1941—），山东德州武城人，1961 年高中毕业后，被保送到军事学院深造。1963 年发表处女作《幸福的时刻》，获全军文艺汇演作品二等奖。退役后历任《山东文学》诗歌编辑、《黄河诗报》社长兼主编。已出版诗集《光，是五颜六色的》《低垂的太阳》《桑恒昌抒情诗选》《爱之痛》《灵魂的酒与辉煌的泪》《年轮月轮 日轮》《听听岁月》《桑恒昌怀亲诗集》等 12 部。其作品被选入多种选本。

芒克（1950—），本名姜世伟，生于沈阳。1956 年全家迁居北京，1969 年到河北白洋淀插队，1976 年回京，进北京造纸一厂，1980 年被除名，后做多种临时性工作。1978 年底与友人共同创办文学刊物《今天》，并油印出版第一本诗集《心事》。21 世纪后亦从事油画创作。出版诗集《阳光中的向日葵》《芒克诗选》《没有时间的时间》《今天是哪一天》《芒克的诗》等，另有长篇小说、随笔集等数种。

京不特（1965—），生于上海，现定居丹麦，原名冯骏、征修。玄学派诗人之一，中国独立作家笔会 ICPC 的创建人之一。20

世纪 80 年代写过长诗。1988 年成为佛教沙弥。1989 年行走于缅甸、泰国。1990 年冬天到 1992 年春天在老挝。后赴丹麦。现从事哲学研究翻译工作。有代表作《第一个为什么》《重新让我写出诗歌》等。

尚仲敏（1964—），河南三门峡人，"非非"诗派的创始人之一，20 世纪 80 年代"大学生诗派"的运动领袖和代表诗人之一。毕业于重庆大学，在校期间成立重庆大学第一个文学社：荒原文学社。1986 年与他人组织成立了四川省大学生诗人联合协会，同年 3 月主编出版《中国当代诗歌报》。代表诗作有《钢铁就是这样炼成的》《祖国》等。

小安（1964—），原名安学蓉，"非非主义"代表诗人之一。毕业于军医大学，后转业至地方医院做护士。出版有诗集《种烟叶的女人》《等喝酒的人》《卖枇杷的没有仙人果》和小说集《我们这儿是精神病院》。部分作品被收入《中国诗年选》《中国新诗年鉴》《中国最佳诗歌》等诗歌选本。

雪迪（1957—），原名李冰，生于北京。出版诗集《梦呓》《徒步旅行者》《家信：雪迪诗选》等，著有诗歌评论集《骰子滚动：中国大陆当代诗歌分析与批评》。出版英文和中英文双语诗集 9 本，作品被译成英、德、法、日本、荷兰、西班牙、意大利等文。

张志民（1926—1998），直隶宛平（今属北京）人，1955 年毕业于中央文学讲习所。曾任《北京文艺》主编，北京作家协会副主席，《诗刊》主编，中国作家协会驻会专业作家。著有诗集《死不着》《将军和他的战马》《家乡的春天》《村风》等。诗歌《边区的山》获 1983 年中国人民解放军文艺奖，《"死不着"的后代们》获 1984 年北京文学奖，《今情·往情》获全国优秀新诗奖。

张枣（1962—2010），湖南长沙人，诗人，学者，诗歌翻译家，毕业于四川外国语学院。凭《镜中》《何人斯》等作品一举成名，与欧阳江河、柏桦、孙文波和翟永明并称为"巴蜀五君子"。1986年移居德国，2005年回国，先后任教于河南大学文学院、中央民族大学文学与新闻传播学院。其代表性作品有《春秋来信》《灯芯绒幸福的舞蹈》，出版诗集《春秋来信》《张枣的诗》，主编《德汉双语词典》《黄珂》等。

于小韦（1961—），原名丁朝晖，《他们》的主要诗人之一，"第三代诗歌"代表诗人之一。少年时代一直在苏北生活，十八岁时随父母回到出生地南京，现居深圳。一直跟随自己的老师学习绘画，1985年开始写诗和小说，1989年搁笔。主要作品有《火车》《大红色的广告牌》《直立着头发的青年画家和他的晚餐》《五点钟，一种情绪或困顿或感伤》《星期天的早晨》《夜》等。

北岛（1949—），本名赵振开，另用笔名石默、艾珊等，生于北京，祖籍浙江湖州。1968年高中毕业，进入建筑公司当工人。1970年代初开始写诗，1978年与友人创办民间刊物《今天》。1989年移居海外，2007年任香港中文大学教授。曾获瑞典笔会文学奖、美国西部笔会中心自由写作奖、古根海姆奖等。出版诗集《陌生的海滩》《在天涯》《午夜歌手》《北岛诗选》《北岛诗歌集》等，并有散文集、小说集等数种。

伊蕾（1951—2018），原名孙桂珍，天津人。廊坊文联干部，天津市作家协会编辑。毕业于鲁迅文学院和北京大学中文系。1969年下乡，1974年开始发表作品，1982年调入河北廊坊文联，1985年加入中国作家协会。1990年代在莫斯科生活。著有诗集《女性年龄》《爱的方式》《独身女人的卧室》《伊蕾爱情诗》《叛逆的手》等。

　　杨远宏（1945—），重庆江津人，思想者、评论家、诗人，"整体主义"诗歌运动发起人之一。系中国作家协会会员，四川省作家协会全省委员会、诗歌委员会委员，现任职四川省职业艺术学院一级作家、教授。已出版著作《涨落的诗潮》《喧哗的语境》《落幕或启幕》等。

　　李琦（1956—），生于黑龙江哈尔滨。著名诗人，当代女作家。1979年毕业于哈尔滨师范大学中文系。曾任《北方文学》杂志编辑、副主编，黑龙江省文学院院长、黑龙江作家协会主席团成员。20世纪70年代开始发表作品，1985年加入中国作家协会。出版诗集《帆·桅杆》《芬芳的六月》《莫愁》《天籁》《守在你梦的边缘》《最初的天空》。2010年获鲁迅文学奖。

　　小海（1965—），本名涂海燕，江苏海安人。从1980年起在海内外报刊发表诗作千余首，诗作入选过百多种选集并被译成多国文字。系"第三代"诗人及"他们"诗派代表诗人之一，主编有《〈他们〉十年诗歌选》（和杨克合作），著有诗集《必须弯腰拔草到午后》《村庄与田园》《北凌河》和随笔集《旧梦录》等。

　　杨牧（1940—2020），本名王靖献，台湾花莲人。台湾东海大学外文系学士、艾奥瓦大学艺术硕士、伯克利加州大学比较文学博士。长期任教于华盛顿大学，曾任香港科技大学教授、台湾东华大学文学院院长、台湾"中央研究院"文哲所所长、台湾政治大学讲座教授等。出版诗集《水之湄》《花季》《瓶中稿》《北斗行》《禁忌的游戏》《杨牧诗集》《介壳虫》等。

　　吕贵品（1956—），祖籍山东，生于东北吉林，20世纪80年代优秀的青年诗人之一。1978年考入吉林大学中文系，与徐敬亚、王小妮一起被称为"吉林大学三大诗人"。毕业后留校工作，曾任中国城市发展研究院常务副院长。1968年开始写诗。主要作品有诗歌《黄昏》《黄昏雨夜的回忆》《呵，城市》等。2011 年出版《吕贵品诗歌选集》。曾获《萌芽》优秀作品奖、《青春》优秀作品奖、《青年文学》优秀作品奖等。

郭力家（1958—），祖籍湖南湘潭茅塘冲，出生于吉林长春，"第三代诗歌"代表人物，吉林省作协第八届全委会委员。毕业于东北师范大学中文系。1987 年参加诗刊社第七届青春诗会，作品曾在多家刊物发表。曾为时代文艺出版社总编辑。代表作品有《特种兵》《远东男子》《中国胃》等。

骆一禾（1961—1989），北京人，1979 年 9 月入北京大学中国语言文学系。1984 年 9 月任北京《十月》杂志编辑，主持西南小说、诗歌专栏。1983 年开始发表诗作和诗论，作品散见于《青年诗坛》《滇池》《山西文学》——这是对他深有鼓励的三家刊物，及《花城》《诗刊》《青年文学》《上海文学》《绿风》等。1989 年因病去世。主要作品有《世界的血》《海子、骆一禾作品集》。

顾城（1956—1993），生于北京，1969 年随父下放山东农村，1974 年回京。"文革"期间开始写诗，1979 年在《今天》《诗刊》等刊物发表诗作，被视为"朦胧诗"代表性诗人。1987 年旅居欧洲，1988 年起定居新西兰，1993 年于新西兰激流岛杀妻后自缢身亡。出版诗集《黑眼睛》《顾城诗集》《顾城童话寓言诗选》《顾城诗全编》《顾城的诗》《顾城诗全集》等，另有散文集《半梦》等。

白桦（1930—2019），原名陈佑华，河南信阳人。中国作家协会会员。1946 年开始从事文学创作，同年秋季加入中国人民解放军。新中国成立后从事专业写作，曾在昆明军区总政治部任创作员。出版诗集《金沙江的怀念》《热芭人的歌》《白桦的诗》《我在爱和被爱时的歌》《白桦十四行抒情诗》，长诗《鹰群》《孔雀》等。

阿吾（1965—），生于重庆，当代著名诗人。在 1988 年至 1994 年，先后在《光明日报》文艺部、《中国电子报》专栏部、中国电子报社深圳记者站从事采编工作。1986 年 6 月在《诗刊》首次推出的"大学生诗座"头条发表处女作《看我中国》《元宵夜随想》《四维感受》，同年 8 月出席《诗刊》第六届青春诗会。成名作为《相声专场》，著有诗集《足以安慰曾经的沧桑》和哲学随笔集《角度陷阱与人生误区》等。

海子（1964—1989），原名查海生，安徽人。1979 年进入北京大学法律系，毕业后任教于中国政法大学。1984 年创作成名作《亚洲铜》和《阿尔的太阳》，和西川、骆一禾被誉为"北大三诗人"。1989 年 3 月 26 日在河北省山海关卧轨自杀。出版作品《土地》《海子、骆一禾作品集》《海子的诗》和《海子诗全编》等。代表作有《春天，十个海子》《以梦为马》《但是水，水》《土地》《亚洲铜》《麦地》《黑夜的献诗——献给黑夜的女儿》等。

林雪（1962—），辽宁抚顺人，辽宁省作协副主席，第四届鲁迅文学奖获得者。1988 年参加第八届青春诗会。2006 年被评为新时期十佳青年女诗人。著有诗集《淡蓝色的星》《蓝色钟情》《在诗歌那边》《大地葵花》《林雪的诗》和随笔集《深水下的火焰》。诗作被选入《朦胧诗选》《20 世纪中国女性文学精粹》等。

任洪渊（1937—2020），四川邛崃人，毕业于北京师范大学中文系。著名诗人，北京师范大学文学院教授。代表作品有《北京古司天台下》《没有一个汉字抛进行星椭圆的轨道》等。著有诗与诗学合集《女娲的语言》，汉语文化诗学导论《墨写的黄河》，多文体汉语文化哲学《汉语红移》等。

钟鸣（1953—），生于四川，中国当代诗人、随笔作家。20 世纪 80 年代以诗歌写作为主，80 年代末开始随笔写作。1992 年获台湾第十四届新诗奖。著有《城堡的寓言》《畜界，人界》《徒步者随录》《旁观者》《太少的人生经历和太多的幻想》《秋天的戏剧》及诗歌集《中国杂技：硬椅子》。

李亚伟（1963—），生于重庆酉阳，"第三代诗歌"的发起者和代表人物之一。1983 年创作《中文系》，在诗界较有影响。1984 年与他人共同创立"莽汉"诗歌流派。著有《中文系》《少年与光头》《异乡的女子》《风中的美人》《酒中的窗户》《秋天的红颜》等。

默默（1964—），原名朱伟国，生于上海，"撒娇派"诗人之一。1983 年毕业于上海冶金工业学校。1979 年开始诗歌创作至今，1999 年创办默默工作室，现任《撒娇》诗刊主编。写有诗作《现实》《木偶的贞操》《面前一场空》《食已宴》《为上帝补写墓志铭》《第一种散步》等。著有长篇小说《四十大惑》《汉语魔鬼辞典》、系列袖珍小说《我们中国的梦》、诗集《默默史诗三部曲》以及摄影集《我用灵魂对焦距》《闻到你千里之外的体香》等。

何福仁，笔名方沙，生于香港，祖籍广东中山，香港知名作家、诗人。毕业于圣保罗书院和香港大学，曾于圣保罗书院任中文科主任。出版有诗集《龙的访问》《如果落向牛顿脑袋的不是苹果》《飞行的祷告》，散文集《再生树》《书面旅游》《上帝的角度》，评论集《时间的话题》等。

马松（1963—），"莽汉"诗派代表诗人之一。1984 年肄业于南充师院，1996 年下海经商至今，曾任校音师、彩印厂老板等。代表作为《灿烂》《万岁》。主要作品有《旧日子》《醉》《好时光》《约》《情歌》，组诗《无常之美》等。

西川（1963—），原名刘军，江苏徐州人，1985 年毕业于北京大学英文系，和海子、骆一禾被誉为"北大三诗人"。曾与友人创办民间诗歌刊物《倾向》（1988—1991）。曾执教于北京中央美术学院人文学院，现为北京师范大学文学院教授。出版有诗集《虚构的家谱》《大意如此》《西川的诗》等，诗文集《深浅》，散文集《水渍》《游荡与闲谈：一个中国人的印度之行》，随笔集《让蒙面人说话》等。部分作品已被译为英、法、荷、西、意、日等文。

林耀德（1962—1996），台湾作家。毕业于私立天主教辅仁大学法律系财经法学组。高中时代加入以温瑞安、方娥真等马来西亚学生为主要成员的神州诗社，并且开始创作，在《三三集刊》发表诗及散文，也因此牵扯进"神州事件"。代表作有《恶地形》《大东区》等。著有诗集《都市终端机》《银碗盛雪》。

王小妮（1955—），生于吉林长春，满族人，中国作家协会会员。1982 年毕业于吉林大学中文系，与徐敬亚、吕贵品一起被称为"吉林大学三大诗人"。现为海南大学人文传播学院教授。2000年秋参加在东京举行的"世界诗人节"。2001 年受德国幽堡基金会邀请赴德讲学。2003 年获得由中国诗歌界最具有影响力的核心期刊《星星诗刊》《诗选刊》《诗歌月刊》联合颁发的"中国 2002年度诗歌奖"。曾获美国安高诗歌奖。代表作品有《我感到了阳光》《风在响》等，

洛夫（1928—2018），本名莫洛夫，生于湖南衡阳。1949 年迁台，服役于海军。1954 年与友人成立创世纪诗社，任总编辑多年。1973 年从淡江文理学院外文系毕业。1996 年移民加拿大。作品多次获奖。出版诗集《时间之伤》《灵河》《石室之死亡》《魔歌》《众荷喧哗》《因为风的缘故》《月光房子》《雪落无声》《漂木》《烟之外》《洛夫诗歌全集》等多部，另出版散文集、评论集及译

著多部。

野渡，生平简介不详。

宋渠（1963—）、**宋炜**（1964—），两人为兄弟。四川沐川人，曾任职于沐川文化馆。1984 年与万夏等人发起"整体主义"运动。主要作品收录于《后朦胧诗选》等。著有组诗《少小离家》《大佛》《戊辰秋与柴氏在房山书院度日有句，得诗十首》《家语》等。

翟永明（1955—），四川成都人。毕业于四川成都电讯工程学院，曾供职某物理研究所。1974 年高中毕业下乡插队。1981 年开始发表诗作。与欧阳江河、柏桦、孙文波和张枣并称为"巴蜀五君子"，被称为中国当代最优秀的女诗人。1984 年其组诗《女人》以独特奇诡的语言与惊世骇俗的女性立场震撼文坛。代表作品有《女人》《静安庄》《人生在世》《脸谱生活》等。出版诗集《在一切玫瑰之上》《黑夜中的素歌》《终于使我周转不灵》等。

小君（1962—），河北唐山人，"大学生诗派"的代表诗人之一，南京市作家协会会员。毕业于山东大学生物系。主要作品有《平静的日子》《我要这样》《日常生活》《冬天》《去青青的麦田》《整理房间》《真相》《祖籍》《马兰》，诗作收入《后朦胧诗全集》。

吉木狼格（1963—），生于四川，学名马小明，彝族。1983 年开始诗歌写作，是"非非"诗歌流派重量级诗人之一。出版有诗集《静悄悄的左轮》《月光里的豹子》等。部分作品被收入《后朦胧诗全集》《中国诗年选》等 10 余种诗歌选本。

海男（1962—），原名苏丽华，云南永胜人。毕业于鲁迅文学院研究生班，20 世纪 80 年代开始文学创作，在诗歌、散文、小说领域多有建树。曾为云南人民出版社《大家》杂志社编辑，现为云南师范大学文学院教授。主要作品有《我们都是泥做的》《裸露》《边疆灵魂书》等，引起文坛广泛关注。出版诗集《虚构的玫瑰》《是什么在背后》等。诗集《忧伤的黑麋鹿》2014 年获得第六届鲁迅文学奖。

多多（1951—），本名栗世征，生于北京。1969 年到河北白洋淀插队，1976 年回京，后到《农民日报》工作。1972 年开始写诗，被认为是"朦胧诗"代表性诗人。1989 年出国，旅居荷兰，2004 年回国后被聘为海南大学人文传播学院教授。其作品多次获国内奖项，2010 年获纽斯塔特国际文学奖。出版诗集《行礼：诗38 首》《里程：多多诗选 1973—1988》《阿姆斯特丹的河流》《多多诗选》《多多四十年诗选》等。

韩东（1961—），原籍湖南，生于南京，著名诗人、作家。1980 年开始发表作品。1982 年毕业于山东大学哲学系，曾任教于陕西财经学院、南京审计学院。与于坚、丁当等人组织"他们"文学社，是"第三代诗歌"最主要的代表人物之一。1990 年加入中国作家协会。1992 年辞职，受聘于广东省作家协会，成为合同制作家。著有诗集《白色的石头》《吉祥的老虎》《爸爸在天上看我》，诗文集《交叉跑动》。主要作品有《有关大雁塔》《山民》《你见过大海》等。

吕德安（1960—），生于福建，画家、"他们"诗群代表诗人之一、"星期五画派"成员。现居住于美国和福建两地。主要作品有《父亲和我》《天鹅》《狐狸中的狐狸》等。出版有诗集《南方以北》《顽石》和长诗《曼凯托》《适得其所》等。

戈麦（1967—1991），祖籍山东巨野，生于黑龙江宝泉岭农场，原名褚福军。1985 年考入北京大学中文系，有北大"校园诗人"之称。1989 年毕业后被分配至北京《中国文学》杂志社工作。主要诗作有《徊想》《誓言》《红果园》《陌生的主》《和一个魔女

度过的一个夜晚》《没有人看见草生长》等。出版诗集《彗星》
《戈麦诗全编》等。

黑大春（1960—），原名庞春清，祖籍山东，生于北京。笃信
黄老及泛神论，提倡"把诗歌带回到声音里去"。1983 年—1984
年创建圆明园诗社，1986 年完成处女诗集《圆明园酒鬼》，1988
年出版，2006 年出版诗集《夜黑黑》（包括同名的中国首张诗乐合
成 CD）。2007 年出版《黑大春歌诗集》。2009 年与资深音乐人秦
水源、杰出吉他手关伟等乐手组建"黑大春歌诗小组"。

伊沙（1966—），原名吴文健，生于四川成都。当代著名诗
人、作家、翻译家。1989 年毕业于北京师范大学中文系。现任教
于西安外国语大学中国语言文学学院。代表作品有《车过黄河》
《结结巴巴》《饿死诗人》等。出版诗集有《饿死诗人》《野种之
歌》等。

赵野（1964—），四川人。毕业于四川大学外文系，1982 年联
合发起"第三代人"诗歌运动，1983 年组织成都市大学生诗歌联
合会，主编《第三代人》诗歌民刊，1985 年参加四川省青年诗人
协会，参与编辑《现代诗内部交流资料》，1989 年与钟鸣等人创办
《象罔》杂志。出版诗集《逝者如斯》《水银泻地的时候》，曾获
《作家》杂志诗歌奖。

孟浪（1961—），本名孟俊良，生于上海吴淞。20 世纪 80 年
代"海上诗派"代表人物。1978 年就读于上海机械学院。1992 年
获首届现代汉诗奖。1995 年赴美，任布朗大学驻校作家，并任
《倾向》文学人文杂志执行主编。曾出版多本诗集，代表诗集有
《本世纪的一个生者》《连朝霞也是陈腐的》《一个孩子在天上》
《南京路上，两匹奔马》。与曹长青、徐敬亚等编著《中国现代主
义诗群大观 1986—1988》。

石光华（1958—），四川成都人。1980 年代中期发动"整体主义"诗歌运动，是"整体主义"的代表人物之一。在 20 世纪 80 年代与欧阳江河、钟鸣并称"老三嘴"。2004 年出版《我的川菜生活》。主要作品有诗歌《炼气士》《梅花》《刀》《桑》等。作品被收入《后朦胧诗集》。

陈超（1958—2014），生于山西太原，诗人，理论家，曾任河北作家协会副主席，河北师范大学文学院教授，博士生导师。发表诗作 300 余首，出版诗集《热爱，是的》《陈超短诗选》等，主编《以梦为马——新生代诗卷》《最新先锋诗论选》《中国当代诗选》等。曾获中国作家协会第六届庄重文文学奖、《作家》年度诗歌奖、第三届鲁迅文学奖等。

叶延滨（1948—），生于黑龙江哈尔滨。1982 年分配到四川作家协会《星星》诗刊，历任编辑、副主编、主编。1994 年调北京广播学院文艺系任系主任、教授。1995 年调中国作家协会任《诗刊》主编等职。出版有诗集《不悔》《二重奏》《心的沉吟》《囚徒与白鸽》《叶延滨诗选》等。

肖开愚（1960—），生于四川中江，现为河南大学文学院教授。1987 年任成都《科学文艺》杂志社科幻小说编辑。1997 年到德国柏林，受德国文化基金会等支持专事写诗。2005 年回国，任上海音乐学院作曲系客座教授。1986 年开始发表诗歌，著有 1500 多行的长诗《向杜甫致敬》。出版有诗集《动物园的狂喜》《学习之甜》等，主要作品有《嘀咕》《北站》《南方啊》《一年中的最后一天》等，作品被译为德、英、法、意等文。

孙文波（1956—），四川成都人，当代诗人，现居深圳。1985 年开始诗歌写作。1990 年以后亦从事诗歌批评。1996 年获首届刘丽安诗歌奖。1998 年 6 月受邀参加第 29 届荷兰鹿特丹国际诗歌节。著有诗集《孙文波的诗》《地图上的旅行》《给小蓓的骊歌》《与无关有关》《新山水诗》和诗话集《洞背笔记》等。曾主编《中国诗歌评论》，与萧开愚合编《九十年代》《反对》等。作品被翻译成英、西班牙、荷兰、瑞典等文。

万夏（1962—），四川南充人，1984 年与李亚伟、胡玉、胡冬、马松等共创"莽汉主义"诗歌流派。毕业于南充师范学院中文系。1990 年代初主编并出版《20 世纪诗歌编年史——后朦胧诗全集》。1993 年起开始进入文化产业，现为北京紫图图书有限公司董事长。主要作品有《丧——万夏作品集小说卷》《本质——万夏作品集诗歌卷》。

唐亚平（1962—），生于四川通江。1983 年毕业于四川大学哲学系。历任贵阳市铁五局党校教师，贵州省电视台国际部、专题部及社教部记者、编导。1983 年开始发表作品。1995 年加入中国作家协会。发表诗歌、小说、散文、随笔 1000 余篇（首）。组诗《田园曲》获 1984 年贵州省文联优秀作品奖、1994 年庄重文文学奖。著有诗集《荒蛮月亮》《月亮的表情》《唐亚平诗集》。

梁晓明（1963—），生于上海，中国先锋诗歌代表诗人。1981 年开始写诗。1987 年创办中国先锋诗歌同人诗刊《北回归线》。著有诗集《暗示》《披发赤足而行》《开篇》等。著有译古诗集《用现代诗的语言为唐诗说话》，随笔集《梁晓明在西湖》，中篇小说《冲出来报告黑暗的消息》等。2003 年开始主持拍摄大型电视诗歌专题片《中国先锋诗歌》。主要作品有《玻璃》《长诗》《各人》等。

王家新（1957—），生于湖北丹江口。1978 年考入武汉大学中文系，大学期间开始发表诗作。1983 年参加《诗刊》组织的青春诗会。1984 年因写出组诗《中国画》《长江组诗》而广受关注。

1985 年出版诗集《告别》《纪念》。1986 年始诗风有所转变。是中国 20 世纪 90 年代以来知识分子写作的代表性诗人。代表作有《触摸》《风景》《预感》等。

陈东东（1961—），祖籍江苏吴江，生于上海，"第三代诗歌"代表诗人之一。1981 年开始写诗。曾创办民间诗刊《作品》《倾向》和《南方诗志》，并任编辑。曾任海外文学人文杂志《倾向》诗歌编辑。出版诗集《海神的一夜》《明净的部分》《夏之书·解禁书》《导游图》等。主要作品有诗歌《夏日之光》《第一场雪》《在黑暗中》《我在上海的失眠症深处》《月亮》《柠檬——写给阿慧》等，随笔集《黑镜子》《只言片语来自写作》等。

李轻松（1964—），辽宁凌海人，毕业于中央戏剧学院戏剧文学系。1981 年开始发表作品。2008 年加入中国作家协会。2004 年在《南方周末》开辟个人专栏。曾参加第十八届青春诗会，荣获第五届华文青年诗人奖、诗刊社年度优秀诗人奖、《诗选刊》年度最佳诗歌奖等。已出版诗集《垂落之姿》《李轻松诗歌》《无限河山》等。

俞心樵（1968—），笔名俞心焦，祖籍浙江绍兴，生于福建政和，是当代中国优秀的思想家和代表性诗人之一。1993 年正式提出并致力于推动"中国文艺复兴运动"。代表作有《自然》《最后的抒情》《墓志铭》《黑夜颂词》《今生今世到处都是海》等。诗歌作品被收入《中国百年文学经典》《中国现代文学选》等诸多选本。2013 年获得《新周刊》年度艺术家大奖，2015 年获得意大利 Liberate 国际文学大奖。

蓝马（1956—），四川西昌人，"非非主义"诗歌流派创建人和主要理论发言人。1986 年与杨黎、周伦佑等创建了著名的《非非》杂志，主要理论作品有《前文化导言》《非非主义宣言》《新文化诞生前兆》《什么是非非主义》等，主要诗歌作品有《环形树》《秋天的真理》《世的界》等。作品被选入《中国当代实验诗选》。

　　吉狄马加（1961—），彝族，四川凉山人。毕业于西南民族学院中文系汉语言文学专业。曾任中国诗歌学会常务副会长、中国少数民族作家学会会长。是第十届全国政协委员、民族和宗教委员会委员、中华全国青年联合会副主席。现任十三届全国人大常委会委员，中国作家协会党组成员、书记处书记、副主席。著有诗集《初恋的歌》《一个彝人的梦想》《罗马的太阳》《遗忘的词》等。

　　潞潞（1956—），祖籍山西。1985 年毕业于山西大学中文系。20 世纪 70 年代末受"朦胧诗"影响开始写诗，80 年代活跃于中国诗坛。曾任山西省作家协会副主席，山西文学院院长。创办《北国》诗刊，主编民间诗刊《少数》，参与"北京——纽约"中美艺术交流等。曾获得人民文学优秀诗歌奖、赵树理文学奖。著有诗集《肩的雕塑》《携带的花园》《潞潞无题诗》《一行墨水》等，其诗作入选《新诗潮诗选》《后朦胧诗选》等选本。

　　彭燕郊（1920—2008），原名陈德矩，生于福建莆田，"七月派"代表诗人。著有诗集《彭燕郊诗选》《高原行脚》和评论集《和亮亮谈诗》，主编《诗苑译林》《现代散文诗名著译丛》《外国诗辞典》等。主要作品有《东山魁夷》《小泽征尔》《钢琴演奏》《混沌初开》等。

　　郑单衣（1963—），四川自贡人。1985 年毕业于西南师范大学化学系，曾先后在贵州农学院、贵州大学等多所学校从事教学和研究工作。1985 年组织重庆市大学生联合诗社，主编诗刊《大学生诗报》《现代诗报》。出版诗集《蔚蓝色天空的黄金》《夏天的翅膀》等。作品被翻译成英、德、法、荷、希腊、西班牙、葡萄牙、阿拉伯、斯洛文尼亚及世界语等文。

张执浩（1965—），湖北荆门人。1988年毕业于华中师范大学历史系。2003年加入中国作家协会，现为武汉市文联专业作家、《汉诗》执行主编。曾在武汉音乐学院任教，著有长篇小说《试图与生活和解》《天堂施工队》《水穷处》，中短篇小说集《去动物园看人》，诗集《苦于赞美》《动物之心》《撞身取暖》《宽阔》《欢迎来到岩子河》，随笔集《时光练习簿》等。作品入选多种选集及中学教材。

陈黎（1954—），原名陈膺文，台湾诗人。毕业于台湾师范大学英语系。曾任中学教师，并在台湾东华大学等校授课，是一年一度在花莲举行的"太平洋诗歌节"策划人。著有诗集、散文集等，译有《拉丁美洲现代诗选》《聂鲁达诗精选集》《辛波丝卡诗选》等十余种。1999年，受邀参加鹿特丹国际诗歌节。2004年，受邀参加巴黎书展中国文学主题展。曾获吴三连文艺奖、时报文学奖推荐奖、叙事诗首奖、新诗首奖，《联合报》文学奖新诗首奖等。

胡宽（1952—1995），生于西安，1979年开始诗歌创作，1995年因病去世。著有《胡宽诗集》。

潇潇，本名肖幼军，四川人，当代女性诗歌的代表诗人之一。1983年开始写诗，1988年获首届"探索诗"奖；1993年主编中国现代诗编年史丛书《前朦胧诗全集》《朦胧诗全集》《后朦胧诗全集》等。出版诗集有《树下的女人与诗歌》《踮起脚尖的时间》《比忧伤更忧伤》等。2006年获中国第三代诗歌功德奖，2008年获汶川抗震救灾优秀志愿者奖。

杨泽（1954—），原名杨宪卿，台湾诗人，出生于嘉义。毕业于台湾大学外文系。1975年与友人詹宏志、苦苓、廖咸浩、蔡宏明、方明等创台大诗社。著有诗集《蔷薇学派的诞生》《仿佛在君父的城邦》。代表作品有《人生是不值得活的》。

张曙光（1956—），生于黑龙江望奎。毕业于黑龙江大学。任黑龙江大学文学院教授。1980 年开始发表诗歌、小说及随笔。诗歌作品见于《人民文学》《诗刊》《上海文学》《北京文学》等及海外中文杂志《今天》《倾向》等，并被译成英、西、德、日、荷兰等文。著有诗集《小丑的花格外衣》《午后的降雪》《张曙光诗歌》《闹鬼的房子》，译诗集《神曲》《切·米沃什诗选》，随笔评论集《上帝送他一座图书馆》。

秦巴子（1960—），陕西西安人，曾任中学教师、杂志编辑。1985 年开始发表文学作品。曾参加《诗刊》社第十一届青春诗会（1993）。迄今已在海内外报刊发表诗歌、小说、散文随笔、评论等数百万字。出版有诗集《立体交叉》《理智之年》《纪念》，散文随笔集《时尚杂志》等。

屠岸（1923—2017），原名蒋壁厚，笔名叔牟，生于江苏常州。1946 年肄业于上海交通大学。历任上海市军事管制委员会文艺处干部，华东地区文化部副科长，《戏剧报》编辑、编辑部主任，中国戏剧家协会研究室副主任，人民文学出版社现代文学编辑室副主任。1941 年开始发表作品。著有《萱荫阁诗抄》《屠岸十四行诗》《哑歌人的自白——屠岸诗选》《诗爱者的自白——屠岸的散文和散文诗》等。

昌耀（1936—2000），本名王昌耀，生于湖南常德。1954 年开始发表诗作，因 1957 年发表的《林中试笛》被划为"右派"。1979 年后调中国作协青海分会任专业作家。出版《昌耀抒情诗集》《昌耀的诗》《昌耀诗文总集》等。

冯晏（1960—），黑龙江哈尔滨人。著名诗人、作家、中国作家协会会员。出版诗集《冯晏抒情诗选》《原野的秘密》《看不见

的真》《纷繁的秩序》《镜像》《吉米教育史》《边界线》等。参与
策划出版和印制黑龙江《九人诗选》《剃须刀诗丛》《诗歌手册》
等。先后获《芳草》杂志汉语诗歌双年十佳诗人、《十月》诗歌
奖、首届苏曼殊诗歌奖等，诗歌作品被翻译为英、日、俄、韩
等文。

食指（1948—），生于山东朝城，本名郭路生。1953 年随父迁
居北京，1968 年到山西插队，1971 年入伍。1973 年复员，后长期
为疾患困扰，1990 年入北京第三福利院。其"文革"期间的作品
在知青群体中有广泛影响。1978 年起用笔名"食指"。出版诗集
《相信未来》《诗探索金库·食指卷》《食指的诗》等。

大仙（1959—2019），原名王俊，祖籍内蒙古宁城，生于北
京，"圆明园诗派"重要成员之一。毕业于北京广播电视大学中文
系，曾于《北京青年报》供职。1985 年加入圆明园诗社，著有
《岁末十四行》《听蝉》等名篇。著有诗集《再度辉煌》，体育评
论集《休等英雄迟暮》，随笔集《一刀不能两断》《20 不着 46》
《前半生后半夜》，小说《先拿自己开涮》《北京的金山上》和电
视剧《有人爱没人疼》等。

王寅（1962—），生于上海，诗人、作家。1984 年毕业于上海
师范大学中文系，曾任教师、编辑、记者、电视编导，现为《南
方周末》文化记者。1983 年开始发表作品，是"第三代"诗人代
表之一，"海上诗派"成员之一。主要诗作有《英国人》《想起一
部捷克电影想不起片名》《与诗人勃莱一夕谈》《靠近》等。著有
诗集《王寅诗选》和随笔集《刺破梦境》。

西渡（1967—），原名陈国平，浙江浦江人。北京大学文学学
士、清华大学文学博士，现任清华大学中文系教授。著有诗集
《雪景中的柏拉图》《草之家》《连心锁》《鸟语林》等，诗论集

《守望与倾听》《灵魂的未来》，诗歌批评专著《壮烈风景——骆一禾论、骆一禾海子比较论》等。《风和芦苇之歌》被译为英、法、俄等文。

蓝蓝（1967—），原名胡兰兰，生于山东烟台，后随父母到河南，在山东和河南的农村度过童年，1988 年大学毕业，1992 年参加《诗刊》第十届青春诗会，2003 年应邀参加法国巴黎国际诗歌节。著有诗集《含笑终生》《情歌》《内心生活》《睡梦睡梦》《诗篇》《蓝蓝诗选》《从这里，到这里》《唱吧，悲伤》，散文集《人间情书》《滴水的书卷》《飘散的书页》《夜有一张脸》，童话集《蓝蓝的童话》，长篇童话《梦想城》等。

潘维（1964—），浙江湖州人，现居杭州。担任浙江省知识界联谊会常务理事、浙江省作家协会专家组成员、浙江省作协文学院特约研究员、中国作协会员、三月三诗会组委会成员。著有诗集《潘维诗选》《水的事情》《诗五十首》《隋朝石棺内的女孩》等，获柔刚诗歌奖、天问诗人奖、《诗刊》年度诗人奖、首届两岸桂冠诗人奖、闻一多诗歌奖等十余奖项。作品被译成多种语言。

向明（1929—），原名董平，湖南长沙人。毕业于台湾空军电子学校和美国空军通信电子学校，后为电子学工程师。1953 年开始创作新诗，并多次获奖。1955 年后成为蓝星诗社成员，先后任《蓝星季刊》《蓝星诗页》主编。出版诗集《雨天书》《狼烟》《五弦琴》《青春的脸》等，另有童话集《香味口袋》《糖果树》等。

邵燕祥（1933—2020），笔名雁祥、汉野平，原籍浙江绍兴，生于北京。1948 年就学于北平中法大学法文系。解放后在华北大学短期学习后到新华广播电台（后改称中央人民广播电台）任资料员、编辑、记者。1951 年出版第一本诗集《歌唱北京城》。历任中央人民广播电台编辑记者和《诗刊》副主编。著有诗集《到远

方去》《在远方》《迟开的花》和《邵燕祥抒情长诗集》。曾获第
一届和第二届全国优秀新诗（诗集）奖。

陈义芝（1953—），祖籍四川忠县，出生于台湾花莲。先后毕
业于台湾师范大学国文系和高雄师范大学。现任《联合报》副刊
主任。1972 年参与创办后浪诗社。著有诗集《青衫》《不安的居
住》等，另有评论集及编著多种。

胡鹏（1960—），山东乳山人，毕业于山东师范大学，后进入
鲁迅文学院学习。曾任明天出版社文学编辑。出版诗集《梦歌》
《沙漠里的守望者》《五十九首诗》《短歌及其他》等。曾获第二
届中国·星星新诗大奖赛一等奖。

郑玲（1931—2013），四川江津人，中国作家协会会员。1949
年参加解放军湘南支队文工团。曾任文工团团员、创作员，湖南人
民出版社文艺组编辑，《株厂工人报》主编，株洲市作协主席。出
版诗集《小人鱼之歌》《风暴蝴蝶》《郑玲诗选》等。部分作品译
为英语、法语。曾获中国诗歌学会首届艾青诗歌奖、中国作家协会
《诗刊》优秀作品奖、秦牧散文奖、湖南文学创作奖。

余怒（1966—），安徽安庆人。1985 年开始诗歌创作。1987 年
在《湖南文学》发表诗歌处女作《标本》。1992 年作短诗《守夜
人》，取笔名为余怒。1997 年 6 月，获台湾民间第一届双子星新诗
奖。著有诗集《守夜人》《余怒诗选集》《余怒短诗选》《枝叶》
《余怒吴橘诗合集》《现象研究》《饥饿之年》《个人史》《主与客》
《蜗牛》和长篇小说《恍惚公园》。

杨克（1957—），生于广西，著名诗人，一级作家。中国"第
三代"实力派诗人，"民间写作"重要代表性诗人之一。现任广东
省作家协会副主席。曾获第三代诗人杰出贡献奖、首届汉语诗歌双
年（2006—2007）十佳奖、广东第八届鲁迅文艺奖等奖项。出版

诗集《太阳鸟》《图腾的困惑》及散文集《叙述的城市》等。主编《中国新诗年鉴》等多种文选。

孟樊（1959—），原名陈俊荣，台湾嘉义人。毕业于台湾政治大学政治研究所，现任石头出版公司副总编辑，辅仁大学讲师。著有诗集《S. L. 和宝蓝色笔记》及理论专著多部。

朱文（1967—），福建泉州人，作家、诗人、电影导演，现居北京。1989 年毕业于东南大学动力系。1991 年开始小说写作。1994 年辞去公职，新生代作家代表人物之一。出版诗集《他们不得不从河堤上走回去》，小说集《我爱美元》《弟弟的演奏》《因为孤独》《人民到底需不需要桑拿》和长篇小说《什么是垃圾，什么是爱》等。执导电影《海鲜》《云的南方》《小东西》等。

周伟驰（1969—），湖南常德人。现为中国社会科学院世界宗教研究所研究员。出版有诗集《避雷针让闪电从身上经过》、《微景和远象》、《蜃景》（合著），诗论集《小回答》《旅人的良夜》，译诗集《第二空间》《沃伦诗选》《梅利尔诗选》《英美十人诗选》。另有学术著作《彼此内外：宗教哲学的新齐物论》《奥古斯丁的基督教思想》《记忆与光照：奥古斯丁神哲学研究》《太平天国与启示录》。

雪松（1963—），山东阳信人。山东大学中文系作家班毕业。1980 年代中期开始文学创作。主要著作有诗集《伤》《雪松诗选》《前方，就是前面的一个地方》《黄河口诗歌部落》《我参与了那片叶子的飘落》，散文集《穿堂风》等。诗歌作品入选《谱系与典藏——中国先锋诗歌 30 年》《60 年代出生——中国当代诗人诗选》等选本。

阿坚（1955—），祖籍崂山，生于北京，原名赵世坚，别名大踏、阿蹦。1982 年秋任中学教师，1983 年退职，离职后专事旅行

和写作。"民间写作"代表诗人之一,"流水账体"开创者。长期
从事搜集整理当代民谣的工作。曾任《啤酒报》主编,赴藏地质
队伙夫。出版书籍涉猎音乐、美食、旅行等方向。出版有小说与诗
合集《正在上道》。

汤养宗(1959—),福建霞浦人,中国作家协会会员。曾于东
海舰队服役,从事过剧团编剧、电视台记者等职业。写有长诗
《一场对称的雪》《危险的家》《九绝或者哀歌》《寄往天堂的 11
封家书》《举人》等。出版诗集《水上吉普赛》《黑得无比的白》
《尤物》《寄往天堂的 11 封家书》《去人间》等多种。

黄灿然(1963—),福建泉州人,诗人、翻译家。1988 年毕业
于暨南大学。1985 年开始发表诗歌作品。曾任《红土诗抄》主编、
《声音》诗刊主编和《倾向》杂志诗歌编辑。曾为香港《大公报》
国际新闻翻译。著有诗集《游泳池畔的冥想》《世界的隐喻》《奇
迹集》。评论集《必要的角度》等,译有《见证与愉悦——当代外
国作家文选》《卡瓦菲斯诗集》等。

唐丹鸿(1965—),四川成都人。1988 年毕业于四川大学情报
信息系。在华西医科大学图书馆工作四年后退职。1991 年后曾在
成都一家画廊打工。1994 年开办了文学艺术学术书店。于 1990 年
开始创作诗歌和语言实验性作品。1995 年获得首届刘丽安诗歌奖。
代表作品有《机关枪新娘》《斜线皇后》《用你的春风吹来不
爱》等。

刘洁岷(1964—),湖北松滋人。1987 开始发表作品。作品散
见于《青年文学家》《笠》《星星》《诗刊》《人民文学》《花城》
《天涯》《名作欣赏》《南方周末》等报刊。1991 年出版《躺着的
男人和远去的白马》,2003 年命名并创办《新汉诗》,2004 年创设
《江汉学术》"现当代诗学研究"名栏。2007 年出版诗集《刘洁岷

诗选》。作品被收入多本诗选和教材，现居武汉。

殷龙龙（1962—），北京人。1981 年开始写诗，1984 年开始发表诗歌作品，曾经参加圆明园诗社。1997 年加入北京作家协会，1999 年参加诗刊社的青春诗会。出版诗集《旧鼓楼大街》《单门我含着蜜》《汉语虫洞》《我无法为你读诗》等。曾获御鼎诗歌奖、《诗探索》年度诗人奖。

杜涯（1968—），河南许昌人。毕业于许昌卫校护士专业，曾在医院工作 10 年，离开医院后曾在郑州及北京任图书编辑、杂志社编辑等职。12 岁开始写诗，出版有诗集《风用它明亮的翅膀》《杜涯诗选》《落日与朝霞》和长篇小说《夜芳华》等。先后获"新世纪十佳青年女诗人"称号、刘丽安诗歌奖、《诗探索》年度奖、《扬子江》诗学奖、鲁迅文学奖等多种诗歌奖项。

虹影（1962—），重庆人，毕业于鲁迅文学院。1991 年赴英国留学，后从事专业写作。著有诗集《白色海岸》《快跑，月食》，出版小说、随笔集十余部。代表作有《孔雀的叫喊》《阿难》《饥饿的女儿》等。现居北京。曾获英国华人诗歌一等奖、台湾《联合报》读书人最佳书奖、2005 年罗马文学奖。

潘洗尘（1964—），黑龙江肇源人。毕业于哈尔滨师范大学中文系。20 世纪 80 年代开始诗歌创作，诗作《饮九月初九的酒》《六月我们看海去》等入选普通高中语文课本和大学语文教材。创办《诗歌 EMS》周刊、《读诗》季刊等诗歌媒体。现为天问文化传播机构董事长，并担任国内多家诗歌刊物的主编。著有诗集《盐碱地》《这是我一直爱着的黑夜》《如何再向北》等。

韩博（1973—），黑龙江牡丹江人，诗人、剧作者、媒体工作者。先后就读于复旦大学国际政治系与新闻学院，获法学学士与文学硕士学位。曾任复旦诗社社长，主编诗刊《语声》。并主持燕园剧社，编导多部舞台剧。先后就职于各出版社和杂志社。著有诗集《献给屠夫女儿的晚餐和一本黑皮书》《十年的变速器》《未成年人禁止入内》《结绳宴会》《借深心》等、散文集《塞尚夜总会》。曾获刘丽安诗歌奖、香港青年文学奖。

杨键（1967—），安徽马鞍山人。曾当过工人，亦研佛教，自20世纪80年代后期开始从事诗歌创作。著有诗集《暮晚》《古桥头》和长诗《哭庙》等。曾获首届刘丽安诗歌奖、柔刚诗歌奖、第六届华语文学传媒年度诗人奖。

杨小滨·法镭（1963—），原名杨小滨，上海人，耶鲁大学文学博士。曾任职于上海社会科学院、美国密西西比大学、台湾"中央研究院"、台湾政治大学。曾任尤利西斯国际报告文学奖评委，台湾《现代诗》《现在诗》（《无情诗》）特约主编，《倾向》文学人文季刊特约策划，中国教育电视台《艺术争鸣》栏目主持人、策划，出版《历史与修辞》《无调性文化瞬间》等多部论著。

郑敏（1920—），福建闽侯人。1943年毕业于西南联大哲学系，1952年在美国布朗大学研究院获英国文学硕士学位，曾在中国社会科学院文学研究所工作，1960年后在北京师范大学外语系讲授英美文学。出版的诗集有《诗集1942—1947》《寻觅集》《心象》《早晨，我在雨里采花》和《郑敏诗选1979—1999》，另有诗学专著《诗与哲学是近邻》等。

庞培（1962—），原名王方，江苏江阴人，诗人、散文家。早年曾在江南各地漫游。1988年发表第一首诗作。1995年与他人合伙创办《北门杂志》。1998年参加《诗歌报》金秋诗会。曾获刘丽安诗歌奖、柔刚诗歌奖等。散文著作有《低语》《五种回忆》《乡村肖像》《黑暗中的晕眩》《旅馆》《帕米尔花》《少女像》等。

余笑忠（1965—），湖北蕲春人，现居武汉，当代著名青年诗人、电台主持人。毕业于北京广播学院文艺编辑系。曾任职于湖北人民广播电台，从事文学编辑、主持。现供职于湖北广播电视台音乐广播部。曾获第二届中国年度诗歌奖、第三届扬子江诗学奖·诗歌奖、第十二届十月文学奖·诗歌奖等。代表诗作有《十年》《俯首》《光明颂》等。

刘立杆（1967—），江苏苏州人，1989 年毕业于南京大学中文系。大学期间开始诗歌创作，"他们"诗派代表诗人之一，近年来有诗歌发表于《花城》《漓江》等刊物。主要作品有《早晨八点钟的马达》《英国蔷薇》《冬夜的映射游戏》《安魂曲》。出版有诗集《低飞》和中短篇小说集《每个夜晚，每天早晨》。

林莽（1949—），本名张建中，生于河北徐水。1968 年高中毕业于北京 41 中，1969 年赴河北白洋淀插队，"白洋淀诗歌群落"代表诗人之一，1975 年回京。曾在北京 87 中和北京经济学院任教，1992 年到中国作协中华文学基金会工作，1998 年到诗刊社工作，2005 年起任《诗探索·作品卷》主编。出版诗集《我流过这片土地》《林莽的诗》《永恒的瞬间》《林莽诗选》等，另有诗文合集、随笔集等数种。

车前子（1963—），原名顾盼，江苏苏州人，现居北京，诗人、散文家、水墨工作者。新时期文学横跨三代诗歌的代表诗人之一，曾与周亚平、黄梵、一村等人组建了南京大学形式主义诗歌小组，代表作《三原色》《一颗葡萄》。创作《好吃》《苏园六记》等有特点的闲适文章，被誉为"当代丰子恺"。出版有诗集《纸梯》、《独角兽与香料》、《怀抱公鸡的素食者》（英文版）等。

大解（1957—），原名解文阁，河北青龙人。当代诗人、作家。毕业于清华大学水利工程系，1988 年调到河北省文联《诗神》月刊，任编辑、副主编。现主要从事诗歌创作，兼及小说、随笔、寓言等。出版著作有诗集《岁月》《个人史》《干草车》《山的外面是群山》，长诗《悲歌》，小说集《长歌》和寓言集《傻子寓言》等。作品曾获首届苏曼殊诗歌奖、首届中国屈原诗歌奖金奖、鲁迅文学奖等多种奖项。

扶桑（1970—），河南信阳人。在《人民文学》《诗刊》《诗探索》《天涯》等报刊发表诗歌、散文、评论800多首（篇）。作品入选《中国现代女诗人爱情诗选》《新中国六十年文学大系——诗歌精选》《鲜红的歌唱》等三十多种诗歌选本。曾获《诗歌月刊》举办的全国爱情诗大赛一等奖、《人民文学》利群杯新浪潮诗歌奖等多种奖励。著有诗集《爱情诗篇》《扶桑诗选》《变色》等。

臧棣（1964—），生于北京，毕业于北京大学。1987年，与清平、徐永、麦芒刊印四人诗集合集《大雨》。1997年获得北京大学文学博士学位。1999年至2000年任美国加州大学戴维斯校区访问学者。现任教于北京大学中文系，北京大学中国诗歌研究院研究员。出版诗集有《燕园纪事》《风吹草动》《新鲜的荆棘》《沸腾协会》《骑手和豆浆》《最简单的人类动作入门》等。

贾薇（1966—），云南盐津人，现就职于昆明某报社。1989年起开始诗歌创作，其诗歌、小说和美术作品发表于《南方周末》《中国油画》《今日先锋》《人民文学》《青年作家》《天涯》《中国诗人》等。诗歌作品被选入国内外多种重要的诗歌选本。出版《镔铁：1979—2005最有价值先锋艺术评论》。2010年出版诗集《侧身的贾薇》。

非亚（1965—），广西梧州人，诗人、建筑师。1987年湖南大学建筑系毕业。现居南宁。1987年在《诗歌报》发表处女作，大学毕业后返回广西，1990年自编诗歌民刊《现代诗》，仅出一期。1991年与麦子、杨克创办诗歌民刊《自行车》，并主办至今。2011

年获《诗探索》年度诗人奖，曾出版、自印诗集《祝爸爸平安》《倒立》等。

沈苇（1965—），浙江湖州人。毕业于浙江师范大学中文系。1988年进疆，曾任教师、记者，曾为新疆作协专业作家，《西部》杂志总编，中国作协诗歌创作委员会委员。著有诗集《沈苇诗选》《我的尘土 我的坦途》《在瞬间逗留》，散文随笔集《新疆词典》《植物传奇》《喀什噶尔》，评论集《柔巴依——塔楼上的晨光》等。

凌越（1972—），原名凌胜强，安徽铜陵人，1993年毕业于华东政法学院。现居广州，曾任《书城》杂志编辑，现任教于广东警官学院。著有诗集《尘世之歌》、评论集《寂寞者的观察》、访谈集《与词的搏斗》。1996年获得刘丽安诗歌奖。

梁秉钧（1949—2013），笔名也斯，广东新会人。在香港长大，1967年入香港浸会学院外文系学习，1978年赴美国加州大学读比较文学，先后获硕士、博士学位。1984年后先后任教于香港大学、香港岭南大学。出版诗集《灰鸽早晨的话》《雷声与蝉鸣》《游离的诗》《半途：梁秉钧诗选》《东西》《浮藻：诗》等，另出版散文集、小说集数种。

宋晓贤（1966—），湖北天门人，诗人。1989年毕业于北京师范大学中文系。1992年开始诗歌写作，为《葵》诗刊成员。作品散见于《一行》《诗参考》《下半身》《诗文本》《唐》《作品》《天涯》《星星》《散文》《山花》等刊物，作品入选《1999中国诗歌年鉴》《1999中国最佳诗歌》等。著有诗集《梦见歌声》《马兰开花二十一》等。现居广州。

南野（1955—），原名吴毅，浙江玉环人。毕业于内蒙古大学中文系，曾长期在湖北工作，后任浙江传媒学院教授。20世纪80

年代开始诗歌写作,在《人民文学》《上海文学》《诗刊》《花城》等发表大量诗歌、诗理论、小说以及电视理论。出版有诗选集《在时间的前方》《纯粹与宁静》和文论集《新幻想主义论述》。作品入选《中国当代实验诗选》《中国当代文学作品辞典》《先锋诗歌》等几十种重要选本,有诗作被译介至美、日等国。

娜夜(1964—),祖籍辽宁兴城,满族,成长于西北地区,毕业于南京大学中文系。曾长期从事新闻媒体工作,现为甘肃省文学院专业作家。20 世纪 80 年代中期开始诗歌写作。曾获人民文学奖、天问诗人奖、"新世纪十佳青年女诗人"称号等。2005 年《娜夜诗选》获第三届鲁迅文学奖。出版诗集《回味爱情》《冰唇》《娜夜诗选》《娜夜的诗》《起风了》《睡前书》等。

韩作荣(1947—2013),笔名何安,黑龙江海伦人。1966 年毕业于黑龙江农业机械化学校。1968 年参加工作,历任工人、解放军工程兵战士、排长、师政治部干事,转业后任《诗刊》编辑,后任《人民文学》主编。中国作协第六、七、八届全委会委员。2013 年 6 月当选为中国诗歌学会会长。著有诗集《万山军号鸣》《六角的雪花》《北方抒情诗》《静静的白桦林》《少女和紫丁香》《玻璃花瓶》《瞬间的野菊》等。

曲有源(1964—),吉林怀德人。毕业于吉林省农机学院畜牧兽医专业。1964 年参加工作,历任伊通镇高级兽医站技术员,《作家》杂志编辑、编审。1964 年开始发表作品,1983 年加入中国作家协会。著有诗集《句号里的爱情》《爱的变奏曲》《爱的变奏》《曲有源白话诗选》等。

桑克(1967—),黑龙江密山人,诗生活网和《剃须刀》杂志创办人之一,《南方周末》《东方早报》专栏作家。1989 年毕业于北京师范大学中文系,1992 年到《黑龙江日报》从事新闻工作至今。著有诗集《桑克诗选》《桑克诗歌》《转台游戏》《冬天的早班飞机》《拉砂路》《拖拉机帝国》《冷门》等，译诗集《菲利普·拉金诗选》《学术涂鸦》《第一册沃罗涅什笔记》《谢谢你，雾》等。

姚辉（1965—），生于贵州仁怀，发表过诗歌、小说、散文、评论等。作品多次获奖并入选《1998 诗歌年鉴》《2002—2003 中国诗歌年选》《创世纪诗选》《中国诗歌白皮书》《中国九十年代诗歌精选》《贵州新文学大系》等选集，出版有诗集《两种男人的梦》（合著）、《火焰中的时间》、《苍茫的诺言》，部分作品被译成多种外国文字。系贵州省作家协会理事、贵州省青年诗人协会主席、遵义市作家协会副主席、遵义市青年诗人协会会长。

马莉（1956—），广东湛江人。毕业于中山大学中文系。当代诗人、画家、散文家，中国书画院艺术委员，中国作家协会会员。《南方周末》原高级编辑。1978 年开始发表诗歌作品。著有诗集《金色十四行》《白手帕》《杯子与手》。2003 年获中国作协主办的第二届中国女性文学奖，2007 年获首届中国新经典诗歌奖。

海上（1952—），上海人，先锋诗人、自由作家。任中国《现代汉诗》《大骚动》《文化与道德》编委，美国国际汉语诗刊《一行》的中国代理人。在海内外发表诗作及文稿 500 余首（组）。著有诗集《海滩儿歌》《两界河》《走过从前》《灾年诗稿》等，散文诗集《还魂鸟》。

卢卫平（1965—），湖北红安人。1985 年始发表作品，1995 年加入湖北作协，同年转入广东作协。2001 年加入中国作协。2005 年被评为二级作家，系广东省诗歌创作委员会委员，《中西诗歌》编委。作品入选多种诗歌选本。已出版诗集《异乡的老鼠》、《九人诗选》（合集）、《向下生长的枝条》等多部。

李小雨（1951—2015），河北丰润人。1988 年毕业于北京大学中文系。1969 年赴丰润县插队。1971 年应征入伍。1976 年后历任《诗刊》社编辑、编辑部主任，中国作协《诗刊》社副主编。曾任中国诗歌学会副会长兼秘书长。1972 年开始发表作品。1983 年加入中国作家协会。著有诗集《雁翎歌》《红纱巾》《东方之光》《玫瑰谷》《声音的雕像》《李小雨自选诗》等。